刘慕苏对联选编

刘慕苏 著
刘宇红 编注

凤凰出版社

图书在版编目（CIP）数据

刘慕苏对联选编 / 刘慕苏著 ; 刘宇红编注. -- 南京 : 凤凰出版社, 2022.12
ISBN 978-7-5506-3795-5

Ⅰ. ①刘… Ⅱ. ①刘… ②刘… Ⅲ. ①对联－作品集－中国－当代 Ⅳ. ①I269.7

中国版本图书馆CIP数据核字(2022)第216800号

封面题签：钟振振

书　　名　刘慕苏对联选编
著　　者　刘慕苏
编　　注　刘宇红
责任编辑　李　霏
装帧设计　陈贵子
出版发行　凤凰出版社(原江苏古籍出版社)
　　　　　发行部电话025-83223462
出版社地址　江苏省南京市中央路165号,邮编:210009
照　　排　南京凯建文化发展有限公司
印　　刷　江苏凤凰通达印刷有限公司
　　　　　江苏省南京市六合区冶山镇,邮编:211523
开　　本　880毫米×1230毫米　1/32
印　　张　9.5
字　　数　247千字
版　　次　2022年12月第1版
印　　次　2022年12月第1次印刷
标准书号　ISBN 978-7-5506-3795-5
定　　价　128.00元
(本书凡印装错误可向承印厂调换,电话:025-57572508)

钟振振教授题词

自学成才　精神可嘉

钟振振　敬题

钟振振教授简介：中国韵文学会会长，中国宋代文学学会副会长，中国词学研究会副会长，中国诗学研究中心学术委员会委员，美国中华楹联学会学术顾问，全球汉诗总会名誉理事。南京师范大学文学院特聘教授，博士生导师。

青年刘慕苏先生(1965 年，任教于湖南省新化县桃溪中学)

晚年刘慕苏先生(2000 年，已退休)

刘慕苏先生和家人合影(左 1971 年，右 1982 年)

1981 年，刘慕苏先生（前排中）和部分同事、学生合影

1983 年，刘慕苏先生（前排中）和部分学生合影

目　录

序　言

父亲去世 19 年了。19 年前的 2003 年 11 月 20 日，父亲离开了这个世界。父亲在世的时候，多次提到他的几个愿望。这些愿望像是小时候父亲布置给我的作业，恰如每天写一页大字，半页小字，背诵一首唐诗。

我领受了任务，也盘算着什么时候可以完成。

这些愿望中的一个，就是本书的出版。19 年来，我本人出版了 11 本专著和教材。每次和出版社接触之初，或者期间，或者达成协议之后，我都会郑重地推荐本书的书稿。话说得很诚恳，我尽量把自己渲染成为一个孝子，不图名，不图利，只是为了完成父亲的遗愿。但是，总有某些原因的羁绊，本书的出版就是不能如愿。

再后来，终于有了一个机缘，本书的出版迎来了一个转机。感恩有缘人，感恩各种善缘。诸法因缘生。人子终于可以了却一个心愿了。

本书包括 230 副对联，题材包括新构华堂、嫁女娶媳、寿诞宴请、超度荐亡、节日庆典、时政大事、各类比赛、社团聚会等等。对联的数量不算少了，但是总字数只有 2 万字，加上父亲生前对部分对联有一些按语和注解，字数还是不到 3 万。这点篇幅，对于一本著作来说显然太单薄了。

增加篇幅不是问题，我可以增加注解，还可以撰写或长或短的赏析。注解和赏析，对于高质量和高品位的对联来说，是必需的。父亲的注解，太少了。父亲在世的时候，没有机会也没有条件使用互联网，所以父亲的注解全凭记忆，记不准确的内容估计就不想写了。但是，信手拈来的典故，彰显着父亲的博学。腹有万卷书，这是后辈年轻人难以企及的优势。

所以，增补注释是我必须完成的工作。而且，换一个人为每一副对联写赏析，第三者的视角，可以把赏析写得更加入情入理。因为自己说自己的对联好在哪里，用典如何恰当，对仗如何工整，难免令读者感到自我吹嘘之嫌。他者的视角，就是读者的视角，可以抒发感慨，可以表达赞叹，可以肆意地揣度。这种感慨和赞叹，是代替读者说出内心的感受，甚至可以引导读者朝特定的思路前行。第三者的立场，还可以是上帝的视角，可以全知全能地去抒发，去联想，去揣度。未有而有，不知而知，这些内容不一定是作者的预设，也不一定是作者本有的意图。这是读者的自由，也是读者的代言人的自由。

上面说的是赏析的必要性，再说赏析的可能性。本书的很多对联，父亲生前在家人面前都曾提及，由人想到对联，由对联想到人，所以我至少比读者更早地听闻其事，也更多地了解其内容。这是客观的缘由。当然也还有主观的因素。

所谓主观的因素，是说我的自身优势，或者说，是我写赏析的资质。我 20 年前博士毕业于复旦大学，评上教授也 20 年了。受过正规的学术训练，有长期的学术思辨和学术论文创作的经历。发表了 100 余篇研究性论文，出版了 15 本著作①。

每一篇赏析，我都是很认真地去写的，比学生时代写作文更认真，比写科研论文和学术著作也更认真。每篇赏析，我力求通俗易懂，而且尽量诙谐一点，让读者读起来更加轻松。

我常常教导我的硕士生和博士生，要成为“读者友好型”的作者，就是不让读者为难，尽量做到通俗易懂。此书出版后，我的硕士生和博士生，至少有一部分人会读到此书，我不想被学生戳脊梁骨，说我不能率先垂范。为人师者，不可不察。

---

① 为了“验明正身”，也为了接受读者的监督，有关我的个人简历和科研成果，可以查阅南京师范大学的官网。在我退休之前，这个网页是可以查验的。

对联的题材，上面说了，多属日常琐事。对联的当事人，大多也是乡里乡亲的。但是，对联的内容和风格，却有褒有贬，有赞誉，有戏谑，有调侃，甚至有挖苦。所以，在父亲的按语或注释中，提到真名实姓的居多，也有隐名匿姓的。我在赏析的时候，难免兴之所至，朝不同的风格有所延伸，也就是说，父亲褒扬的，我可能褒扬得更加过分了，父亲批评甚至痛斥的，我也可能又多骂了几句。但是，总体的风格不变，父亲故意隐去姓名的，我当然知道所指何人，但是，都没有挑明。父亲一生胆小，为人谨慎。我怕把握不好，因而就以父亲的标准为标准。这样做既省心，又省事。

本书的出版受到很多人的支持与帮助。首先要感谢的是我的学生小张同学和她的先生，感谢二人为本书的立项和申报所付出的努力。其次要感谢的是南京师范大学的李葆嘉教授，感恩他为本书出版所做的联络工作。钟振振教授为本书题写书名，并题词勉励，心中的感激很难以言辞表达，祝愿老爷子诸事顺遂，健康长寿。

父亲的两位学生陈克求和刘瑞丰也为本书撰文，表达师生之间的情意，抒发对老师的赞颂和怀念。他们是父亲的好学生，也是我的好同学，好朋友。感谢他们，愿他们事业顺利，百尺竿头更进一步。

李新吾先生，是梅山文化的研究专家，对湖南省新化县的乡土文化有较多的研究。他也为本书撰写了一篇文字，对家乡的千年文脉和父亲的成就给予肯定。感谢新吾兄。

最后还要感谢父亲的子侄辈，我的兄弟们。血浓于水，翰墨馨香。他们的文章，都收入到了本书的附录中。老三永红、老五第红、老七肯红，他们从不同的角度表达了对长辈的怀念和赞颂。附录的最后两篇，是肯红和我写的怀念文章，两篇文章都是在2005年父亲两周年忌日前夕写成的。现在找出来读，觉得合适，就收入本书。

书很快就会出版。父亲的心愿了却了，我也如释重负。父亲的几百副对联作品可以留传后世了，我也把想说的话都说了出来。直抒胸臆，痛哉快哉！几十年之后，我也会离开这个世界，我的心里话，我对这个世界的认知，我的喜悦与伤感，也可以留传后世。我虽然出版了不少著作，但是本书的内容是最特别的。学术著作是逻辑严谨的，是面目严肃的。本书不一样，我手写我心，自然，真实。

明年的清明节，我会多备纸烛，带上此书，在父亲的坟前把书化了，算是对父亲嘱托的一个交代。

愿父亲在天堂安好！

刘宇红

2022 年 3 月 23 日星期三

于南京江宁

1. 答老秀才问

1951 年 3 月

慕苏公按　1951 年春，余未至 17 周岁，即从受业跃为授业。初入湖南省新化县十三区第三中心高小办公室，见东西墙下各坐一人。西座之青年校长阅毕介绍信，云："新老师来了！"示意余坐其右，即下楼泡茶。东座之邻村老秀才，方与校长交谈，见余来，亦起身相迎。此时端详片刻，似有所思，俄而他顾长吟：

老朽何知？当随后浪催前浪！

随即向余笑问："新老师高姓大名？"

余答曰：

小生刘姓，为学三苏号慕苏。

老秀才始而一惊，继而惭怍，后乃饰以他语，拱手告辞。

慕苏公注　首次示人以朴，故录之于卷首。

宇红注　早在 1951 年，旧时代的秀才健在者尚多，迂腐的老夫子看到少年才俊登门求职，随口吟出一联，炫耀也罢，刁难也罢，都在情理之中。父亲当时年方 17 岁，高中肄业，能随口对出下联，应答自如，合情应景，实属不易。几十年之后，仍能记起，并且引以为傲，也再正常不过了。

父亲生于 1934 年 6 月，1951 年春辍学求职，当时未满 17 岁。非是厌学，实在是先祖父无力承担 7 个子女的生活开支与求学费用。先祖父是老中医，义诊多于收费，每有病人上门求开方子，不仅收不到诊费，乡里乡亲的，还得留人家吃饭。病患也大多客随主便，因为在医家吃了一顿饭，往往可以讨得一句吉利话，或者从此开了胃口，病就向好处去了。

这样的家境，只是苦了我的伯父和姑姑，两位长辈都无缘接受学校教育。伯父很小就开始耕种家里的十几亩薄地，为全家生产粮食和蔬菜，后来伯父偶尔抱怨，说十来岁就给家里“做长工”，于情于理，也不过分。姑姑也没有进过学校，成为奶奶料理家务的助手，烧饭洗衣，喂猪养鸡。

祖父大人也时不时地给伯父一些安慰：你的每个弟弟都帮你读点书，你就有文化了。确实，伯父没上过学，照理是个文盲，但他是个有文化的人。听父辈们多次说起，伯父白天劳作，晚上必定自学各个领域的知识。每天晚上把油灯添满油，油烧完了他才入睡。所以，伯父不仅识字，而且还读了不少医书，会开中药方子，会看地，会算命，会读各种小说闲书。

父亲从 17 岁工作到 63 岁(1996 年)退休，工龄长达 46 年。工资收入不仅补贴了家用，而且让他的弟弟们再无一人辍学，并将他们带在身边求学。所以，家里除了伯父和姑姑外，叔叔们至少都接受了初中教育。在 20 世纪 50 年代那种文盲遍地的文化环境中，我家终于成了“书香门第”，也是家乡的旺族。

至于父亲的才学，远远超出高中肄业者的水平。从对联创作的文字水平来看，从他古汉语、古文字的修养来看，从他使用典故的广博和精巧程度来看，古汉语专业的博士研究生甚至大学中文系的教授也未必能与父亲比肩。此话是否过誉，先不做辩解，读者只要愿意花点时间读读此书，估计自有定论。

2. 乡政府1956年元旦门联

1955年12月

慕苏公按 乡政府领导，1955年除夕令撰门联，以迎接合作化运动高潮到来。因为之书曰：

万众欢腾，庆祝一九五六年元旦；
全面规划，迎接合作化运动高潮。

慕苏公注 早岁偶有所作，稿多散佚。此系近年回忆得来。

宇红注 上联以“万众欢腾”起笔，紧接着交代缘由，是为了“庆祝一九五六年元旦”。但是，元旦年年过，不至于“万众欢腾”，至多是喜上眉梢，所以“万众欢腾”的原因延伸到了下联，也是为了“迎接合作化运动高潮”。

但是，下联并不完全受上联的语义约束，还有独立的因果关系，是因为“全面规划”，才有“迎接合作化运动高潮”。天时嵌着人事，天人合一，人天两庆，这才是对联美学的更高境界。

此联的妙处不仅在此，还在于通俗简朴，没有一个生僻的字。1956年的乡政府，走过路过的大部分民众都是文盲和半文盲，不通俗一点行吗？“万众欢腾”和“全面规划”都是大白话，而且，上联把“一九五六年元旦”一长串时间词汇直接写进对联，原样呈现，给人一种洒脱、随意、率性的韵味，全无雕饰。下联选词择句的自由度总是降低了，因为要迁就上联词句的结构，要语义关联，而且最好是语义相对。但是“合作化运动高潮”这一串字词，不仅应时应景，而且与上联的结构基本一致，音韵也合拍，比如,“一九五六年元旦”包括两个词串,即“一九五六年”和“元旦”,下联的句读刚好一致,也是“合作化运动”加“高潮”;上联以去声收尾,下联对应平声结句。最平实的,最自然的,才是最美的。

3. 贺刘凤恒昆仲新构

1957 年 8 月

慕苏公按 凤恒叔与其弟佑恒、锡恒三人,营杰构于我地之水口山前、金壶丘后,因作如是说:

凤舞绕金壶,冀他年佑启①人文,宗功②锡赐③三多福④;
恒星环水口,喜今日高歌轮奂⑤,闾里⑥欣看百世昌⑦。

---

① “佑启”,指佑助启发。语出《尚书·君牙》:“丕显哉,文王谟!丕承者,武王烈!佑启我后人,咸以正罔缺。”

② “宗功”或“祖德宗功”,指先祖、前辈的德行、功绩等值得歌颂和继承的优良传统。《管子·四称》:“循其祖德,辩其顺逆,推育贤人,谗慝不作。”蔡东藩《清史通俗演义》第九十七回:“惟我皇汉遗裔,奕叶久昌,祖德宗功,光被四海。”

③ “锡赐”,即“赏赐”,宋范仲淹《乞召杜衍等备明堂老更表》:“归老十余年,不曾迁改,亦无锡赐。”

④ “三多福”即多寿、多福、多男子。

⑤ “高歌轮奂”语出《礼记·檀弓下》,说的是春秋时晋献文子赵武建造宫室落成后,人们前去庆贺。大夫张老说:“美哉轮焉,美哉奂焉!”后来用“美轮美奂”形容新屋高大美观,也形容装饰、布置等美好、漂亮。“轮”,高大;“奂”,众多。

⑥ “闾里”是古代城镇中有围墙的住宅区,借指平民或邻居。

⑦ “百世昌”是常见的对联用语,如“鱼水千年合,芝兰百世昌”,意思是夫妻二人共享鱼水之欢,共同度过美好的人生,比翼齐飞,感情融洽;又赞叹了一家人品格高尚,就像芝兰一般,香传百世,恒久昌盛!

慕苏公注 嵌人名三，地名二，则稍难于不嵌人名、地名者。

宇红注 父亲所说的“凤恒叔与其弟佑恒、锡恒三人”，三位长辈比邻而居，营构新房亦同在一檐，互有照应，这是农家建房的通则，在此不必多说。

此联的最佳看点是极为巧妙地嵌入凤恒公、佑恒公和锡恒公三位长辈的名讳，在上联中一气呵成，全无生硬之感，分别是“凤舞”“佑启”和“锡赐”，三个名讳不仅分别成词，又在更大的句子语境中完美和顺地衔接在一起，构成了连贯的句子语义。

下联先提“恒星”，选“恒”字与上联的“凤”字相对，是三兄弟中老大的名字，“凤”“恒”两字分别嵌入上下联。另外，三兄弟各有一个“恒”字，照理，下联要嵌入三个“恒”字，但这是无法实现的要求，因为上联没有三字重现。所以，三兄弟的名字中，两个弟弟的名字只是分别嵌入“佑”和“锡”。长兄为大，嵌字也只好如此。

另外，“恒星”一词，千万不要理解为天文学的术语，那样理解太生硬了，全无美感。我有一种也许是狭陋的文艺观点，优美的文字，一定要朝向过去，它的场景与意境，必定要出现在深邃的过去，最好是汉唐，先秦更好，才有悠长的历史意蕴。至于现代科技词汇，就不应该出现在韵文中。所以，在我看来，下联中的“恒星”指的是传统文化中的“紫微星君”，它当然是恒星了，不然肉眼也无法看见。紫微星是北斗七星的主星，五行属土，主管官位、威权，自古以来把紫微星当成“帝星”，这是高级别的阿谀，在当代社会，当然无涉谋逆之心。

此联的高妙之处远不止如此。上联之“金壶”对下联的“水口”，又是绝对。“金壶”指新建房舍前门外的地名“壶丘”，是一块外形恰形酒壶或葫芦的水田，距离屋檐不过数丈。

“水口”是“水口山”的简称，位于新建房舍的屋后。北倚“水口山”，南面“金壶丘”，的确是极佳的风水所在。这是建房三公的选择，虽是大妙，但不是笔者赏析的重点。从“金壶”与“水口”的对仗来看，“金”对“水”是五行中两材的对立，“金生水”，是五行生克的法则之一，取生不取克，妙趣天成，寓意生生不息。

4. 贺陈立延新婚

1961年11月

立雪[①]在吾门，昔年负笈[②]登堂[③]，视予犹父[④]；
延娇贮金屋[⑤]，今日齐眉举案[⑥]，敬尔如宾[⑦]。

---

① “立雪”，即“程门立雪”的典故，出《宋史·杨时传》：“杨时见程颐于洛，时盖年四十矣。一日见颐，颐偶瞑坐，时与游酢侍立不去。颐既觉，则门外雪深一尺矣。”

② “负笈”，背负书箱。形容所读书之多。汉桓宽《盐铁论·相刺》记载，“故玉屑满箧，不为有宝；诵诗书负笈，不为有道”。马非百注释：“负笈”，背着书箱。这里“负笈”与“满箧”对举，是说所读的书多，整箱整箱的。

③ “登堂”，指升上厅堂。语出汉赵晔《吴越春秋·阖闾内传》，“入门不咳，登堂无声，二不肖也”。又据《汉书·艺文志》记载，“诗人之赋丽以则，辞人之赋丽以淫。如孔氏之门人用赋也，则贾谊登堂，相如入室矣，如其不用何？”

④ “视予犹父”出自《论语·先进》篇中孔子对学生颜回的赞叹，也是老师对学生敬重自己的描述，“回也，视予犹父也”。父亲联中用此典，在师生框架下使用，再贴切不过了，不是自比孔子以显尊贵，而是在师生框架下对学生品行的褒奖与赞美。

⑤ “延娇贮金屋”是成语“金屋藏娇”的结构变体，成语讲述汉武帝四岁时为胶东王，说如果能娶到表姐陈阿娇做妻子，会造一个金屋子给她住，“若得阿娇，当以金屋贮之”。从“金屋藏娇”到“延娇贮金屋”的结构变体的动因是韵律，即为了韵律、对仗和平仄的要求，以及对新郎官名字的嵌用，而选择了对成语进行结构改变。

⑥ “齐眉举案”，语出《后汉书·梁鸿传》，“为人赁舂，每归，妻为具食，不敢于鸿前仰视，举案齐眉”。“赁舂”的意思是“受雇为人舂米”。

⑦ “敬尔如宾”是“相敬如宾”的结构变体。“敬”即“尊敬”，“宾”即“宾客”。像对待宾客那样尊敬对方。出自《左传·僖公三十三年》：“臼季使过冀，见冀缺耨，其妻馌之，敬，相待如宾。”又唐代温畬《续定命录》载：“故谏议大夫李行修娶江西廉使王仲舒女，贞懿贤淑，行修敬之如宾。”

慕苏公注 陈君立延，幼时从余学，颇恭谨。此联用杨时、游酢立雪程门典故以褒扬，借孔子赞颜回之辞（“回也，视予犹父也！”）以赞赏；下联用汉武帝“金屋贮娇”，梁鸿、孟光举案齐眉，郤缺夫妻相敬如宾诸典故，赞其婚姻之美满幸福。

宇红注 求联者是学生，唤作“陈立延”，名字不俗。结婚请老师入席，附带求一副对联，也是寻常之事。在父亲的那个年月，教师的地位说得上是崇高的，尤其在农村地区。“天地国亲师”的神龛之位，是农村地区对于尊师重教的时刻提醒，早出晚归的庄稼人，或者是在当地做点非农营生的体面人，朝夕进入厅堂，神龛上泛黄的竖纸条，也许还有正在升起一缕青烟的香烛，无不浸濡着原本朴实的乡下人。

从此联的内容来看，上下联各有陈述，都是对新郎官的赞许和祝愿。先看上联，“立雪在吾门，昔年负笈登堂，视予犹父”，是夸学生尊敬师长，勤学好问，也附带有对师生关系情同父子的赞叹。在那个尊师重教的时代，学生当真会“视师如父”，教师也当真会把学生“视同己出”，就算师生关系一般，学生也会把教师“视予犹父”看作一种嘉许，欣然接受，并引以为豪。可惜了，自从 20 世纪 80 年代末以来，教师的职业成了三百六十行中的普通一行。教师授课领工资，学生求学交学费，教师面对学生的过失不敢责罚，学生抓住教师的一言之失公然举报，这是我这个“教二代”所体会到的最大的悲哀（其实是“教三代”，因为我外公和母亲也都是教师）。

我从 1987 年开始教职，至今也快 40 年了，教过数百名中学生（我在考上研究生之前，教过四年高中，从 1987 年到 1991 年，而且每年都教高三重点班，所以我的职业生涯，一登台就“开挂”，这是我的得意处），然后教过数千名本科生（硕士毕业后开始任教于湘潭大学，始自 1994 年），指导了近两百名硕士研究生（始自 2002 年），还指导了十来名博士研究生（始自 2011 年），但是我的职业荣誉感和教学成就感，是远远不及父亲的。

下联是对陈立延喜结连理的贺喜，用典选择了“金屋藏娇”，也有对小夫妻以后美满生活的期许，祝愿他们“举案齐眉”。

5. 吾妹晚姑新婚

1982年8月

晚来秉烛试君才，此日三难，投石尚须提示否？

姑理新妆问夫婿，黛边一笔，画眉深浅入时无？

慕苏公注　晚姑之婚礼简朴，且在我家举行，故以其名冠于“鹤顶”；而所用“苏小妹三难新郎”故事与《近试上张水部》诗句（“画眉”句为朱庆余语）均以新娘口吻提出；结婚地点，亦与上述内容暗合。切景切情，尚无大疵。亦千虑之一得。

宇红注　父亲所称之“吾妹”，是我唯一的姑姑。父亲七兄妹，他本人排行第二，有一兄一妹四弟。这样的儿女比例，祖父大人居然给姑母取名“晚姑”，这是要“踩刹车”的节奏，“晚”在名字中是有特殊含义的，是说一个女儿就够了，拜托，继续生儿子吧。这是戏谈，聊作打趣。

此联又是嵌字联，上联以“晚”字开笔，下联以“姑”字呼应，合起来就是姑母的名讳。

上下两联都是反问句，问得太妙了。父亲是对联的作者，但是作者进入了主人公的角色，代新娘子发问，这是一种修辞策略，以收轻松戏谑之效果，也是对原典故的一种创新性运用。

所不足的是，此联纯属文字游戏。赞美姑母大人贤淑，会操持家务，那自然是再真实不过的。但是，拿姑母大人和苏小妹比文采，比夫妻才学，完全是戏言了。在“答老秀才问”一联的注解中，我已交代，在人丁兴旺的大家庭，姑姑是唯一的女孩子，只好帮衬祖母料理家务，放弃了上学的机会。父亲平生风趣，好打趣旁人，此其一例也。

不过，姑母大人的女德，是堪与姑父大人的才情匹敌的。姑父是闻名十里八乡的“文曲星”，20 世纪 60 年代初毕业于中南矿冶学院采矿系，后来学校改名为中南工业大学，再后来又改名为中南大学，是湖湘第一学府，有“985”大学之桂冠。郎才女淑，两位前辈终身和睦，白头到老，从无龃龉之闻。

6. 挽雷锋

1963 年 3 月

慕苏公按　1963 年 3 月雷锋去世，听闻噩耗，特撰长联以记之：

九年血泪，洒尽辛酸。父被活埋，慈母又蒙污自缢；兄遭惨死，弱弟复饿肚而夭。无依无靠，如犊如雏；影只形单，茕茕孑立。住窝棚，吃霉米，挑柴卖，受刀伤。猪且共温，狗偏为敌；数遭侮辱，备受欺凌。逃入穷谷深山，何其险也！昔日仇深似海，怨重如山。生活太凄怆，湘水无声咽苦雨！

一阵春风，吹来幸福。天非救主，共产党才是恩人；病已大瘳，彭乡长堪称义士。又喜又惊，且哭且拜；年轻志大，耿耿忠心。当警卫，建农村，去鞍钢，服兵役。疮虽脱体，痛岂忘怀；几度迁移，屡评先进。忠于革命事业，岂是傻乎？斯人义著千秋，芳流百世。言行多隐德，神州到处仰高风！

慕苏公注　1963 年 3 月《湖南日报》载：雷锋之父被日寇活埋，母受奸污而自缢，弟饿死。雷锋曾住窝棚中，卖柴求食，又曾为人放猪，日食霉米，夜卧猪栏。地主曾砍伤其手，狗又咬伤其足，后竟逃入深山。九岁时始获解放，彭乡长从深山接回，为其治愈伤病。雷锋对彭又哭又拜。

党的哺育，使雷锋迅速成长。他先后当农民、当警卫、去鞍钢当工人后又当兵。到处都被评为先进。他曾受“傻子”之讥，他说：“我就是‘傻子’。”其言语行动，感人至深。噩耗传来，因撰联以志哀挽。

宇红注 此为长联，以叙事为主。读这种长联，只能在分截对仗中体现意境的优美，而且，作为韵文，既然要体现叙事功能，就不能在词形对应和语义契合上苛求工整，比如“兄遭惨死，弱弟复饿肚而夭”对“病已大瘳，彭乡长堪称义士”，整体上都是并列结构，体现语义顺承。但是在更微观的结构层面，就无法做到工整了，因为一种语言中的形、义资源是有限的，无关作者的语言能力，当然作者的语言能力可以在叙事的完整性和形义的优美性中追求一种最佳平衡。

7. 贺高绍槐父子新构

1963 年 10 月

慕苏公按 高姓在我地仅此一家。绍槐叟有三子，名宗义、宗礼、宗智。新构时，邻人求作贺联云：

绍志[①]且充闾[②]，振高氏家声[③]，宗[④]其义，宗其礼，复宗其智；
槐前还植柳，仿先贤宅卜，必也兴，必也富，亦必也昌。

慕苏公注　绍志，承继先辈之志。充闾，言有子光大门闾，语出《晋书·贾充传》。宗，尊奉向往。槐前植柳，《闻见录》：王祐手植三槐于庭曰，吾子孙必有为三公者。又《晋书》：陶靖节门前栽五柳，号“五柳先生”。

嵌父子四人姓名，切新构之事，切槐之景，而卜他日蕃昌。议者以为有溢美之嫌。

宇红注　此联甚妙，联首是绍槐伯伯的名字，上联嵌“绍”，下联嵌“槐”，上联还嵌入了绍槐伯伯三个儿子的名字，分别是宗义、宗礼、宗智，即“宗其义，宗其礼，复宗其智”，三个名字同在上联，下联眼看无法对仗了，其实下联更妙，“必也兴，必也富，亦必也昌”。

“宗其义，宗其礼，复宗其智”是因，“必也兴，必也富，亦必也昌”是果，朴素的因果关系，既是劝勉，也是教化；既是赞叹，也是警醒。撰一联而兴教化，对上传承了圣人的言教，对下、对乡里大开教化之风气，是教书先生的本分。“宗其义，宗其礼，复宗其智”，嵌入了兄弟三人的名字：效法圣人提出的义、礼、智。至此，上联的语义就连贯了：继承祖上的美德，所以子嗣人丁兴旺，生了三个儿子，这三个儿子又很争气，胸怀圣人之教，都做了什么呢，“宗其义，宗

---

① “绍志”之“绍”，指“继续”或“接续”。《三国志·蜀志·诸葛亮传》：“大王刘氏苗族，绍世而起，今即帝位，乃其宜也。”“绍世”指“继承世系”。由此可知，“绍志”即继承先人之志。

② “充闾”指光大门庭。《晋书·贾充传》：“贾充字公闾……（父逵）晚始生充，言后当有充闾之庆，故以为名字焉。”宋代胡继宗《书言故事·子孙类》说“贺生子，云充闾之庆”。从上面的引证可以看出，一个叫贾逵的人，老来得子，为了图吉利，把儿子取名叫作“贾充闾”，以求光大门楣。

③ “家声”指“家庭的名声”。《史记·李将军列传》：“单于既得陵，素闻其家声，及战又壮，乃以其女妻陵而贵之。”这句话是说匈奴单于俘虏了汉将李陵后，听说李陵家的名声好，又会打仗，所以就把自己的女儿嫁给李将军，使他获得尊贵身份。

④ “宗”是指推尊效法。

其礼，复宗其智"，人如其名，一言双关。

"槐前还植柳"，为了与上联的"绍志且充闾"对仗成功，确实绕了一个大弯。有一种民间风俗是"（屋）前不栽桑，（屋）后不栽柳"，因为古人认为"桑"和"丧"同音，"柳"和"流"（流放）谐音。种"柳"呢，不种到屋后总归是可以的，种到屋前，而且是"槐"前，忌讳就破了，这种构思实在高妙。从"桑柳"的种植习俗出发，到为"槐"字营造一个句子语境，着实费了一番思量。在文艺理论上，这种"互文性"，即从此处之文激活或调取彼处之文，从"槐"字调取"桑"之文化意蕴，并置换成句，此即互文操作，可细察之。

"宅卜"，是"卜宅卜邻"的变体和压缩，是一种占卜。"卜宅卜邻"的意思是，迁居时不是先对住宅方位占卜吉凶，而是占卜前后左右的住户是不是可以为邻，也就是说，迁居时应选择好邻居。语出《左传·昭公三年》："非宅是卜，唯邻是卜，二三子先卜邻矣，违卜不祥。""宅卜"卜出了一个什么结论呀，"必也兴，必也富，亦必也昌"，绝妙好辞！

8. 代贺陆咨尧新构

1964 年 9 月

慕苏公按　挚友伍君，与陆先生之女恋爱。陆老曾加否定，恋爱降温。数月后，陆家新构，伍君求我撰联，俾致玉成其事。乃欣然撰此，署伍君之名以贺：

咨札鲜呈，未知当代羲之[①]，可曾正是乘龙客[②]？
尧天再现，请效昔时秦穆[③]，一样修成引凤台。

慕苏公注　是联借王羲之坦腹东床，桓叔元两女乘龙故事，委婉设问，并劝其勿错过尧天之良辰，仿秦穆公故事，修成引凤楼台，俾女儿择婿，跨凤高飞。陆氏父女心领弦外之音，知署名赠联者即当代羲之，亦即吹箫萧史，与伍某重修旧好。意在言外，情在理中。伍君成就美满姻缘，良有以也。“愿天下有情人，都成了眷属。”

宇红注　此联甚是有趣，是受人之托，以期玉成一段姻缘。委托方“伍君”必定提出了对联立意的目标，不然作为作者的父亲是断然不知此中缘由的。伍君提出了要求，父亲果然借用典故表达了他的意思，而且，从父亲的注解来看，劝诫的效果确实如其所愿，这就再好不过了。

“尧天再现”比喻“天下太平的时候”，这种时间交代略显唐突，但是为了对应上联的“咨札鲜呈”，意思是“我很久没有听到消息了”，“咨札”代指信函。显然，父亲故意卖了一个关子：哎呀呀，我消息不灵通啊，不知道你们老陆家的女婿（通过“王羲之”借指），是不是就是伍家公子（通过“乘龙客”借指）啊？要不是的话，可不要错过一段美好姻缘啊！

---

① 王羲之东床坦腹的故事，出自南朝宋刘义庆《世说新语·雅量》：“王家诸郎，亦皆可嘉，闻来觅婿，或自矜持，唯有一郎在东床上，坦腹卧，如不闻。”说的是王羲之众兄弟，听说有人要从他们中间选一个做女婿，个个装模作样，神态动作都不自然。只有王羲之不当一回事，袒露着胸脯，泰然自若。没想到，未来老丈人就看中了王羲之的这份洒脱。因他躺倒在东床上，所以“东床”就成了“女婿”的转喻称谓。

② “乘龙客”也称“乘龙快婿”，意思是称意的女婿好比乘坐于龙上得道成仙。典出晋朝张方《楚国先贤传》：“时人谓桓叔元两女俱乘龙，言得婿如龙也。”

③ “秦穆公筑引凤台”的故事，源于秦穆公之女弄玉的传说，即“弄玉吹箫”。相传，春秋时代，萧史善吹箫，作鸾凤之响。秦穆公有女弄玉，善吹笙，公以妻之，遂教弄玉作凤鸣。居十数年，凤凰来止。公为作凤台，夫妇止其上。数年，弄玉乘凤、萧史乘龙去。这是一个优美的爱情故事，秦穆公的女儿弄玉和夫君萧史两情相悦，笙箫和鸣，这样的一对神仙眷属，终因恩爱有余，感动上苍，升至仙界。

9. 吾家厅堂联

1964 年 4 月

奔红专道路；

继勤俭家风。

慕苏公注 集古训之精华与新潮之方向，若能身体力行，终身受用不尽。

宇红注 最简单的一副对联，上联五个字，下联五个字，简朴得不能更简朴了。但是从内容看，简而不俗，语义周全。

“红专”是“又红又专”的简称。父亲生前尚红，一生追求政治进步。因为祖上有几亩薄田，家庭成分勉强划为“中农”，但是，好事者总在鼓捣，说我祖父是漏划的“富农”，一辈子没脱过鞋袜，即一辈子没有从事农业生产。祖父是医生，每天奔走于村村寨寨，开方送药，活人无算，脱了鞋袜治病就更有效吗？所以，父亲担心万一“富农”的帽子给补上了，一家几十口人的命运就要改写了。另一方面，父亲作为中学语文老师，在全县几十所中学中，绝对是学术权威，所以“韬光养晦”是父亲毕生的座右铭。

我结婚时的对联，下文会有介绍和分析，也是父亲亲自构思并手书的，上联是“宇宙同辉，且喜结一百年凤侣”，下联是“红专并进，还期展九万里鹏程”，嵌入了我的名字“宇”和“红”。沿袭了崇尚“红专”的传统。

说完“红专”，再唠唠“勤俭”。“勤俭”也是缩略词，即“勤劳节俭”之谓也，但是缩略成词的历史远远早于“红专”。南朝宋颜延之《陶征士诔》云“居备勤俭，躬兼贫病”，宋代苏轼《乳母任氏墓志铭》

赞颂他的乳母任氏“工巧勤俭，至老不衰”。明代冯梦龙《警世通言·桂员外途穷忏悔》在评价施鉴时说他“为人谨厚志诚，治家勤俭，不肯妄费一钱”。

10. 1971年元旦门联

1970年12月

七十年代开新页；
卅亿人民望北京。

慕苏公注 当时所谓“七十年代”，似乎都认为应从1971年而非从1970年开始。“卅亿”系当时世界人口总数。七十年代初期，与我国建交者日见其多。全球仰望北京，亦系真实写照。

宇红注 时值1971年元旦，下笔就写“七十年代开新页”，从当下落笔，顺手拈来。下联直抒胸臆，“卅亿人民望北京”，在那段岁月，这是最妥帖的赞颂，也是最简朴的抒情。

11. 代拟邱君六十自寿联

1972年3月

人力可回天，矢志不移，定教家乡成大寨；
年华方度甲，壮心未已，要为革命立新功。

慕苏公注　此老六十岁尚担任大队（即现在的村）党支部书记，正雄心勃勃，领导全大队社员改天换地学大寨，故体其意旨，不避“革命口号”之嫌。

宇红注　此联简朴易懂，又有父亲的注解，不必多做解释。但是对于“大寨”，估计 20 世纪 80 年代以后出生的人了解较少。

“农业学大寨”是 20 世纪 60 年代开展的一场运动，依据的是毛泽东于 1963 年发布的一项指示“工业学大庆，农业学大寨，全国学人民解放军”。大寨是当时山西省昔阳县大寨公社的一个大队，原本是一个贫穷的小山村。农业合作化后，社员们开山凿坡，修造梯田，使粮食亩产增加了。1964 年 2 月 10 日，《人民日报》刊登了新华社记者的通讯报道《大寨之路》，介绍了他们的事迹，并发表社论《用革命精神建设山区的好榜样》，号召全国人民，尤其是农业战线学习大寨人的革命精神。此后，全国农村兴起了“农业学大寨”的热潮，“农业学大寨”的口号一直流传到 70 年代末。

12. 题吴晓平尊照

1974 年 8 月

晓于事，慎于言，视长如兄，视幼如弟；
平其心，静其气，逢强勿怕，逢弱勿欺。

慕苏公注　挚友吴君年富力强，雄姿英发，尊照亦如其人。谨题联于其上，愿共勉之。

宇红注　二十世纪七八十年代，好友之间在毕业、转业、工作调动时互赠照片是一种很流行的风俗。买一个纪念册，把好友送的照片镶进去，再请好友在旁边写几句劝勉的话，这是几代人的共同记忆。父亲有古文人之风，题诗赠联是一种很风雅的事。我辈浅陋，只有羡慕和敬仰的份。

至于此联本身，除嵌进名字之外，上下联又各有完整的语义表达，自成一体。“晓于事，慎于言”，意思是心里明白，但是嘴上不说，这是一种涵养，朋友之间的劝勉之情溢于言表。“视长如兄，视幼如弟”是在“晓于事，慎于言”基础上的语义细化，是更具体的行为规范。当然，汉语句子，尤其是文言词句，在语气上是不明确的，“晓于事，慎于言”和“视长如兄，视幼如弟”，可以是对既往的评价，也可以是对未来的劝勉。

13. 戏题伍蒲兰新房

1974 年 10 月

蒲叶[①]荫浓，花径不曾缘客扫；
兰阶苔绿，蓬门今始为君开。

慕苏公注　伍蒲兰老师之男友，来校举行婚礼。此联口占于彼二人之结婚茶会上。活用杜少陵“花径、蓬门”诗句，以为茶会之一噱。

宇红注　此联又是一种文本结构上的创新，因为上联的后半截和下联的后半截，均出自杜甫的《客至》一诗：

① “蒲叶”，也称“香蒲”。《说文》释“蒲”：“水草也。可以作席。”《诗·陈风·泽陂》云：“有蒲与荷。”《周礼·泽虞》也有“共其苇蒲之事”句，意指同坐一处，即同坐一张草蒲。可见“蒲”是一个很有文化底蕴的文学意象。

舍南舍北皆春水，但见群鸥日日来。花径不曾缘客扫，蓬门今始为君开。

在套用杜甫诗的同时，在两句前各加上一个冠冕。这样的冠冕是很不容易加上去的，因为不仅要与原来的诗句语义连贯，而且在整体上，上下联的语义还必须圆融。如此来看全联，加上去的两个冠冕，还嵌入了伍蒲兰老师的名字，即“蒲叶荫浓”和“兰阶苔绿”，这种高难度的文字安排，实在出神入化，令人拍案叫绝！

下联的“兰阶苔绿”，化用刘禹锡《陋室铭》中“苔痕上阶绿，草色入帘青”之句。在这里，“阶”指长满了兰花的台阶，幽兰之旁，复有苔绿，意境又增添了几分雅致。“兰阶苔绿”之“兰”又是伍蒲兰老师名字的一部分，与“蒲叶荫浓”相对。伍蒲兰老师是父亲的同事，也是我初中的老师，伍老师配得上这样美妙的赞誉，蒲质如剑，兰心蕙质。

14—15. 哀悼周总理逝世

1976 年 1 月

（一）

为恤民情，乃赴人间施政务；

因为仙约，忽升天上正乾纲。

慕苏公注 施政务之动机在恤民情，升天上之原因在如仙约。崇敬之情，惟以此类词语表达，而“伟大、功高”等类，则退而成其次矣。老天处事，人间颇有微词，非此公不能正其乾纲，宜乎诸仙共约的是翁前去。

宇红注 “恤”是“怜悯”“忧虑”之义。“乾纲”指“天上的纲维”，即“天道”。上下联均把周总理比喻为天上的神仙，上联讲因为怜悯中华大地的苍生，于是下凡来到人间施行政务，即当总理。下联与上联的衔接非常紧密，人间的事情办完了，还得回到天上去。为什么要回归天上呢？有两个原因，一是因为仙约，即下凡之前就有约定，二是因为天上也需要他，“乾纲”非他不能“正”。

（二）

中外赞人豪，惟林肯尚堪比匹；
古今夸相业，舍诸葛谁与侪俦[①]？

慕苏公注 此中观点，海内外似已认同，笔者不过缀词句以成联耳。

宇红注 “人豪”指人中豪杰，“相业”指丞相的工作。作为“人豪”，只有美国前总统林肯才堪与相比。至于相业，也只有诸葛孔明才可与之相比。林肯与诸葛的共同特点，是文治与武功齐备，林肯打赢了南北战争，诸葛六出祁山。在治理国家方面，林肯和诸葛也各有建树，将此二人与周总理对比，刚好相当。

16. 哀悼毛主席逝世

1976 年 10 月

天欲鼎新，马恩列斯迎大驾；
地犹多故，亚非欧美失良师。

① 侪，同辈或同类的人。《说文》：“侪，等辈也。”俦，伴侣。《玉篇》：“俦，侣也。”“侪俦”连用，喻比肩。

慕苏公注 管中国之天，思想封建；管外国之天，弊政尤多。欲革故而鼎新，非毛泽东不能胜此大任，故遣马、思、列、斯迎之。虽然，天之私虑亦大矣，但知求上界鼎新，不恤人间多故。斯人既逝，全球顿失良师。素以“天道无私”著称者，何故厚于本土而薄于人间？

宇红注 上联讲“天”，是因为马、思、列、斯已升天界；下联说“地”，是因为亚非欧美分属各地。天地各表，显顶天立地之义。“大驾”与“良师”对仗，都是恭维与赞颂之辞。

17. 题王大新新婚洞房

1977 年 1 月

大治年头，要苦干还要巧干；

新婚夫妇，做日班更做夜班。

慕苏公注 此亦游戏文章也。“大治”“新婚”诸字，信手拈来，恰与“大新”之雅号合拍。此亦“佳偶天成”之谓欤？至若“苦干”“巧干”“日班”“夜班”，更属当时常用词语。读者幸勿以“油滑”为讥。

宇红注 “大治”是指“抓纲治国”，是 1976 年 10 月粉碎“四人帮”之后在 1977 年的元旦社论中提出来的。1977 年 2 月 7 日两报一刊在社论《学好文件抓住纲》中正式提出“抓纲治国”，党的十一大政策报告中被定为战略决策。政纲刚刚提出，就进入了对联的构思中，时效性是没得说了。“苦干”和“巧干”也是当时提出来的口号，即“苦干加巧干，革命加拼命”，所以把“大治之年”和“要苦干更要巧干”拼缀到一起，在语义上是高度关联的。

至于下联，尽管父亲说幸勿以“油滑”为讥，不是“油滑”也是“油滑”。不过，在新婚场合“油滑”一下，未尝不可，民间还有闹洞房的习俗，甚至偶有闹出人命的新闻，相对于这等恶俗，油滑一下更显情趣。

18. 贺杨师傅新构并娶媳

1978年11月

又获丰收，更喜长征跨大步；
修成金屋，便交哲嗣贮阿娇。

慕苏公注 丰收、长征、金屋、阿娇，件件是实。然上联偏重国事、家事，下联乃及父子、夫妇。细思之，上联是因，下联是果。上联平实，下联借汉武帝欲构金屋贮阿娇故事以赞誉之。

宇红注 上联落笔谈“丰收”，当然是一语双关，在农家谈丰收，首先是指粮食有一个好收成，或许又多收了三五斗，其次，在当下的语境中，“丰收”是一个隐喻，不仅收获了一栋新房，而且收获了一位大姑娘。农家娶儿媳妇，增添了新的劳动力，在我们家乡确实被看作是大丰收。何以为证？在我的家乡骂人小气，最常用的俗语是“娶得媳妇嫁不得女”，在湖南方言中，“媳妇”指“儿媳妇”，娶了儿媳妇家里自然多了一个劳力，相反，把成年闺女嫁出去，家里就少了一个帮手。所以，建房娶媳当然算是“丰收”，而且是双丰收。

“长征”是读者朋友都知道的一个词，不仅知道它原本的意思，也知道它的隐喻用法。但是，年轻读者有所不知的是，1978年曾修改国歌，原来的《义勇军进行曲》的曲调不变，歌词改成“前进，各民族英雄的人民，伟大的共产党，领导我们继续长征……”所以，没有这一语境内容，很多读者是没法读懂上联的。

再看下联。“金屋藏娇”的故事是众所熟知的，经常用于对新婚燕尔的赞美。故事的主人公是汉武帝，4 岁时为胶东王，少年睿智的他在回答姑姑戏言要将其女阿娇许给他做媳妇时，为了取悦姑姑，当即说如果能娶表姐陈阿娇做妻子，会造一个金屋子给她住，原话是“若得阿娇，当以金屋贮之”。建房与娶媳同时玉成，用上此典，与语境完美相契。

“哲嗣”是对他人之子的敬称。明代宰相张居正《答司成姜凤阿书》云：“儿曹寡学，幸与哲嗣同登，奕世之交，殆亦非偶。”清代赵翼《六哀诗·汪文端公》也说“尚喜哲嗣贤，曳履云霄上”。

19. 贺刘治中新构

1978 年 10 月

治国抓纲初见效；
中华人民大有为。

慕苏公注 70 年代末期，宣传抓纲治国，颇合当时潮流。此联新构一事虽未着墨，然其人其事，均已包括在“中华人民”与“初见成效”之间。

宇红注 此联之妙，妙在随意、率性，信手拈来，一气呵成，平铺直叙，明了直白。刘治中先生是我的爷爷辈人，父母早亡，四兄弟相依为命，治中公是老大，拉扯三个弟弟成人，帮弟弟们娶妻置业，又攒钱盖了新房，不仅有能力，而且有担当。治中公的四弟是我同学，小时候的玩伴，从他的谈话中，我对治中公的了解增加了很多。可惜的是，他的这位四弟不到 20 岁就夭折了，他的辈分高我两代，但是因为同岁，又是读小学时的同班同学，所以当年与他处得如同兄弟，砍柴打草，朝夕相伴，但是对他的大哥，我是规规矩矩地以

“爷爷”相称，这是乡下人的习俗。

父亲在世时，多次听他讲到这副对联，言语之间颇多得意。记得父亲说，治中公来找他求对联，两人坐定，说明来意，父亲在研墨的时候就想好了怎么写，等到把纸铺开，父亲一挥而就，妙笔天成。以务农为业的治中公，大呼此联甚妙，大白话，全联没用一个典故，通俗直白，用农民的话为农民写对联，而且嵌入了“治中”二字，又与当时的政治气候甚相契合。

20. 贺慕英新构

1978 年

慕胜地，起宏图。成霸非仙，担水有井。汲猪洞甘泉，酿重阳甜酒。取石罐，执金壶。题龙凤挂榜，看狮虎雄姿。朝东岭，倚西荡。睹阳和之景，完建屋之功。祥发田家，茅生癞子。仰望北京城，衍百代风流人物。

英杰才，经纶腹。赤心向党，全力为公。事业余教育[1]，搞文艺宣传。读宝书，攻理论。尊马列精神，学工农品德。沐春光，沾夏雨。兴肯构之歌，得迁乔之喜。欣逢大治，预卜繁昌。紧跟华主席，奔万里锦绣前程。

宇红注　这是一副长联，是四叔建新房时，父亲写的贺联，上联以实名或谐音方式记录了新居所在位置和各处名胜、风光等。下联是对新居主人的点评。新居建成之时，正值华国锋“抓纲治国”之时，“读宝书”在当时仍属时髦做法。

---

① “事”做动词用，即从事，“事业余教育”即从事业余教育。

上下联各嵌入名字中的一个字,“慕”和“英”。下面逐句来解释一下。

“慕胜地,起宏图”,喜欢这块风水宝地,就选在这里建了一栋砖瓦房。

“成霸非仙”,新房的东南方位几百米处,有一处仙成坝,是一个天然的石坝,一整块石头,相传为仙人所造。此坝把石坝江拦腰截断,并形成一个瀑布。在丰水期,瀑布甚为壮观。“霸”谐音“坝”,“成霸非仙”的意思是,虽然是人中豪杰,但离神仙还差一点点。

“担水有井”,是离新房稍远处的一口老井,叫作“担水井”。邻村人大多从这眼井挑水喝,为了音韵和对仗,把“担水井”扩充成为“担水有井”。

“汲猪洞甘泉,酿重阳甜酒”,涉及两个地名,“猪洞甘泉”,本名为“猪婆洞”,泉水名,位置在仙成坝和新房的中间位置。“重阳甜酒”,指的是重阳田井。重阳田,是一丘田的名字。重阳田井,是重阳田角落里的一眼井,此井在新房的正南边,隔着石坝江。

“取石罐,执金壶”,这是要豪饮三百杯的架势,取来石罐,估计是盛酒的大器,又要执金壶,按理说,是从石罐里把酒盛到金壶里,再一杯一杯地喝。这是望文生义,但未必不是父亲的本义。其实,“石罐”和“金壶”是两个地名。“石罐”,指石罐子长丘,是家门口一块状似石罐的田;“金壶”,指“壶丘”,是新居以西一块壶状的田。在“贺刘凤恒昆仲新构”联中,曾有提及。四叔家的新房与凤恒公家的房子相隔不过几百米,所以,有些地名也是共有的。

“题龙凤挂榜,看狮虎雄姿”,包括三个地名,“龙凤挂榜”指“挂榜岩”,新居以东大约三公里处的一处陡峭的山岩,看“狮虎雄姿”,是狮子崂和老虎岩的合称,两处山名,位于新居东南方。因为此处有“狮虎”二兽,所以“挂榜”前面也增加“龙凤”二物,以便保持节奏的相应。另外,因为“挂榜岩”有“挂榜”二字,是什么“榜”?父亲肯定是想到了殿试的金榜,是乡下人跃龙门的终极企盼,所以加上

"龙凤"二字,就合成了"龙凤挂榜"。龙凤之挂榜,当然得题写榜文,所以才有"题龙凤挂榜"的豪迈,也成就了"看狮虎雄姿"的微观对仗。"狮虎"二兽,当然只是"看",不敢再有别的亲狎之举,既然是"看",何不加上"雄姿"呢?这样一来,"看狮虎雄姿"构成了与"题龙凤挂榜"的极妙组合。

"朝东岭,倚西荡",包含两个更大的地名。"东岭"在当时是乡政府的所在地,现在是游家镇东岭管区的治所。"西荡"是新居以北的地名,是北边邻村的地方。

"睹阳和之景,完建屋之功"含两处地名。"阳和之景",指阳和岩,新居西南的村名。"建屋",也是地名,即"建屋场",是新房主人所在的村名。"睹阳和之景,完建屋之功",此语两处双关,目睹阳光和煦的景致,新屋的建造大功告成。

"祥发田家,茅生癞子",也是两个地名,也有两处双关。"田家",指主人所在的田家村,是一个村级行政单位,在当时叫"大队",即"生产大队",一个生产大队管十几个生产小队。"茅生癞子",指癞子傍,地名,位于新居正后方。因"癞子"一词略显不雅,父亲反其义而言之,故有"茅生癞子"之说,"癞子傍"是地名,生"茅"不生"毛",二字谐音,以"茅"代"毛",自有妙趣。

最后一句"仰望北京城,衍百代风流人物",是对建新房的总结,也寄予了殷切的期望,繁衍千百代有出息的后嗣子孙。

下联比较好懂,只解释一下"兴肯构之歌,得迁乔之喜"。"肯构",即"肯构肯堂",出自《尚书·大诰》:"父已致法,子乃不肯为堂基,况肯构主屋乎?"。"堂",立堂基。"构",盖屋。原意是连房屋的地基都不肯建,哪里还谈得上肯盖房子。这里反其意而用之,比喻儿子能继承父亲的事业。"乔迁",鸟儿飞离深谷,迁到高大的树木上去,"乔迁"是贺人迁居或贺人官职高升之辞。此典出自《诗·小雅·伐木》:"伐木丁丁,鸟鸣嘤嘤。出自幽谷,迁于乔木。""兴肯构之歌,得迁乔之喜"以并列的方式,两次提到建新房,是本联的主题。

上文交代过，体现叙事功能的长联，横向的联内叙事受到叙事场景的制约，或者说受到语言系统的形、义资源的限制，所以纵向的对仗要求必须多担待些，不能要求太苛刻，此联也是一样。此联已经做到了横向组合和纵向聚合的相对平衡，虽然细节上还有瑕疵，但实难至善至美。

21. 贺伍开本新构

1979 年 1 月

开鸿业于后昆，益昌益炽；

本家风于先世，日俭日勤。

慕苏公注 贺人新构，全属赞美之辞。此处从“开”字、“本”字发端，从“先世”“后昆”着眼，赞其勤俭，祝彼炽昌，仍不离老谱。

宇红注 此联也是嵌字联，把东家伍开本的名字分别嵌入上下联之首，作为起笔。上文说过，嵌字联是难度较大的撰联方法，要求作者有更多的词汇和典故资源来接续，才能“左右逢源”，信手挥洒。

“新构”一词已多次出现，有必要释读一番。字面义是“新之构建”，通俗一点就是“新盖的房子”。现代语言学把这种现象叫作形义透明，即从词汇形式可以窥透语义，与之相反的形义晦暗，是因为词汇形式有语义拓展，即通过隐喻或转喻方法偏离了原本的字面义。“新构”一词虽然形义透明，不难理解，但是它历史悠久。早在唐代，白居易就有《新构亭台，示诸弟侄》诗。

上联的“鸿业”指“大业”，多指“王业”，可以参见《汉书·成帝纪》的记载，“朕承太祖鸿业，奉宗庙二十五年”。又如唐玄宗在《并州置北都制》中说“守宗社之大宝，恢中原之鸿业”。

把农家建房子叫作“开鸿业”，显然是大词小用，不过对联属于诗性语言，诗性语言可以不受约定俗成的句法语义约束，驱动常规词句的诗性化改造，是语用目标使然。什么样的语用目标呢？就是恭维，说白了就是拍马屁，语用学上有一个“礼貌原则”，可以解释常规词句的诗性化。

“后昆”，亦作“后绲”，指后嗣，即子孙。《尚书·仲虺之诰》中说“垂裕后昆”。《隶释·汉绥民校尉熊君碑》也说“追羡遗绩，纪述前勋，于是刊碑，以示后绲”。

上联中的“益昌益炽”实即“昌炽”，“昌盛”之义。语本《诗经·鲁颂·閟宫》：“俾尔昌而炽，俾尔寿而富。”“益昌益炽”的原本形式在历史上也有使用，如民国十三年《洋山霍氏宗谱》载道光七年(1827)同里高午亭序云：“姚江霍氏，实宋南渡蠡公之后……姚殆其支，庶与邑之西城外名霍巷者，实迁姚始祖之故居。其支庶又在乌石山西南洋山后曰霍家塔，益昌益炽，地以姓名矣。”

22. 贺刘书庭新构

1979 年 2 月

书乃壁，画乃梁，自是高门杰构；
庭前菊，门前柳，居然处士高风。

慕苏公注　有画有书，其人不俗；种菊栽柳，更显高风。门、庭、梁、壁，处处写新屋，高门、处士，处处写主人。由屋见人，情亦随景而发。

宇红注　上联“书乃壁，画乃梁”，是两个动宾结构，“书”和“画”都是动词，“乃”为第二人称代词，即“你”或“你的”，两句意思是在你的墙壁上书写，在你的屋梁上作画，是对新屋的赞美，即是说“你的新屋很美丽，雕梁画栋”。

“高门杰构”是对新建房子高大巍峨的赞叹，“高门”和“杰构”均可单独使用，如金代元好问《促拍丑奴儿》云：“高门自有容车日，明年且看，青衫竹马，雁雁成行。”明代王世贞《喻太守邦相及陈丞李司理邀饮顾园作》云：“初从窈窕转深幽，忽敞中天与目谋。杰构时时撑碧落，回廊面面俯清流。”

再看下联。“庭前菊，门前柳”是两首诗的标题。《庭前菊》是唐代韦庄的七言绝句。《门前柳》是宋朝姜特立的五言律诗。

下联的后半截“居然处士高风”，其中的“处士”原本指有德才而隐居不愿做官的人，后来泛指没有做过官的读书人。此句是前半截（即“庭前菊，门前柳”）的语义延伸，意思是“原来你具有隐士的高风亮节啊”。为什么具有隐士的高风亮节呢？从居住的环境可以看出，“庭前菊，门前柳”，这分明是陶渊明的家居境界，“采居东篱下，悠然见南山”。“居然”表示没想到，出乎意料。“处士高风”于诗文中常见，如清代进士俞玫的《柳枝词》其一云：

> 处士高风恋五株，清溪吾亦爱吾庐。苔矶软覆渔人钓，贯得江鱼上市初。

23. 贺简绍怡新构

1979 年 3 月

绍继箕裘之业；
怡情山水之间。

慕苏公注 绍继箕裘，言能继父业。语本《礼记》。既能承父业，又能以田园山水为乐者，余必为之歌且颂；简君有是风，故作此联为颂。

宇红注 “绍继箕裘”，父亲说“语本《礼记》”，实化用“克绍箕裘”一词，《礼记·学记》：“良冶之子，必学为裘；良弓之子，必学为箕。”唐代经学家孔颖达解释说：“言善冶之家，其子弟见其父兄世业陶铸金铁，使之柔合，以补治破器，皆令全好，故此子弟仍能学为袍裘，补续兽皮，片片相合，以至完全……善为弓之家，使干角挠屈调和成其弓，故其子弟亦睹其父兄世业，仍学取柳和软挠之成箕也。”这里所说的“良冶”和“良弓”，指的是善于冶金和造弓的人。这段话的意思是说，生活在冶金人的家庭里，子弟从小受父业的浸染，往往成为补续兽皮的工匠；生活在善于造弓人的家庭里，子弟从小受父业的浸染，往往成为制造竹器的工匠。说白了，就是什么样的人家，就有什么样的营生手段，而且子承父业，世代相传。

把“克绍箕裘”转写为“绍继箕裘”，显然是为了突出新房主人简绍怡的名字，即在上联中以“绍”开头，在下联中以“怡”字开头。

从整体来看，这副对联的立意和词句选择有点随性，因为“子承父业”是普遍的情理，既然是普遍的情理，又何必突出“子承父业”呢？至于“怡情山水”，唐突的成分更多，建了一栋新房子，怎么就想到“怡情山水”了呢？给人的感觉是，为了嵌入名字，上下联的立意和词句选择都被名字牵着鼻子走了。

24. 某君丧妻联

1979 年 7 月

老伴苦难留，况夏雨添愁，怕听慈乌悲午夜；

群雏长抱痛，正春华吐秀，哪堪陟屺恨终天。

慕苏公注 慈乌，乌鸦之一种，因知反哺，故常以之喻孝子。陟屺(zhì qǐ)，语出《诗经》“陟彼屺兮，瞻望母兮”，陟：登、升；屺：无草木的山。后常以为思母之辞。

上联从某君丧妻角度立言，下联则从其儿辈之处境着笔，两处特写，均体生者之情而哀逝者。“怕听”“哪堪”诸字，更其沉痛。此联与刘异生君合作。

宇红注 先看上联，“老伴苦难留”中的“苦难留”，是很难留住之意。当然，上联中的“苦难留”不是描述活人之间的情谊，而是悼亡的词句，是对故人逝去而阴阳两隔所表达的无可奈何。

上联中的“夏雨添愁”，是在分别之际常用的词句。在此联中，父亲标注了创作时间是“1979 年 7 月”，正值盛夏，某君丧妻，生离死别，用“夏雨添愁”，妥帖极了。

“怕听慈乌悲午夜”的语义核心是关于“慈乌”的典故，“午夜”是一个孤寂悲凉的伤感意象，“乌啼”凄惨，更增添了人的惆怅。但此处“乌啼”还一语双关，让人想到“慈乌反哺”，唐代白居易有《慈乌夜啼》诗云：

慈乌失其母，哑哑吐哀音。昼夜不飞去，经年守故林。夜夜夜半啼，闻者为沾襟。声中如告诉，未尽反哺心。

“乌啼”的惆怅加上对慈母养育之恩的感念，不仅成就了上联悼亡的情愫，还为下联表达儿女们失去母亲的痛楚预备了一个双关的意象。

下联写“群雏长抱痛”，视角有了一个转换，从丈夫怀念亡妻转换为儿女失去慈母。“群雏”比喻多个未成年的儿女。“长”的意思是长久、永久，说明非痛之深。“抱痛”指“心怀伤痛”，典出南朝梁江淹《诣建平王上书》：“下官抱痛圆门，含愤狱户，一物之微，有足悲者。”明代刘基《书苏伯修御史断狱记后》也说，“衔冤抱痛之民，莫不伸眉引项，若槁叶之待滋润”。

“恨终天”是“抱恨终天”之谓，指长恨不已。明代凌濛初《初刻拍案惊奇》卷十八有句云：“丹客住了哭，对富翁道：‘本待与主翁完成美事，少尽报效之心，谁知遭此大变，抱恨终天！’”明代罗贯中《三国演义》第四十一回也有句云：“今老母已丧，抱恨终天。”

25. 刘德光、陈素梅新婚

1979 年 12 月

德配有人，素怀壹也；
光华多彩，梅实叁兮。

慕苏公注 赞爱情专一忠贞，择配得人，并言婚期适时，梅有三实。得人而又得时，愈觉可喜可贺。“梅实叁兮”，语本《诗经》“摽有梅，其实三兮。求我庶士，迨其今兮”，谓婚姻适得其时。

宇红注 此联甚妙，嵌了新娘、新郎两人的名字，还要保证语义关联，实在不容易。

先看上联。“德配”指“德行可与之相匹配”，“德配有人”，指新郎配到了有德的女子，有什么德呢？“素怀壹也”，即用情专一，两情相悦，忠贞不渝。“德配”出自汉代焦赣的《易林·贲之解》：“德配唐虞，天命为子。”意思是德行堪与唐尧、虞舜相比，所以顺应天命，成为天子。《隶释·汉李翊夫人碑》云：“节行絜静，德配古之圣母。”

“德配”除了上述之义，旧时还用于尊称人妻。在当下语境中，也是可行的解释，比如清代程麟《此中人语·儒将风流》云“刘君德配工吟咏”，意思是说刘君他那位贤妻工于吟诗咏唱。在上联中，如果取此意（即“德配”指妻子），指称关系就刚好颠倒了过来，此处的“德配有人”是说这么贤德的女子，嫁了一个好郎君，上一种说法，是说德行相配的有这么一个女子。所以，“德配”和“人”的指称关系刚好颠倒了过来。汉语之妙，意合而矣，随心而解，不像印欧语言那样强求形合，并且追求语义解读的排他性。

上联的后半段，“素怀”指“平素的怀抱、志向”。北齐颜之推《颜氏家训·终制》云“先有风气之疾，常疑奄然，聊书素怀，以为汝诫”，其中“聊书素怀，以为汝诫”意思是，我姑且把平素的志向说给你听，作为对你的告诫。

“壹”，指专一。《左传·文公三年》“举人之周也，与人之壹也”，是说提拔人才要对他的情况作全面考虑，任用人才也要专心专意。着眼于此联，则表示用情专一，夫妻只钟情于对方。

再看下联。“光华多彩”的“光华”指光辉，如《尚书大传·虞夏传》的“日月光华，旦复旦兮”，这就是我的母校复旦大学校名的由来，意思是太阳和月亮的光辉，一天又一天地照耀大地。

下联的“梅实叁兮”，出自《诗经·摽有梅》。清代龚橙《诗本义》称：“摽有梅，急婿也。”同时代的陈奂《诗毛氏传疏》则称：“梅由盛而衰，犹男女之年齿也。”“梅”与“媒”声同，故诗人见梅而起兴，意思是赶紧嫁了吧，娶妻吧，不要成为剩男剩女。

《诗经·摽有梅》曰：

摽有梅，其实七兮。求我庶士，迨其吉兮。摽有梅，其实三兮。求我庶士，迨其今兮。摽有梅，顷筐塈之。求我庶士，迨其谓之。

全诗意思是说：梅子落地纷纷，树上还留七成。有心求我的小伙子，请不要耽误良辰。梅子落地纷纷，枝头只剩三成。有心求我的小伙子，到今天切莫再等。梅子纷纷落地，收拾要用簸箕。有心追求我的小伙子，快开口莫再迟疑。

这是一首委婉而大胆的求爱诗。暮春，梅子黄熟，纷纷坠落。一位姑娘见此情景，敏锐地感到时光无情，离人而去，而自己青春流逝，却婚嫁无期，不禁以梅子兴比，情意急迫地唱出了这首怜惜青春、渴求爱情的诗歌。把这个《诗经》故事用到对联中，何其妥帖、高雅！

26. 梁济生新构

1979 年 12 月

济世有方，兴家有道；
生财无算，蕃衍无疆。

慕苏公注 梁君毕生从医，故有“济世”“兴家”之说。济世必生财，生财必兴家，兴家必蕃衍：此皆情理中事，笔者仅言其所当然。

宇红注 此联又是嵌字联，把“梁济生”的名字嵌到了上下联的首字位置。

先看上联。“济世”指救世，济助世人。济世的首要行当，便是治病救人，既嵌入了东家的名字，又指出东家的职业，这就是高妙之处。

“济世”常与“悬壶”连用，都指治病救人，后者涉及一个神怪故事，不妨多说两句。《后汉书・方术传下・费长房》记载：“费长房者，汝南人也。曾为市掾。市中有老翁卖药，悬一壶于肆头，及市罢，辄跳入壶中。市人莫之见，唯长房于楼上睹之，异焉，因往再拜……遂能医疗众病。”意思是说，有一个叫费长房的人，曾经担任管理市场的官员（即“市掾”，掾读 yuàn，是古代官署属员的通称），看到一个卖药的老翁，在市场的入口处挂一只大壶，壶里装满药水，施药救人，收市后（即下班后），就跳入壶里，此人显然不是凡人。自此“悬壶济世”就成了行医的代称。

“济世有方”的“有方”，指得法，就是说很擅长治病救人。

“兴家”指“振兴门庭”。《南史・后妃传上・高昭刘皇后》：“后母桓氏，梦吞玉胜生后，时有紫光满室，以告寿之。寿之曰：‘恨非是男。’桓笑曰：‘虽女亦足兴家矣。’”意思是说，皇后的母亲桓氏梦中吞下了玉制的发饰，就生下了皇后。当时满室紫光，她把这一情况告诉了寿之，寿之说“可惜不是男孩”，桓氏说“虽然是女儿，也足以使家族兴旺了”。“兴家有道”的“有道”，是指有办法。

“生财无算”是说所挣的钱不计其数，极言其多。

“蕃衍无疆”指后辈子孙人丁兴旺。

27. 贺杨锡清新构

1980 年 2 月

锡赐三多，无如政策英明好；

清流万里，为有源头活水来。

慕苏公注　上天赐福是假，唯政策英明，方能使民幸福。撰此联时，正是十一届三中全会之后。朱文公有诗云："问渠哪得清如许？为有源头活水来。"借古人成句，既歌颂政策，又赞主人致富有方。

宇红注　"锡赐"，即"赏赐"，上文《贺刘凤恒昆仲新构》的上联"凤舞绕金壶，冀他年佑启人文，宗功锡赐三多福"中已做注解，此处不再赘述。

"锡赐三多"，可以是一种祝愿，愿老天爷赏赐你三多，即多福、多寿、多男子；也可以是一种陈述，杨锡清深得上天眷顾，得到了多福、多寿、多男子的福报。前者是将来体，后者是完成体，语义刚好相互对立。我不认识杨先生，但是语感和直觉都支持后者。

汉语最难掌握的除了声调变化和一词多音多义之外，就是句子的歧义性。从语言类型学上讲，这确实是一个很大的缺点，但是对于韵文（包括对联）来说，反倒成了一个很大的优点。当一个句子可以有多种解读的时候，它就是多种潜在语义的载体，具体选哪一种，就由语境来断取了。如果没有多义性，押韵和对仗就卡住了。所以，汉语经常是语义迁就形式，也就是说，是用语义的模糊性成全了对仗所要求的结构唯一性。

从宏观上讲，汉语的诗性表达，各种文学意象的凝固，都拜一词多音、一词多义、一形多义、语气混沌、语态不明等所赐。是优点还是缺点，不好一概而论。对于自然科学的精准表达要求来说，这种不明确性确实是一种缺陷，所以，五四新文化运动的白话文运动，以及句法的复杂化与欧化，成全了近一百年来的自然科学发展。但是，反过来，这一目标所规范的学校教育，在传统语言能力的传承上出现了断裂。

再看下联。"清流"，字面义是"清澈的流水"，喻指德行高洁、负有名望的士大夫，比如《三国志・魏书・桓阶陈群等传评》"陈群动仗名义，有清流雅望"。"清流万里"是对"清流"的陈述，把对"清流"的赞叹放大了，自然界没有长达万里的清流。但是，清流万里作为一种诗性表达，却自然而且雅致。组合关系上的自然而且雅致，还得到了聚合关系上的对应，“三多”对“万里”，很好。

下联的后半段，“为有源头活水来”，出自南宋朱熹《观书有感》一诗：

半亩方塘一鉴开，天光云影共徘徊。问渠那得清如许？为有源头活水来。

这是一首哲理诗，姑且把它叫作“哲理隐喻”吧。“为有源头活水来”的意思是因为有那永不枯竭的源头，这源头为半亩方塘源源不断地输送活水啊。朱熹取的是哲理，父亲取的也是哲理，因为“清流”本身就是一个隐喻意象。

下联比上联写得好，下联在连贯性和语义完整性上优于上联。上联说上天赐予你多福、多寿、多男子，这些福报比不上（即“无如”）“政策英明”，这种说法多少有点牵强。但是，联系此联写作时间，可以说上联用政治正确来匹敌下联的典雅与流畅，各有优长。

28. 贺陈历祥新构

1980 年 9 月

慕苏公按 陈君先任党政领导，后调回西河镇领导商业。其家附近有天马山，是当地名胜。

历经政务，旋领商场，从来全意全心，举社干群称美德；
祥发西河，灵钟天马，赋得如松如竹，阖家老幼乐安居。

慕苏公注 上联称颂个人，下联化用《诗经》“如竹苞矣，如松茂矣”

之句颂彼新居。

宇红注　此联通俗易懂，但是有几个文言词汇和典故略显生僻，还是解释一下。

上联的“旋”指随即、不久，“旋领商场”是说很快就改行经营了一家商场。

“举社干群称美德”，对年轻的读者而言，这里有文化代沟了。1980 年的时候，“人民公社”是基层权力机构，相当于现在的“乡”。这句话的意思是，这位领导要走了，因其政德大家都恋恋不舍，全公社的人都在传颂他的美德。

下联以“祥发西河”开笔。“祥发”，就是“发祥(于)”的结构颠倒，因为名字中有“祥”字，与上联的“历”对上了。“西河”是地名。“灵钟天马”中的“天马”指“天马山”，是一座外形酷似马的山。

“灵钟”指灵秀之气汇聚，古人相信某地方出了一个大人物，必定是当地的山川地形的风水好，因为天马山有灵气，也因为西河这个地方是祥瑞之地。这些都是对陈先生的赞美，不必苛求这种说法能不能得到现代科学的支持。“灵钟”，常作“钟灵”，是“钟灵毓秀”的缩略，意思是凝聚了天地间的灵气，可以孕育出优秀的人物。出自唐代柳宗元《马退山茅亭记》，“盖天钟秀于是，不限于遐裔也”。较早的杜甫《望岳》则说“造化钟神秀，阴阳割昏晓”。“钟灵毓秀”的完整形式最早出现在《红楼梦》第三十六回：“真真有负天地钟灵毓秀之德了。”

29. 贺刘易庭新构

1980 年 12 月

易首卜元亨贞利；
庭前颂福寿康宁。

慕苏公注 元亨贞利，本作“元亨利贞”，语出《易经》。福寿康宁，语出《书经》。“元亨利贞”与“福寿康宁”，虽只八字，可谓集吉祥语之成。贺人新构，多故作吉祥语，以为颂祝。我谓“编新不如述古”，自是至理名言。

宇红注 刘易庭先生，是同村的一位长辈，与我家相距数百步。新构华堂，自然少不了父亲的对联。在当地十里八村，父亲毫无异议地被公认为“第一书桶子”。“书桶子”是我家乡对有学问的人的尊称。

对联嵌入名字，可以让对联和主人有一种文字层面的关联。不管在什么场合，名字能被人记住，被人嵌入到对联中，都是一件讨人喜欢的事，而这又是父亲的拿手好戏，“第一书桶子”可不是浪得虚名的。

“易首”指《易经》六十四卦的第一卦，即“乾”卦，卦辞是“元亨利贞”。“易”本来是易庭公的名讳，当下迁移到《易经》占卜中，这种联想是要有相当的机巧才能做到的，但是“第一书桶子”能做到。

“元亨利贞”，是“乾”卦之四德。“德”者，“得”也。卦辞原文：“乾，元亨利贞。”实际上，在《易经》全文中，这四字以不同的组合方式出现了多次。“元亨利贞”，往往被拆开来分别解释，即“元，始也；亨，通也；利，和也；贞，正也。言此卦之德，有纯阳之性，自然能以阳气始生万物，而得元始、亨通，能使物性和谐，各有其利，又能使物坚固贞正得终”。四个字，都是吉辞！名字中有“易”，这种祝福就非此公莫属了。

再看“福寿康宁”，源自《尚书·洪范》：“五福：一曰寿，二曰富，三曰康宁，四曰攸好德，五曰考终命。”也是祝颂语。“庭前颂福寿康宁”，所嵌“庭”字，一双关。既是新房之“庭”，也是易庭公之名讳，前者的“庭前”是“颂福寿康宁”的场所，后者是“颂福寿康宁”的祝愿对象，即当着易庭公的面，祝颂了福寿康宁。

30. 贺陈新求新构

1981 年 4 月

新构如斯，信可乐也；

求安若此，不亦宜乎？

慕苏公注 上联写主人之乐，从“新构”起笔，发出赞叹；下联则反《论语》“君子食无求饱，居无求安”之意，对主人之构筑作充分肯定，以反问收束。一叹一问，弦外似有余音。

宇红注 上联和下联各嵌入房主人名字中的一个字，“新”和“求”，在横向（即联内）和纵向（即两联之间）两个层面都做到了语义完整，相互呼应，我们来细看：

先看上联，“新构如斯”的“新构”指新盖的房子，“如斯”是“像这样”。上联一开笔就是一声感叹：哇，新房子居然盖得这么漂亮！盖成这么漂亮会怎么样呢？继续感慨，“信可乐也”，意思是“实在很快乐耶！”“信可乐也”出自东晋王羲之的《兰亭序》，原文的语境是这样的：

是日也，天朗气清，惠风和畅，仰观宇宙之大，俯察品类之盛，所以游目骋怀，足以极视听之娱，信可乐也。

下联以“求安若此”，既有与上文的对仗，也体现下文自己的表义序列。与上文的对仗是“新”和“求”对应，构成房主人的名字，这是微观层面的对仗，在更大的语境结构上，“新构如斯”和“求安若此”又是很好的结构和语义对应，其中“如斯”对应“若此”，都是近指层面的比较，即“像这样子”。“求安”一语，父亲说仅用《论语》，意思是“求安适”。

“求安若此”又会怎么样呢？接下来，父亲又说“不亦宜乎”，意思是，像这样居有定所，求得安适，难道不应该吗？国家大好形势下，当然是应该的。注者再进一步发问，怎样才更安适，进而心安呢？上无愧于祖宗，下无愧于后辈子孙。为儿孙盖了新房子，可能要娶儿媳妇了，可以延续香火了，心就算安了。“不亦宜乎”，宜也！

31. 为某中学1983年毕业典礼撰联

1983年6月

他日高飞，勿忘此三年立雪；
今朝盛典，相期尔万里乘风。

慕苏公注 嘱诸生于他日高飞之时，勿忘母校，勿忘师长，并祝其前途无量。临别赠言，恕未一一交代。

宇红注 某中学是指湖南省新化县的孟公镇中学，是父亲工作时间较长的一所初级中学，也是我的母校。在我读书的时候，校名是“横阳中学”，因为当年归“横阳公社”管，后来“社”改“镇”，唤作“孟公镇”，校名也相应改变。1983 级学生，是我的学弟学妹们，因为当时我已经读高二了。

上联是对学生的叮嘱，“他日”，将来有朝一日，“高飞”是隐喻，喻体“大鹏鸟”隐去了，留下动作过程作为喻体。有朝一日，你们像大鹏鸟一样展翅高飞，千万不要忘了在这里学习过三年。“三年立雪”用了一个典故，即“程门立雪”，语出《宋史·杨时传》：“杨时见程颐于洛，时盖年四十矣。一日见颐，颐偶瞑坐，时与游酢侍立不去。颐既觉，则门外雪深一尺矣。”是说学生杨时去洛阳见老师程颐，老师正在小睡，杨时不忍心叫醒老师，就在一旁侍立，天下起雪来，等到老师醒来，雪都有一尺深了。这是学生对老师恭敬的体现，在后世的使用中，“程门”被泛化了，可以指站立在任何老师的门前。“立雪”的意思也扩大了，泛指师生关系。词义的演变就是这样，历经较长时间而语义保持不变是很难的，要么语义泛化，要么语义缩窄，要么由褒变贬，要么由贬变褒。

下联的“今朝盛典”，指今日的盛典，即毕业典礼。“相期尔万里乘风”，是一种勉励，期待你们如同诗仙李白所说“大鹏一日同风起，扶摇直上九万里”（《上李邕》），意在祝愿学生前程远大。“相期”，互相期望。“尔”指你或你们。“乘风”指顺风，凭借风力。语出《庄子·逍遥游》：“北冥有鱼，其名为鲲。鲲之大，不知其几千里也。化而为鸟，其名为鹏。鹏之背，不知其几千里也。怒而飞，其翼若垂天之云。”

32. 胞弟刘慕湛追悼会联

1983 年 10 月

慕苏公按 胞弟慕湛读书时，成绩拔尖，行医擅各家之长；同村有婚丧大事，均由他组织、指挥，并参加奏乐。何期天不怜才，竟尔中年早逝。其时上有老父，中有妻室，下有幼儿。追悼会场，有联如次：

在学堂居冠，在医界称优，为乡里救死扶伤，更主持婚丧喜庆，作乐司仪，诸事显奇才，竟使苍天生嫉妒；

有老父寻儿，有群雏失怙①，听哀妻声嘶力竭，见兄弟饮恨含悲，捶胸顿足，满堂皆太息②，忍看大地着缁缞③。

慕苏公注 失怙，谓父死。本《诗经》"无父何怙"句。

宇红注 父亲对亡者三叔的介绍非常清楚，因为三叔跟随父亲就学，朝夕相伴，父亲对他了解很深入，评价也很到位。三叔很聪明，认识他的人都这样说。读书总是成绩最好的那个，成年后跟随爷爷行医，不仅学到了爷爷的中医中药之术，对西医也很专精，化验、X光等现代医疗科技无不娴熟，在乡卫生院工作时，以一人之力撑起全医院的门面。

三叔的头脑是最灵活的，他总是能为家里多挣回十块八块。在做村里（当时叫大队）的赤脚医生时，很多中草药都是他在自家的自留地里种，如芍药、木瓜等；他也向村民收购金银花、半夏等草药，收购后稍做加工，就可以在医疗点的自家药铺销售，这样可以赚点差价。

在那个物资匮乏的年代，为了改善家庭生活，三叔比村里其他人都更有想法，在别人都只会喂一两头猪的时代，三叔家喂过羊，

---

① "失怙(hù)"，即丧父。"怙"指依靠或仗恃，失去了依靠或仗恃，被转喻为"丧父"。"失怙"一词出自《诗经·小雅·蓼莪》："无父何怙？无母何恃？"清代黄景仁《和容甫》诗曰："两小皆失怙，哀乐颇相当。"

② 太息，大声长叹，深深地叹息。《庄子·秋水》："公子牟隐机大息，仰天而笑。"《楚辞·离骚》："长太息以掩涕兮，哀民生之多艰。"

③ "缁缞(zī cuī)"，缁，黑色，人去世时挂孝的颜色。缞，是旧时丧服，用麻布条披于胸前，服三年之丧者用之。

喂过兔子，还养过蜜蜂。不仅为家里人提供了更多的蛋白质，还可以换回一点额外的收入。

20世纪70年代至80年代初，在那个无书可读的文化荒漠期，三叔找到了公社(现在的乡)的废品收购站，见到各种印刷品，诸如废书废报，只要是有字的，三叔花比废品收购价格更多一点的钱，把它们买回来，供儿女们阅读。

这个极聪明的头脑，这样极灵活多智的乡村医生，得到十里八乡的交口称赞，但是只有42年的阳寿。在我读高三的那年，三叔突然去世了。家里没有通知我回家参加三叔的葬礼，学校放月假的时候，我才知道噩耗。

记得那天回家，坐火车很晚从县城的中学回到家，回到母亲任教的小学。在附近中学任教的父亲，还有弟弟妹妹都住在母亲的学校，两间共约二十平方米的小房间。

我在漆黑的夜里行走，沿着泥土松软的田间地头，走了几公里的夜路，很晚才回到家中。母亲像往常一样做了好吃的饭菜，记得有一大锅子氽汤肉，够全家人吃的分量。在一家人的鼓励下，我全吃完了。在我吃完之前，全家人都不提三叔去世的事，这是他们商量好了的。

等我吃完了，超过饱的限度很多很多。这时父母才把三叔去世的事告诉我。记得当时，因为悲伤而顿感天旋地转的同时，只觉得肚子要炸了。悲伤是不是会增加胃的收缩我不知道，我就知道吃得过饱的肚子，受到噩耗的打击，似乎加倍地膨胀了。

现在想想，可能是因为人在极度悲伤的时候，没办法像平常那样以别的方式转移注意力，或踱步，或闲聊，或凝视，或胡思乱想。原本大脑里可以有许多思绪，都想冒出头来，都想得到优先的关注，或者是优先的表达。在这种竞争中，人是很难只关注其中一样或两样的，所以腹胀也就算不得什么了。

悲伤和腹胀这两种痛苦，不但不能互相冲抵，反而合起伙来，把我完全控制住了。双倍的难受，双倍的痛苦，简直要让我窒息了，那是一种无法排遣的痛苦。不能坐着，又不能站着。不想走动，更不能躺下。什么都不想说，又没办法哭出声来。若是哭一声，或喊一声，可能肚子当下就炸了。

到了下半夜，到了第二天，我终于战胜了腹胀。但是，无限的悲痛似乎没有丝毫的减弱，反而更强盛了。

四十年前解释不了的现象，四十年后的今天，终于可以做出如上分析。四十年来一直像父亲那样勤勉，我的思辨能力今非昔比。这样的解释应该是合理的。

父亲对我三叔的纪念，还可以参见下文第 149 联“湛氏墓碑联”。

33. 刘正永新婚

1983 年 10 月

正内正外，乾坤定矣；
永和永好，桃李报之。

慕苏公注 正内正外，言夫妇分别主持内外各项。语本《易经》。乾坤定矣，喻婚礼造成，夫妇和合。语亦出《易经》。永和永好，桃李报之，语本《诗经》“投我以桃，报之以李”，“匪报也，永以为好也”。

宇红注 此联包含四个四字格词组，简洁明快，朗朗上口，闻之悦耳，读之怡情。但是，不经注释难有此种效果，所以，下面一一解释。

“正内正外”，此语出自《易经·家人》：“女正位乎内，男正位乎外。”后因以妻子守正道，尽妇职于家中谓之“正内”。各司其职，各显其能，结果怎样呢？“乾坤定矣”。

“乾坤定矣”出自《易经·系辞》：“天尊地卑，乾坤定矣。”乾为天，指男子；坤为地，指女子。天尊地卑，各安其序。

“永和永好”首先体现嵌字的对应，即“正”和“永”合起来是新郎官的名字，其次才是两联语义的延伸与关联。“永和永好”是永结同心的意思，也是新婚时常用的祝福语，以祈夫妻和谐，相濡以沫，家庭和睦。

“桃李报之”是“投桃报李”的结构讹变。

34. 陆氏老伯逝世门联

1983年10月

慕苏公按 是翁寿逾七秩，于重阳后一日仙逝。

风雨过重阳，念老父茹苦含辛，竟觅仙踪成惨别；
春秋逾七秩，叹儿曹思亲陟岵，更从何处睹音容。

慕苏公注 “风雨”句，语本宋代潘大临“满城风雨近重阳”诗句。陟岵，语本《诗经》“陟彼岵兮”。盖此联系代老伯之儿曹立言。

宇红注 按语中的“七秩”指七十大寿。“秩”有多个意思，一是有条理，二是古代官吏的俸禄，三是古代官职级别，四是指十年。在这里，“秩”代表的是十年的意思。在古文中，可以看到“七秩寿辰”一词，就是七十大寿的意思。

依此来推，六秩就是六十岁，八秩就是八十岁。唐代白居易《喜老自嘲》诗中有“行开第八秩，可谓尽天年”之句。“行开”，将要开始，指“八秩开一”，就是第八个十年开始的第一年，即七十一岁。

“是翁寿逾七秩，于重阳后一日仙逝”的整体意思，是说这老仙翁啊，七十多了，“逾”即逾越，指超过，在重阳节的后一天故去了。这句不难，我们往下看。

“风雨过重阳”出自元代倪瓒的《江城子·满城风雨近重阳》。“风雨”有两重意思，一是字面义“风和雨”，如宋代苏轼《次韵黄鲁直见赠古风》之一：“嘉谷卧风雨，稂莠登我场。”二是比喻危难和恶劣的处境。《汉书·朱博传》：“（朱博）稍迁为功曹，伉侠好交，随从士大夫，不避风雨。”显然，在本联中取比喻义，指一生坎坷。

“茹苦含辛”也作“含辛茹苦”。辛：辣；茹：吃。形容忍受辛苦或受尽艰辛，出自宋代苏轼《中和胜相院记》：“无所不至，茹苦含辛，更百千亿生而后成。”

“仙踪”，仙人的踪迹，如后蜀顾敻《甘州子》词：“曾如刘阮访仙踪，深洞客，此时逢。”“觅仙踪”，此处指去世，即追随神仙的足迹羽化飞升了，这是道家的说辞，若是用佛家的说法，就是承蒙阿弥陀佛慈悲接引，去了西方极乐世界。佛道两殊，道家讲升仙，佛家认为神仙仍在六道中，虽福报无限，寿算极长，但还是没有出离轮回，如果去了西方极乐世界，就算跳出轮回了，无生无死，是谓涅槃。

“竟觅仙踪成惨别”之“惨别”，出自白居易《琵琶行》：“醉不成欢惨将别，别时茫茫江浸月。”黯然伤神者，唯别而已矣。生离死别，当然是惨之极致了。

“春秋逾七秩”的“春秋”，指人的年岁，如春秋正富（年纪不大，将来的日子很长）、春秋已高、春秋鼎盛。“春秋逾七秩”指年岁过了七十。

“叹儿曹思亲陟岵”的“儿曹”，指儿女辈、孩子们。“思亲陟岵”可参考第 24 联“某君丧妻联”的注释。另外，《幼学琼林·祖孙父子》说“慈母望子，倚门倚闾；游子思亲，陟岵陟屺。”大意是：慈母渴盼远行的儿子，靠着大门不停地张望；游子思念家中的双亲，登上山冈远远地眺望。

“更从何处睹音容”，哪里还可以看到亲人的音容笑貌啊，怅惘之情，感人至深，催人泪下。

35. 代贺伍玉福新构

1983 年 11 月

慕苏公按 此代肖君撰联。肖君索句甚急，立等成章往贺。口占此联作称颂语，以为喜庆之一粲。

玉作台阶金作柱，
福盈华厦喜盈门。

宇红注 “粲”读作 càn，本意是指上等白米，也指“鲜明的样子”，引申为笑的样子。《谷梁传·昭公四年》“军人粲然皆笑”，范宁注：“粲然，盛笑貌。”在此处，“一粲”即“一笑”。清代杨复吉《海鸥小谱跋》：“廿年剑化，一旦珠还，遥稔知不足斋主人，应不禁掀髯一粲也。”

上联嵌“玉”，下联嵌“福”，把伍玉福的名字嵌入联中。

先看上联，“玉作台阶金作柱”，估计是从《红楼梦》中摘句得到的：“贾不假，白玉为堂金作马。”似这等词句，是对肖君新建房屋的赞美，玉啊，金啊，富丽堂皇，美轮美奂。

下联，“福盈华厦喜盈门”，对仗铿锵，琅琅上口。细心的读者也许会发现，下联包括两个双关语。“华厦”谐音“华夏”，既指眼前的漂亮房子，也指我中华古国。从小家的“华厦”推而广之，想到中华之“华夏”，家国情怀，一语两说。

另一个双关是“喜盈门”的用法。此联撰于 1983 年，1981 年有一部电影叫作《喜盈门》，导演是赵焕章，主演是王书勤和温玉娟等，上映后，大致经过两年时间，终于在湖南农村放映，1983 年把“喜盈门”写入对联，是很应景的。

36. 学校“教工之家”联

1983 年 12 月

乐书画琴棋，研德智体美；
观古今中外，览丘壑山川。

慕苏公注 学校“教工之家”，系教育基层工会所设，为教工休息、娱乐、阅读、讨论场所，中设报刊书画及文体器材。故对联从此一角度着笔。

宇红注 所谓的“教工之家”，是工会设置的活动场所，教师们在工作之余，可以聚在一起，从事各种文娱活动。

“书画琴棋”是主要的娱乐内容，又是受韵律的影响改变了句法结构，“乐书画琴棋”体现为“仄平仄平平”，对应下联的“平仄平平仄”（即“观古今中外”），这是驱动因素，驱动效果是“琴棋书画”变成了“书画琴棋”。如果没有韵律句法的互动，会怎么样呢？“观琴棋书画”，四个平声在一起，“平平平平仄”，读起来生硬，韵律之美荡然无存。

刚才说的是韵律上的对仗，在句法层面的对仗也很有意思。

上联是两个联合词组，“乐”和“研”是动词，各带四个宾语，“书画琴棋”和“德智体美”。下联也是如此，“观”和“览”各带四个宾语，即“古今中外”和“丘壑山川”。

韵律和句法各自成对，又两相互动。

37. 贺陈代恒新构

1984 年 4 月

代衍诸丁焉，培兰植桂；
恒足其财矣，积玉堆金。

慕苏公注 恒足其财矣，原作“财恒足矣”，语出《大学》。积玉堆金，原作“堆金积玉”，语出李贺。贺人新构，称颂人兴财量皆居多。我亦存心从众耳。

宇红注 父亲虽有注释，但似乎还可以详细一点。首先，这也是一副嵌字联，上联以“代”起笔，下联对应“恒”，这是全联的基调，在这两个字的基础上再行构思。

上联“代衍诸丁”，意思是每一代都繁衍不息，人丁兴旺，“诸丁”指众多的男子。“培兰植桂”是一种互文手法，可以理解为“培植兰桂”。“兰”和“桂”是两种富于文化内涵的植物，寄托了民族文化和精神价值层面的诸多理想，比喻美才盛德或君子贤人，也用来比喻子孙。比喻子孙时，与上文的“代衍诸丁”就实现了语义连贯。

下联的“恒足其财”出自《礼记》的《大学篇》，“经之，营之，财恒足矣；悠也，久也，利莫大焉”。“恒足其财”的具体表现是什么呢，是“积玉堆金”，财源丰茂到了“积玉堆金”的程度。父亲化用了唐代李贺《嘲少年》诗“堆金积玉夸豪毅”句中这一词组。

总的来看，上联夸人丁兴旺，下联赞财源滚滚。人财两旺，归于“代”“恒”二字。

38. 横阳区供销社批发部联

1984年5月

批极左思潮，是富国强民之所自；
发最佳俏货，愿远商近贾以俱来。

慕苏公注 横阳区之有批发部，于此始破天荒。若非改革开放、批极左思潮，曷能有此？故上联盛赞此举之功，下联则以最佳俏货向商贩推荐。开业之后，果然货如轮转，商贸日兴，此联殆亦具招徕之功欤？

宇红注 好联！其中没有嵌入人名，却嵌入了“批发”二字，若不细读，那就辱没了作者的良苦用心，也枉费了作者的满腹才情。

父亲注称：“若非改革开放、批极左思潮，曷能有此？”“改革开放”与“批极左思潮”是一体不二的，两相并举，不可偏废。“曷”是一个疑问副词，“曷能有此”表示“哪里能指望有批发部呢？”

上联“是富国强民之所自”，是现代白话文的句式，因为“是”是判断句的标记，“自”是介词，是对运动轨迹的起点标记，即“批极左思潮，是富国强民得以开始的起点”，确实是这样。

“批极左思潮”的“批”，和“批发”的“批”，实在是一形两义，关联极弱，但语义上的分崩离析，阻碍不了文人雅士对于文字游戏的无限热情。如果同一个字，体现语义衍变的起点和终点，这种文字游戏是有充足理由的，但是，很多情况下往往是“同形异义”，语义上的关联几乎无法考证，或者根本就是巧合，但是现实的幽默诉求可以无视语义理据上的基点。

39—41. 益君新婚联

1984 年 9 月

(一)

益者三友；

君子好逑。

慕苏公注 此集句联也。上联采自《论语》，下联摘自《诗经》。古人名言，终不敢易其一字。

宇红注 益君是何人，我不得而知，也不知他的姓氏。

望文生义者，必定认为“三友”是指松、竹、梅，即“岁寒三友”，结果是大错特错了。《论语·季氏》说：“益者三友，损者三友。友直，友谅，友多闻，益矣；友便辟，友善柔，友便佞，损矣。”谓益友和损友各有三。“益者三友”，是说对我有教益的三类朋友：直言相劝者，为人诚信者，知识广博随时接受我的求教者。“益者三友”的“益”，是新郎官名中一字，只管拈来做上联，信手之妙，缘于博学多闻。

上联四字是现成的，奇妙的是下联四字也是现成的，也有新郎名中一字。顺手拿来，顺势而为，总给人一种洒脱和舒心的感受。“君子好逑”语出《诗经·周南·关雎》，“窈窕淑女，君子好逑”。意思是那美丽贤淑的女子，是君子的好配偶。

这副对联除了简洁、明快之外，在语义上毫无拼凑之感，上下联水乳交融：益者三友，指涉夫妻关系，夫妻间要坦率，要互相信任，要相互学习，这种语义拓展和语境代入，是不难实现的，所以上联入情入境，完美无缺了。下联就更不用说了，本来就是写男欢女爱的，不仅与语境契合，而且与上联完美对接。

（二）

益见其欢矣，

君与同乐焉。

慕苏公注　上下联实则互为因果。原二者形成良性循环。

宇红注　此联同样简洁质朴。先看上联，“益见其欢矣”是一种感慨，看到新郎官更加开心了，为什么呀？不言自明，人生四喜，洞房花烛夜乃其一也。

本来，“益见其欢”不是一种固化程度很高的词汇，相反，“益见其”可以看作一种预制件，即现代语言学所讲的“构式”，构式与可嵌入词汇组合起来，在结构上体现组合，在语义上体现构式与词汇的互动，如“益见其真”“益见其新”“益见其哀”等等。

下联“君与同乐焉”不离当下的语境，但言说的对象换了，这是一种必要的焦点切换。上联针对的是新郎官，下联切换到观众，指前来庆贺的亲朋好友。“君与同乐焉”，“乐”什么呀，各取所需，可以闹洞房，可以多吃喜糖多抽喜烟，还可以乐滋滋地联想，把自己代入到二人世界中。在这样的喜庆场合，只对新郎或新娘说事，忽略了人数众多的亲朋好友，才不是合理的立意和取景。“对联”之“对”，本来应该体现语义上、场景上、视角上的二元对立，当然主人公与亲朋好友之间的对列只是“对联”取“对”的选择之一，如果上联写新郎，下联写新娘，也不失为一种体现“相对”的二元格局。

（三）

益在其中乐亦在其中矣；

君知乎此侬未知乎此焉？

宇红注　此联不仅嵌入了新郎官的名字，而且上下联各有双关，叙事与戏谑并举，又显父亲好戏谑、好诙谐的习气了。

上联“益在其中乐亦在其中矣”，“其中”指何处，“益”“乐”指何事，不必直言。下联也是如此。在“君知乎此侬未知乎此焉”这一反问句中，“侬”与“君”对举，在这里用作第一人称，指“我”。“君”指新郎官，你知道此中之乐，我当然也知道呀。

42. 孟公学区第一个教师节联

1985年9月

教书教人，教学相长；
师承师训，师道不衰。

慕苏公注　教书而又教人，使学生长进而又使自身长进；师训之至理则师承之，宜乎师道之不衰也。书此，与教界同仁共勉。教学相长，语出《礼记》。

宇红注　此联又是嵌字联的另类创新，把“教师”二字三次嵌入上下联。

写对联，套话容易找，拎出两句人所共知的话，稍做结构改变，就可以是一个合格的对联。但是，把名字或者别的字词嵌入到对联中，难度就大了，这是作者自己加的码，是一种挑战。

43. 教育工会俱乐部

1985 年 11 月

后人而乐，与人俱乐；
爱校如家，以校为家。

慕苏公注 此俱乐部，亦即“教工之家”，为教工阅读、讨论、休息、娱乐场所。上联化用范仲淹“后天下之乐而乐”与孟子“此无他，与民同乐也”等句，又切“俱乐”之名；下联系教工常用语，符合“全心全意”精神，又点出“教工之家”名称。

宇红注 “后人而乐”，出自宋代贤达范仲淹的《岳阳楼记》，“先天下之忧而忧，后天下之乐而乐”，前者是后者的压缩句式。

结构的可伸缩性，是汉语句子的特点，也是优势。汉语虽然足够简洁，但是在句式上相对于印欧语言（如英语）来说，可变换性、可压缩性仍然有巨大的空间。这是对比语言学和语言类型学两个学科的常识性结论。

“与人俱乐”，看似一个松散的双宾构式，其实在此点题了，这是为俱乐部而作，而且是嵌入式点题，收画龙点睛之妙。这次不是嵌在联首，而是嵌在句中。变化之妙，妙在无穷。

“俱乐部”是一个外来词，读者朋友估计想不到，“俱乐部”是英语词汇 club 的完美音译，音义俱佳，堪称译家之绝唱。

下联“爱校如家，以校为家”，平铺直叙的文字呈现。没有了典故，但使用了一个更加通俗的“家庭”隐喻。这是宗法制社会最常见的认知架构。任何机构，一旦套上“家”的认知架构，亲密感就油然而生，而且更主要的是，强化了个体对于机构的义务，因为个人对于家庭的付出是无条件的，这就是隐喻的认知功能，以及道德和伦理上的劝化功能。

上下联各有两句，联内体现语义的深化和境界的提升。“后人而乐”强调的是奉献精神，“乐”不争先，“忧”不避后，但这是一种违逆人性的泛道德说教，说到底没有可持续性，那怎么办呢？好办，“与人俱乐”就弥补了泛道德说教的伦理缺陷。没有人不喜欢“乐”的，付出和后乐是暂时的，后乐者总有乐的时候，这就是“俱乐”。唯其“俱乐”，才有号召的力量。

同样，在下联中，语义的提升，体现从“爱校如家”到“以校为家”，前者是隐喻的说法，后者是字面义。从最初的“爱校如家”，养成习惯了，认知上就提升了。“爱校如家”可能还有压抑人性的地方，到了“以校为家”就习惯成自然了。

所以，上联的语义递进，在下联得到了同样的呼应，这就是“对”。“对”上了，就“联”起来了。这里面还真有辩证法，“对”体现对立，体现差异，“联”体现合一，体现共性，就是上下联共同的主题。

44. 毕业班学生家长会联

1985 年 12 月

为父不惰，为师不惰；
愿子成材，愿女成材。

慕苏公注 上联为《三字经》“教不严，师之惰”所改，下联由“望子成龙”仿造。一学生问难曰：“下联之‘子’与‘女’仅表家长之希望，而教师之期盼阙如，何也？”余曰：“‘子’与‘女’皆教师对尔等称呼，何阙之有?”

宇红注 此联源自《三字经》的典故,父亲已有注解,不再赘述。看到对联中的四句话,总觉得这里的隐喻有点过头了。如师如父,“师”与“父”是并列的,父母给予儿女肉身的物质基础,老师在肉身的基础上塑造出精神来,用佛家的说辞,老师给予学生的是“法身慧命”。所以,无论从哪一方面来讲,“师”与“父”都配并立而称,等同而敬。但是,从“师”延伸到“父”,从“子”谈及“女”,似乎把隐喻世界混同为现实世界了。

此念一起,顿有违和之感,再看此联的标题,不觉哑然失笑。这是家长会啊,家长与教师同堂相坐,所有的疑惑与违和,烟消云散。你们的儿女,就是我的生徒,二者同指啊。所以,“为父不惰,为师不惰”并举,就有了充足的理由,你们不许偷懒,我们也不会偷懒,都是为了孩子们好。“孩子们”在此成为词汇学所说的“上义词”了,教师可以指着学生说“孩子们”,家长也可以指着学生说“孩子们”。“师”与“父”的关系理顺了,“为父不惰,为师不惰”就成了一种相互的劝勉,我们共同努力,一切为了孩子。

再看下联。“师”与“父”的关系理顺了,“子”和“女”的对比也合情合理起来。在教师眼里,只有学生,性别并不重要,但是,这种场合是家长会啊,有的家长为儿子而来,有的家长为女儿而来,所以“愿子成材,愿女成材”是为家长代言了,教师的立场被中性化了。对家长来说,“子”成材,“女”成材,所有的孩子都成材了,教师的目标就实现了。所以,这样分析下来,此联只有视角上的多次切换,语义全无不妥。

45. 杨成新新婚

1985 年 12 月

成对成双，鹣鹣鲽鲽；
新郎新妇，我我卿卿。

慕苏公注 鹣鹣，比翼鸟；鲽鲽，比目鱼，皆所以喻夫妇和合。语本《尔雅》。我我卿卿，言夫妻相爱，此皆现成句法，不期得以成联。以上联之鹣鲽，喻下联之夫妇；上联起兴，下联则直陈之。

宇红注 新郎官的名字叫“杨成新”，“成”字开启“成对成双”，又被隐喻为“鹣鹣鲽鲽”，语义顺延，取譬自然，太完美了。

下联以“新”字起笔，“新”者为何，是“新郎新妇”。澳洲的功能主义语言学家韩礼德说过，只要语境确定，话语就有可预知性，这不就是一个很好的例子吗？言辞语境是“新”字，情境语境是结婚，“新郎新妇”就有了高级别的可预知性。再进一步，以“新郎新妇”开头，再加上上联的“鹣鹣鲽鲽”，后续的“我我卿卿”又是可预知的了。

所谓的“可预知性”，就是语境中的唯一性，或者说词句的可选性降到了最低。这种说法似乎表明完美的对联可以轻易成就，但是有一个隐秘的逻辑前提，那就是作者必须有上帝的视野和能力，掌控一切语言资源，对于所有的典故和词汇，必须毫无遗漏地通晓。这种推论，成了对父亲最高的褒奖。

46. 横阳中学部分毕业生回校联欢

1985 年 12 月

万里鹏抟，赖母校化雨春风，完六艺部门基础；

一朝鸠聚，凭若辈欢歌笑语，续三年灯火因缘。

慕苏公注 六艺，本指孔门所设置的礼、乐、射、御、书、数等六门功课，此处泛指德、智、体等多方面修养。鹏抟，奋发有为之意，语出《庄子》。鸠聚，聚集，语出《后汉书》。感谢母校，回忆当年，会聚今朝，自有无穷眷恋。

宇红注 这副对联用典较多，父亲的注释已经解读部分的难词难句。但是，对联中还有难解之处，需要补注一下。

上联的“万里鹏抟”，“鹏抟”，鹏鸟展翅盘旋而上，比喻人奋发有为。出自《庄子·逍遥游》，后世常用，如唐代王勃诗《常州刺史平原郡公行状》，“凤鸣千仞，鹏抟万里”。意思是说，凤在千仞高的山顶上鸣叫，鹏鸟展翅高飞，盘旋万里，高飞入云，都是对人有远大志向、取得伟大成就的隐喻性描述。

接下来，笔锋一转，同学们为什么能取得了不起的成就呢？“赖母校化雨春风，完六艺部门基础。”原因找到了，离不开母校的培养，是当年在这里打下了坚实的基础。“赖”是仰赖、依仗的意思，“完”指完成、完结，仰赖母校化雨春风般的培育，完成了对各个学科领域基本知识的掌握。

“化雨春风”，本义指适合草木生长的雨水及和风，比喻和蔼平易的教育，此典出自《孟子·尽心上》：“君子之所以教者五：有如时雨化之者，有成德者，有达财者，有答问者，有私淑艾者。”这段话的意思是，君子教育人的方式有五种，即有像及时雨一样滋润化育的，有成全品德的，有培养才能的，有解答疑问的，有以学识风范感化他人使之成为私淑弟子的。

至此，上联的三句话连贯起来了：回母校团聚的同学们都成就斐然，完全仰仗母校的细心培养，在各个学科领域打下了坚实的基础。撰写对联的父亲，是当年的语文老师兼班主任，从上联的内容和立场来看，显然有一个身份置换的过程，即从老师的视角转换为学生的视角，代学生发声，感谢母校的培养。写对联时，视角和代言对象的选取是灵活的。如果没有这种灵活性，就只能自说自话了。

下联起笔写“一朝鸠聚”，“一朝”指今朝，就是现在，“鸠聚”指聚集，“鸠”是一种鸟，它有群居性，所以喜欢聚在一起。《晋书·阎鼎传》说：“乃于密县间鸠聚西州流人数千，欲还乡里。”意思是说，在密县那个地方聚集了来自西州的流浪人口数千人，他们想回到故乡。“流人”指被流放的人，或离开家乡、流浪外地的人。在此联中，“一朝鸠聚”指学生毕业后，各奔东西，天各一方，今天荣归母校，聚集在当年的教室里。

聚在一起又做了什么呢？接下来说“凭若辈欢歌笑语，续三年灯火因缘”，“若辈”指你们，凭你们这样的欢歌笑语，一如当初，又延续了当年就读时的灯火因缘。缘起缘灭，缘起而聚，缘灭而散。当年同窗读书是一种缘，三年一到，各奔前程。夙缘未尽，师生又见面了。

一个“若辈”，点出了父亲的言说对象和身份立场，从上联为学生代言，回到了本有的立场，父亲以老师兼班主任的口气说话。立场的转换，是对联之所以为“对”的身份标记，也是语义表达的语境切换。

“灯火”，原本泛指灯烛，此处借指读书或学习。唐代颜真卿《劝学》诗云：“三更灯火五更鸡，正是男儿读书时。”

47. 刘氏南甫公陵寝

1986 年 6 月

慕苏公按 北宋时从江西迁居湖南新化的彭城刘氏，自始迁祖以下九代，有八代单传。十世祖南甫公有子八人，刘氏自此昌盛。

承九世而中兴，千秋载德；

庆八龙之后继，四海扬波。

慕苏公注 上承九世，可谓门衰祚薄；下有八龙崛起，克昌厥后，岂惟有中兴刘氏之德，亦大有功于国家民族，令后人感戴不忘也。

宇红注 湖南刘氏的源头，正是此联所说的南甫公；而且，刘姓又是一个大姓，人口众多。所以，必须扯远一点多说几句。

打我记事开始，祖父就告诉我，刘姓有两大支，一是“彭城刘”，二是“中山刘”，我们家属于“彭城刘”。“彭城”就是江苏徐州，是大汉兴起的地方，是刘邦的故乡。“中山刘”是中山靖王刘胜那一支，就是刘备的祖上。

现代基因技术的发展，可以支持基因测序和同宗溯源。人口统计和基因测序表明，每五十个中国人中就有一个是刘邦的后人，分为一千二百五十个二级分支。对一万个刘姓人的基因样本进行测序发现，找出了刘邦一系的共同基因是 O—F254，“中山刘”始祖刘胜的遗传标记是 O—MF6722。这一发现验证了我童年时代的听闻。

十多年前，我去徐州出差，参拜了徐州郊区的“刘氏宗祠”，宗祠的工作人员听我说是“彭城刘”的后裔，家住湖南，很快找出一本发黄的刘姓族谱，对我讲解说：在刘姓的诸多分支当中，有一支迁往江西，这一支叫作“墨庄刘”，也就是说，江西和湖南的刘姓都是“墨庄刘”的后裔。

从“墨庄刘”迁江西开始，就与父亲注释中从江西迁湖南的故事接上了。

宋神宗时候，湖南刘姓的始迁祖从江西吉安府（今吉安市）迁到今湖南省新化县的坪砥村，始迁祖到了湖南后，人丁并不兴旺，九代单传（其中有一代传了两房，但是过继了一个给外姓），到了第十世时，就是本联所说的刘南甫（南甫是字，名讳是梦真）生了八个儿子，自此，湖南刘姓开始蓬勃繁衍，到我本人，已是第八十七世。

20 世纪 80 年代末开始，十方刘姓后人筹资重修南甫公陵墓，从 90 年代初开始，又重修了刘姓的族谱（第八次修族谱，称为“八修”），鉴于父亲在刘姓族人中的德望和学识，理所当然地被推举为八修族谱的总负责人。南甫公陵修好后，父亲撰了本联，以资纪念。

把背景讲清了之后，对联就不难理解了。上联“承九世而中兴，千秋载德”，十世祖南甫公在九世先人积功累德的基础上，突然开始中兴，人丁兴旺，千秋万代的后人感念祖上的恩德。下联是“庆八龙之后继，四海扬波”，“八龙”指第十一世的八个男丁，即南甫公的八个儿子，从此迁徙到湖南和全国各地，以至于世界各地，这就是“四海扬波”。

补充一句，1905 年前后的第六次重修族谱（即“六修”），是我曾祖父（刘公经专老大人）主持完成的。曾祖父凭借其学养和德望，成为刘姓全族中的翘楚，所以也责无旁贷地承担起了处理全族的公共事务的重任。

48. 代周某撰联贺其岳父六十大寿

1986 年 8 月

慕苏公按 周某之岳父有子女八人，家住铁锁桥边。

六旬寿庆，三颂筵开，过铁锁之长桥，共仰老人星耀；

万里征途，八房竞秀，兴金樽而祝嘏，唯尊岱岳峰高。

慕苏公注 三颂，即华封三祝。祝嘏，即祝寿。岱岳即泰山，借喻岳父。

宇红注 先看上联，"六旬"指六十岁，上文也出现过"六秩"一词，意思相同。父亲注称："三颂，即华封三祝。""华封三祝"是一个成语，也是中国传统吉祥图案。由天竹(竹子的一种，也称作南天竹，也有地区称作钻石黄)、两种吉祥花卉或两只小鸟构图，是华州人对上古贤者唐尧的三个美好祝愿，典出《庄子·天地》："尧观乎华。华封人曰：请祝圣人，使圣人富，使圣人寿，使圣人多男子。"华：古地名。封：封人，古官名。

说得直白一点，这句的意思是，华地封人对上古贤者唐尧的三个美好祝愿，即祝寿、祝富、祝多男子，合称三祝。今以"华封三祝"为祝颂之辞。"三颂筵开"，是说祝福了老寿星之后，酒席就开始了。

后两句"过铁锁之长桥，共仰老人星耀"是一种补充交代。前面说了"六旬寿庆，三颂筵开"，这是在哪里呀？为什么这么热闹呀？作者嫌不够清晰，所以接着说：这些客人来自各个地方，过了屋前的铁索桥，到这里来是为老人祝寿的。

"老年星"又称"寿星"，是南部天空中一颗光亮的二等星。《史记·封禅书》:“于杜、亳有三社主之祠、寿星祠。”唐代司马贞《索隐》称:“寿星,盖南极老人星也,见则天下理安,故祠之以祈福寿。”自古至今用作长寿的象征。这里是指被祝寿的人。

再看下联。“万里征途,八房竞秀”是对老人的恭维,“万里征途”是说人生阅历丰富,走南闯北,见多识广。如果回顾一下上联,“万里征途”对“六旬寿庆”,两相对照,就更容易理解了,几十年的奔波,走南闯北。在中国文化中,赞美人的阅历丰富,和赞美人的高寿一样,是一件很讨喜的事。

“八房竞秀”的“八房”指八个儿子各自成家立业,经营生活,他们都有出息,个个奋发争先,不甘人后,所以叫作“竞秀”。

“金樽”亦作“金尊”,酒杯的美称。“嘏(gǔ)”,是“福”的意思。“祝嘏”,是祭祀时致祝祷之辞和传达神言的执事人。《孔子家语·礼运》:“诸侯祭社稷宗庙,上下皆奉其典,而祝嘏莫敢易其常法,是谓大嘉。”

“岱岳”,泰山的别称,是对岳父的尊称。“唯尊岱岳峰高”是说,你看,我家岳父就是厉害。

“泰山”指“岳父”还有一段故事。唐玄宗要封禅泰山,让张说(yuè)为封禅使,张说的女婿郑镒(yì)本是九品官,按照老规矩,封禅以后,自三公以下都能迁升一级。只有郑镒靠了丈人,一下子升到五品官,唐玄宗看到郑镒一下子升了几级,感到很奇怪,就询问原因,他说“此泰山之力也”,意思是说“这是因为靠了泰山之力”。“泰山”本指封禅的五岳之首,又因封禅一事而转指岳父。

49. 代道元昆仲作其父丧门联

1986年9月

慕苏公按 道元之父，即吾堂兄，少聪颖，未学木工，即擅长造作，执斧凿为生，六十一岁时重病十日而卒。

得鲁班秘授，积一世辛劳，花甲已重开，正当宽怀娱晚景；
遭二竖为殃，遇旬间变故，沉疴胡不起，长教洒泪恨终天。

慕苏公注 无师自通，非鲁班秘授而何？重病而卒，显系二竖为殃所致。良医不起沉疴，宜乎终天抱恨。鲁班，传说中百匠之师，此专指木工之祖。二竖，犹言病魔，语本《左传》。

宇红注 “花甲已重开”，在此指六十一岁，六十岁称“花甲”，重开指次年了，这是一种俏皮的非正规用法。通常来讲，“花甲已重开”应当是指一百二十岁。比如，有一副著名的对联，上下联分别是：

花甲重开外加三七岁月，
古稀双庆内多一个春秋。

根据上联的意思，两个甲子年一百二十岁再加三七二十一，正好一百四十一岁。下联是古稀双庆两个七十，再加一，正好也是一百四十一岁。堪称绝对。

父亲在这里玩了一个文字游戏，动机是好的，我的堂伯父，父亲的堂兄，刚刚六十一岁就病故了，把年岁说长一点，寄托了对已亡之人的惋惜。

“二竖为殃”比喻疾病缠身。竖：小子；二竖：指病魔。典出《左传·成公十年》，大意是说，春秋时期，晋国国君晋景公得了重病，梦见体内有两个小孩，一个说名医来了快逃吧，一个则说躲到膏肓之间。秦桓公派名医缓前去为其治病，医缓把好脉后摇头叹息说：“大王的病已经到了肓上面，膏下面，药力是无法到达的。”没过多久，晋景公就病死了。

“沉疴(kē)”，指长久而严重的病。“沉疴不起”指染上重病，躺在床上起不来。“沉疴胡不起”的“胡”，是文言疑问词，为什么，何故，意思是一生病怎么就病到起不来了呢？

“长教洒泪恨终天”，总是让人抱恨终天。“长教”，意思是总是让人怎么样，“长教”总是与负面的结果搭配。

“恨终天”是“抱恨终天”的意思，即含恨一辈子，多用于丧亲之痛。

此联有叙有议，像叙事诗一样记录了我堂伯父的生平、职业、不俗的天资以及染病、病情迅速恶化、早亡的整个过程。叙事只为抒情，抒情升华叙事，两相结合，是悼亡联中的不俗之作。

50—51. 代拟肖君六十自寿联

1986年9月

慕苏公按 肖君，吾友也，执教三十余年，寿庆时已退休居家，嘱代撰“自寿联”。

(一)

花甲喜开颜，愿儿曹发愤图强，为党为民多出力；

古稀欣在望，看老伴宽怀识体，克勤克俭最关心。

宇红注 此联平铺直叙，无需多注。“花甲”和“古稀”分别指六十岁和七十岁，“儿曹”指儿女辈，“宽怀识体”指胸怀宽广，识大体，不会因小失大。

“克勤克俭最关心”，其中“克勤克俭”指既能勤劳，又能节俭。《尚书·大禹谟》：“克勤于邦，克俭于家。”“最关心”指把人或事物特别放在心上。在文言句式中，“关心”常用作形容词，所以才被“最”修饰。现代汉语中“关心”更多地用作动词，或者是名物化，成为名词。

(二)

腿还健，脑还灵，可知体魄还强，六十于今谁服老？

功不成，名不遂，惟有生徒不少，卅年教学我无它。

慕苏公注 肖君退休时，体甚强健，回村后被选为村党支部书记，履任一届。非老而弥坚，焉能及此？肖君虽任过学校领导，犹未成功名，故有“功不成，名不就”之说。

宇红注 上联可以看作是自己说自己，也可以看作是旁人的评价，因为“腿还健，脑还灵”是藏不住的，也是装不出的，自己知道，旁人也看得出。“可知体魄还强”，强不强自己清楚，别人也能窥出端倪。“六十于今谁服老”，于人于己，自说说人，都是这个理，六十岁正是中年。

“体魄”，即身体，偏指肉体，与“精神”相对，这一意义见于康有为《大同书》绪言：“既受乐于生前，更求永生于死后；既受乐于体魄，更求永乐于神魂。”

下联不同于上联的两可解读，显然是代肖君自嘲，是自己说自己的口气，说者知道，听者也知道，若没有这样的视角认定，就形成挖苦了，“功不成，名不遂”，若说他人确实太刻薄了，当面说人短，而且是白纸黑字，怎么可能呢？代肖君自嘲，视角一切换，反倒让人听出自谦或者是自嘲来了。

任何文学作品,包括对联,作者写完了,交付给读者。作者一旦退场了,审读全由读者。对联尤其如此。对联贴在门框上,怎么说都是当事人的口气,说什么都得由当事人兜着。正是因为这样,“功不成,名不遂,惟有生徒不少,卅年教学我无它”,才不会造成语气和指涉上的误解与混乱。

当然,如果有确定无疑的冒犯,对联的当事人还是会找到作者头上的,正如由文学作品导致的文字狱。如果作者显无恶意,当事人就兜定了。

52. 刘敏贤、杨绿云新婚联

1986 年 12 月

慕苏公按 新人之家长嘱将二人名字镶嵌其中,未敢拂其意。

敏捷赋新诗,红叶昔曾流绿水;
贤郎挥彩笔,画眉今又理云鬟。

慕苏公注 于祐红叶题诗,张敞为妻画眉,皆婚联之常用题材;不期绿水、云鬟,今又扯到一处。

宇红注 一副对联,联首把新郎官的名字嵌进去,在下文的另一位置,再把新娘子的名字嵌进去,此种文字游戏,实在太难。

把一对新人的名字嵌进去了也罢,还必须是新婚对联的语气和内容,必须是赞颂,必须是逢迎。结构和语义的双重要求,是对作者学识、用典以及人情世故的巨大考验。

“敏捷赋新诗”,必须先解释“于祐红叶题诗”的故事。

唐僖宗时，书生于祐在御河岸边洗手，发现一片红叶从宫城中飘流而下，叶上题有四句诗："流水何太急，深宫尽日闲。殷勤谢红叶，好去到人间。"于祐赶忙将红叶带回家，日日欣赏吟诵，越来越觉得红叶美艳可爱，题诗清新意深。于是他也找了一片红叶，在上面题了两句诗："曾闻叶上题红怨，叶上题诗寄阿谁？"然后将红叶从御河上游漂进宫城。

后来三千宫女被遣送出宫，各去嫁人，于祐娶得宫女韩氏。婚后，韩氏在于祐书箱中发现了红叶，她十分惊异，说："这红叶上的诗是我作的，夫君是怎么得到的？"于祐就把得红叶事详细讲给了妻子。韩氏又说："我在宫城御河里也捡到了一片题句的红叶，不知道是宫外何人所写。"她打开自己的衣箱取出了一片红叶，于祐接过来一看上面的题句就连声说："这是我题的！"夫妻二人各持一片红叶，感慨万端，禁不住泪水夺眶而出。"红叶题诗"也喻夫妻结合本是天作之合。

想到了"红叶题诗"，这是必须用上的典故，如何把它与新郎官的名字连接起来呢？是放到上联，还是放到下联？这就是对作者才思的考验。

"红叶题诗"，不是每个宫女都能做到的，不仅要有诗才，还要机警，不能让宫中太监知道了，所以"敏捷赋新诗"就衔接成功了，八成是赞叹宫女，新郎官只占了一个"敏"字，而赞颂的对象却变成了新娘子。

"红叶昔曾流绿水"，当年，在大唐时代，被写上新诗的红叶，是要投到洛水中去的，洛水水质怎么样，不得而知，或许如阿房宫外的流水一样，尽是胭脂油腻，但是，绿水是一种被期待的颜色，所以，与新娘"绿云"的名字"绿"对接上了，这种顿悟般的思维成就，是特别能给作者带来当下的满足感的。这是文人之乐，外人不得窥见。

再看下联。上联中的"敏捷赋新诗"要求下联对句以"贤"字开头，这是硬任务。上联写"红叶赋新诗"的才情，下联还得围绕这个主题来写，当然换个角度，只要是恭维的喜庆话都可以。

“贤郎挥彩笔，画眉今又理云鬟”，好歹从夸新娘子变成了赞叹新郎官了。夸的内容也变了，不是才情，而是蜜意，为新娘子描眉。“画眉”典出《汉书·张敞传》：“（敞）又为妇画眉，长安中传张京兆眉怃。有司以奏敞。上问之，对曰：‘臣闻闺房之内，夫妇之私，有过于画眉者。’”的确，二人之间，密室之内，何事不可，何情不诉，画个眉，梳个头，算得了什么呢！但是，在摹状蜜意的同时，还是需要一点才情的，画眉深浅入时无？新郎官啊，画眉、梳头也是要水平的。

这种描写，是出于揣度，在揣度的简单意象中，寄托了作者对于一对新人未知的婚姻生活的祈愿。所以，这种细节的描写，是以转喻的方式寄托作者的祝福：新娘子要有才华，新郎官要懂得生活，要有生活情调，疼爱老婆可以先学会描眉。

53. 刘崇乐新构联

1986 年 12 月

慕苏公按 刘君新构，嘱以主人口吻撰联，向工匠及亲朋作谢，乃代书如次：

崇岭遴材，巧匠良工皆出力；
乐于助我，高朋贵戚尽操心。

慕苏公注 遴，选择。

宇红注 上联感谢各种工匠，下联答谢亲朋好友，这种立意妥帖，也是常见的新构对联的写法。对仗上很工整，韵律也很整齐。

上联“崇岭遴材”，是木工选取木料。但是，在当今社会，砖石是主要的建材，木材为辅，但就算是选择木料，也由不得你去崇岭间挑选，这是建造阿房宫的做法。所以，这是借木匠来指代所有工匠，用选材来指代各种艰辛的劳作，全是转喻，不是写实。

相比之下，下联平实了许多。发自肺腑，代东家感谢一下亲朋好友和一众亲戚。读者的感触也许不深，若是当事人，至少在建设工地忙碌过十天半月的人，读到“巧匠良工皆出力”和“高朋贵戚尽操心”，应该会产生共鸣的。

54. 何君悼继母联

1987 年 1 月

爱儿曹百倍寻常，只少十月怀胎，寸草春晖何日报？
随老父卅年艰苦，最痛一朝跨鹤，鸾骖仙驭几时回？

慕苏公注　继母而受尊敬，迥非芦花代絮之人；随父卅余年，视儿女如己出，寸草春晖未报，欲盼鸾骖仙驭而不可得矣，可胜悲叹！

宇红注　这是一首代养子悼继母的挽联，写得情真意切。

上联写“爱儿曹百倍寻常，只少十月怀胎，寸草春晖何日报？”百倍于寻常地疼爱养子，这是何等的大爱！视同己出，却并非己出，因为还差十月怀胎。这样的母爱，哪里回报得了啊！所以代东家说“寸草春晖何日报”，无限的遗憾尽在笔端。

“寸草春晖何日报”出自唐代孟郊的《游子吟》诗，“谁言寸草心，报得三春晖”。后来用“寸草春晖”比喻父母恩情子女难以报答。

再看下联。“随老父卅年艰苦，最痛一朝跨鹤，鸾骖仙驭几时回?”在上联赞叹慈母之责的基础上，下联再赞贤妻之德。陪伴了老父三十年，也是白头偕老，相濡以沫。少年夫妻老来伴，相伴三十岁，朝夕与共，这种恩情只能由儿女来代偿了。可惜啊，“树欲静而风不止，子欲养而亲不待”。此等憾事，实属无可奈何。

“跨鹤”，指乘鹤、骑鹤，道教认为得道后能骑鹤飞升。“一朝跨鹤”，是委婉地说继母去世了。人死不能复生，但是希望继母再回来相聚，鸾骖仙驭，落脚在庭前，让儿女们尽点孝心，这是一种常见的朴素的愿望。

“跨鹤”，语出《文选·江淹〈别赋〉》，“驾鹤上汉，骖鸾腾天”。意思是乘着仙鹤飞升上了河汉，即天上的银河。“骖(cān)”，古代驾在车前两侧的马。“鸾”，传说中凤凰一类的鸟。“骖”和“鸾”，在这里都指人死后飞升天界时的交通工具。

佛说，凡夫死后，进入六道轮转。飞升天界，在佛家看来虽是不完美、不究竟的三善道之一(完美、究竟的去处是西方极乐世界)，但却是道家的最佳去处。不管怎样，离苦得乐，都是佛道二教的慈悲本怀，也是孝男孝女们的一片善心。

55. 胜红新婚联

1987 年 3 月

胜友如云观花烛；
红星有烂照新房。

慕苏公注　“胜友如云”“红星有烂”，一见于《滕王阁序》，一见于《诗经》。如云胜友，为观花烛而来；朗朗红星(为“明星”所改)，照新房而有烂。花烛、新房，于斯为美。

宇红注　这又是一首嵌字联，上联开头写“胜”，下联以“红”字开头。“胜友”，指良友。“胜友如云”，指许多良友聚集一处。出自唐代王勃《秋日登洪府滕王阁饯别序》：“十旬休暇，胜友如云。千里逢迎，高朋满座。”

胜友如云，高朋满座，来干什么呀？必须点题了，来“观花烛”。“花烛”即“洞房花烛”，在没有电灯的时代，点蜡烛是通常的照明方式，红色的蜡烛，更显喜庆之气。在现代社会，电灯照明效果更好，红烛只有仪式意义了，实用功能完全褪去。

既然“花烛”没有观赏价值，倒不如偷窥几眼美丽的新娘。所以，不管怎样，“观花烛”是一种转喻用法，代替直截了当地说参加婚礼，显得更加文雅。

下联“红星有烂”是从《诗经·郑风·女曰鸡鸣》“明星有烂”改写得来。“红星有烂照新房”把“明星”换成“红星”，显然是为了嵌入名字的需要，《诗经》中的句子“子兴视夜，明星有烂”本来是写夫妻恩爱的句子，再把它与“照新房”连缀起来，和主题的联系更加紧密了。

56. 贺某翁伉俪同日六旬寿庆

1988 年 1 月

二甲重开，双星并耀；
一觞同祝，百岁相偕。

慕苏公注　六旬寿庆，二甲重开；夫妻寿域同登，极婺双星并耀。举一觞为祝，愿百岁相偕。其言甚简，其意弥深。

宇红注　联题说到“某翁伉俪”，“伉俪”，最早出自《左传·成公十一年》，指夫妻，也指女子嫁为人妻。古汉语和书信中把自己和配偶谦称为“夫妇”，“伉俪”则是对别人夫妻的称呼。现代汉语中和了两者的差别。

先看上联。“二甲重开”，“二甲”本来指两个甲子，即一百二十岁，在这里“二甲”的用法又创新了，伉俪二人都满六十岁，合起来是“二甲”。说了“二甲”，又说“重开”，在语义学上叫作“同义反复”，虽有违语言的经济原则（即最简原则），但是修辞和语用的需要可以忽略语言的经济原则，这是由语言的人文性决定的，它不同于自然科学的严谨特性。之所以说“二甲”的用法又创新了，是说它堪比前面第49联“代道元昆仲作其父丧门联”中的一处创新，其上联说“……花甲已重开”，是指六十一岁，而不是一百二十岁。

“双星并耀”，本义指两颗星星一起闪耀在天际，在此比喻两个寿星一起做生。“耀”，指“照耀”。江淹《别赋》：“日出天而耀景。”

“寿星”又称南极老人星，恒星名，古代神话中的长寿之神。也是道教中的神仙，为福、禄、寿三星之一。秦始皇统一天下后，在长安附近的杜县建寿星祠，后寿星演变成仙人名称。《西游记》写寿星“手捧灵芝”，长头大耳短身躯。画像中寿星为白须老翁，持杖，额部隆起（古人认为是长寿的象征），衬托以鹿、鹤、仙桃等，象征长命百岁。

再看下联。“一觞同祝”出处“一觞一咏”，指文人喝酒吟诗的聚会。出自《兰亭集序》：“一觞一咏，亦足以畅叙幽情。”

“百岁相偕”的“百岁”指“一生”，虚指，人生百岁是一种美好的愿望；“相偕”指“一起、偕同”，此联中为偕老之意，语出《诗经·邶风·击鼓》：“执子之手，与子偕老。”是说夫妻二人相携手，一起变老。

此联对仗工整，“二甲”对“一觞”，“双星”对“百岁”，“重开”对“同祝”，“并耀”对“双偕”。无一处不工整，与《声律启蒙》的诸对仗语相比，规范性和典雅性有过之而无不及。

57. 向某戊辰春节挽丁父联

1988年2月

严父遽辞尘，怕趁春风陟岵；
慈帏幸无恙，好将菽水承欢。

慕苏公注 陟岵，本《诗经》“陟彼岵兮，瞻望父兮”。趁春风而陟岵，本是乐事，又是孝行，然而怕者，乃因父丧而伤怀。下联谓慈帏（喻母）尚称康健，则菽水亦可承欢。此所以自慰、自谦，亦以安慰亡父于九泉也。孝子之心，亦至善至哀矣。

宇红注 先看上联。“严父遽辞尘”指父亲突然去世。“遽”，突然。唐代韩愈《祭十二郎文》：“孰谓汝遽去吾而殁乎？”“辞尘”，离开尘世间，指去世。

“怕趁春风陟岵”中的“春风”是双关，节令上春节时有春风，另外，“春风”比喻父母的恩情，“春”谐音“椿”，所以“椿”也常用来比喻父亲，“椿萱”合起来指“父母”。

“陟岵”，前面第24联“某君丧妻联”中已做解释，这里不再费辞。

再看下联。“慈帏”，亦作“慈闱”或“慈帷”，古汉语中母亲的代称。宋代张孝祥《减字木兰花·黄坚叟母夫人》词：“慈闱生日，见说今年年九十。”明代陆采《明珠记·别母》：“承风诏须当远出，别慈帏怎敢从容！”

“慈帏幸无恙，好将菽水承欢”，是说虽然父亲去世了，幸亏母亲还健在，还可以在母亲面前尽孝。“菽水”指豆和水，泛指饮食。“承欢”，侍奉父母使其欢喜。“菽水承欢”指奉养父母，使父母欢乐，出自《礼记·檀弓下》："啜菽饮水尽其欢，斯之谓孝。"

此联就春谈春，从春天开始哀悼父亲，起笔用比兴手法。哀婉之情殷切，但这是过年啊，不能太消沉了。所以，下联笔锋一转，从已故的父亲讲到健在的母亲，还有机会在母亲面前尽孝。全联哀而有节，在哀伤的同时看到希望，这才是过春节的样子。春天来了，日子还得过下去，殷勤侍奉母亲，把对父亲的思念转化为对母亲的孝道，这种立意合天时，尽人伦。甚妙！

58. 戊辰春节吾家孝联

1988年2月

慕苏公按 先考铸卿公为退休中医师，享寿八旬，于丁卯年(1987)病逝。吾家戊辰春节有联云：

岁序更新，儿辈思亲长抱痛；
天公召诊，吾翁著手便成春。

慕苏公注 著手成春，赞医生之习用语。此言吾翁应召，不久即见回春。为人子者触景生情，思亲抱痛，乃有此语。

宇红注 爷爷是我最敬重、最喜爱的长辈，1987年年初去世。当时我在上大学，到最后一年了。春节期间，爷爷的身体渐渐差起来了，春节后我返校，带了爷爷照片的底片去学校旁边找一家照相馆扩印一张大照片，显然是做遗像用的。

到学校没几周，父亲的加急电报来了，七个字，简洁极了，"祖逝速带相片归"。相片早几天就取好了。收拾一下，去火车站。那年头的火车，五六十公里的时速，咣当了大半夜，下半夜到了离家十几里地的西河火车站。急匆匆摸黑往家赶吧，吃完早饭，爷爷的灵柩就要上山了，道教的超度法事只进行了一晚上，如果是现在流行的“二旦二夕”（即两天两晚），我可以等天亮了再往家赶。

一路上跌跌撞撞，漆黑一片，但心里并不怕，周围没有人家的时候，还可以小声地哭几句。终于在盖棺之前，我赶到了灵堂。农村的遗体告别仪式，出殡、送柩的过程，下葬的仪式，我全都参加了，并无遗憾。

爷爷是我的精神导师，也是我的师傅。大约是五岁时候，我穿上了母亲亲手缝制的小新衣，有两个小口袋，手插到里面，很惬意。不知道怎么回事，突然觉得新衣口袋里应该装点什么，最好是可以吃的东西，思维一跳跃，突然提出来要吃瓜子、花生。

当时的农村，瓜子、花生只有过年或者是走亲戚时才有的吃，当然有人结婚也是可以吃到的。我提出口袋里要装瓜子、花生的要求，毫无悬念地受到了母亲的拒绝。哭闹、耍小性子，是五六岁男孩的通常做法。

哭闹的声音越来越大，惊动了住在隔壁的爷爷。爷爷知道了事情的原委，大声地招呼我过去。

我看到了希望，因为爷爷是家乡出了名的乡绅，受人景仰，周围各村的许多人会孝敬爷爷各种点心和零食，所以，爷爷那里总是有意想不到的零食。

但是，爷爷并没有给我瓜子、花生。站在门口，只见爷爷手里拿着一张三寸见方的草纸，上面分明写满了毛笔字。这种纸我太熟悉了，是用稻草、麦秸作为原料造的纸，爷爷房里有的是这种纸，是他自己裁开来的。爷爷有一把很精致的、锃亮的裁纸刀，刀面细而长，与较宽厚的刀柄或者说刀鞘很不相称，好像爷爷说过这刀子是美国货，有较长的历史了。爷爷给所有病患开的中医处方，都是用毛笔写，用繁体字，把当归、白芍、茯苓、半夏、党参等写在黄色的草纸上，中药的剂量不是克，而是钱，这个五钱，那个八钱，现在想来，不知道药铺的抓药人是如何换算的。

爷爷笑眯眯地，挥着手里的小黄纸，说："宇红叽，宇红叽，快来学这个，学会了，你以后当医生，每次出诊，病患家属都会打发你瓜子、花生，说不定还有四个熟鸡蛋呢。"原来爷爷是要我当他的小学徒，成为他的接班人，做一名乡村中医师。我的天啊，爷爷真会因势利导，出于对爷爷的敬仰，我居然完全接受了。

小黄纸上写的什么？是我学过的第一个中药歌诀，叫"人参败毒散"，我至今还记得那六句歌诀：

人参败毒茯苓草，枳桔柴前羌独芎。薄荷少许姜三片，四时感冒有奇功。去参名为败毒散，加入消风治亦同。

我当天就背熟了，用家乡的土话背的，爷爷当然不会讲普通话。这些对我来说没有意义的中药名称、中医术语，我居然读几遍就能背诵。

很快，爷爷又把我的一个堂哥和一个堂弟，都收了做徒弟。我们是爷爷的年龄最大的三个孙子，我是老二。

这种不明白意义的背诵，进行了四五年，我背诵了大约五六百个中医歌诀，慢慢地也理解了其中的部分意思。这就是我的早教，我在学龄前学了很多汉字，繁体的，只会读，家乡的土音，不会写。

爷爷对他的三个年长的孙子特别宠爱，所以也希望我们三人做他的小学徒，继承祖业，成为中医师。爷爷那一辈的老人嘛，都重男轻女。爷爷是在先后有了四个孙女之后，才开始有孙子的。听说在堂哥出生前，爷爷总是长吁短叹，怎么有了四个孙女，还不添孙子呢？所以，当堂哥和我相隔二十天，先后来到这个世界时，爷爷是无比欣喜的，抱抱这个，又抱抱那个。逢人便说，喜形于色。这一切我都是听母亲说的。

提及爷爷对三个大孙子的格外宠爱，还要讲一个故事。1976年，唐山地震后，出于对地震的恐惧，很多地方都谣传自己家乡也会有大地震，而且将比唐山更严重。我的家乡也不例外。

当时的谣传说，家乡的地底下有一条巨大无比的孽龙，一口能吃下一里长、一里宽、一里厚的泥石，所以地面底下全是空的，两三天后，或许十天半月后，家乡就会天崩地裂，沉陷到万丈深渊中。当地农村的每一次赶集，就是村民们交换谣言和交换恐惧的时候，每次村里有人赶集回来，都会把道听途说的谣言绘声绘色地说给村里人听。在这样的恐怖气氛下，所有人都做好了几天后死去的准备。母亲听说地震时会下超级大雨，所以向生产队要了几个化肥袋，给我们兄妹四人做了四个雨披，她自己没有做，她说我们四个中能幸存一个就万幸了。

在这样的无边恐怖之下，爷爷的办法更有意思。爷爷说他在四川有一个“伙计”，就是要好的朋友，准备带领包括我在内的三个大孙子去投靠这个“伙计”，给刘家留下点血脉。我很庆幸，爷爷选择了我。我把这件事告诉母亲，母亲没有吱声，还有过几句抱怨：就你爷爷偏心！一大家子几十口人，就带你们三个去逃命。地震过后，你们回到家乡，所有人都不在了，你觉得有意思吗？确实，经母亲一通炮火的打击，我的热情一下降到了冰点，觉得逃命也没意思了。

在当时，母亲最担心的还是父亲。1976 年的暑假，就在唐山大地震（当年的 7 月 28 日）之后，父亲被县文教局（现在叫教育局）通知去编“农村常用杂字”，是全县农民扫盲的课本。父亲的文化水平高，被抽中是情理之中的，另一个被抽中的是新化二中的彭育屏老师。彭老师是全县极少有的“文革”前毕业的中文专业本科生，是湖南师范学院（现为湖南师范大学）中文系的科班出身，凤毛麟角。

父亲和彭老师在文教局忙了整整一个暑假，母亲每天都在策划如何把父亲骗回来，她说要死也要全家人死在一块。被这种悲情感染，当时我听了只想哭。母亲的借口每天都在换，一会说要拍电报说孩子重病，一会又说是她自己快不行了，一会又说爷爷重病。记得姑姑那年暑假也回了娘家，所以母亲和姑姑经常凑到一起想办法、找借口。这种“密谋”进行了整整一个暑假，但始终没有付诸实施。

暑假快结束时，父亲终于回来了，当然地震也始终没有发生。父亲带回来了一假期的加班成果，一本刻钢板后油印的不到100页的《农村常用杂字》，封面的署名是“横阳中学、新化二中合编”。听父亲说过，在那个年月，打击个人英雄主义毫不手软，分明是父亲和彭老师编写的，却不能署个人的名字，只能署单位的名字。横阳中学是初中，新化二中是高中，而且彭老师是湖南师院的科班毕业生，按理应署名在前，但因为父亲的作用更大，所以横阳中学署名在前，当时听父亲说起时特别自豪。

后来，我读高中时（新化二中第70班，1981年考入），高一的语文老师正是彭育屏老师。父亲很高兴，说彭老师是“王牌语文老师”，是全县的“语文权威”，语文由他来教再好不过了。彭老师也因为欣赏父亲，对我格外关照，在明知我已经担任了英语课代表的情况下，还要我与另一个女同学共同担任语文课代表，创了一个人担任两个课代表的先例。父亲和彭老师，英雄识英雄，这才是惺惺相惜。

彭老师是学识极为渊博的老师，也是工作极为负责任的工作狂。在高二文理分科时，70班被确立为理科重点班，我转去了文科重点班，后来又转学去了新化三中读“英语专业班”。很久才从换语文老师的失落中恢复过来。就在我读高三的时候，彭老师因病去世了，他是累死的。据说在高二时，县医院要求彭老师停止工作，住院治疗，但是彭老师希望在70班高考后再住院治疗，结果彭老师倒在了工作岗位上。

很多想到的故事，很多压抑了半辈子的话，都想说出来。离题有点远了，恳请读者包容。我必须收回来了，接着讲我跟着爷爷学中医的故事吧。

学了两年中医后，我到了该上学的年龄了。去离家三四里地的村小学上学，叫田家小学。后来听母亲说，爷爷和父亲起了冲突。大致是爷爷相中了我这个小学徒，他的儿子辈中有两个医生了（三叔和五叔），孙子辈中有三个小学徒。爷爷希望我能坚持下去，父亲却坚持要我学好学校的功课，说没有文化，什么也成就不了。

爷爷不信这一套，听母亲说，爷爷说父亲“只信洋学堂”。西式的学校教育，当然是洋学堂，和洋学堂相对的就是读私塾。这是爷爷的知识结构中根深蒂固的部分，要么读私塾，要么学一门手艺，学中医是祖业，我的曾祖父也是中医师，所以爷爷的执着是可以理解的。后来，显然是父亲拥有最后的话语权，我读小学，读中学，读大学，读硕士，读博士。我没有成为中医师，倒是成了语言学博士，成了语言学教授。

回到对联本身，“岁序更新，儿辈思亲长抱痛；天公召诊，吾翁著手便成春”。上下联都不难理解，意思是新年一过，爷爷就过世了，儿辈孙辈痛苦悲伤，天公召唤爷爷去诊治，爷爷去后，一出手，一下药，必是药到病除。

59. 贺肖孚南新构

1988 年 5 月

孚佑斯民，政策浑如春日暖；
南来其雨，财源恰似海潮来。

慕苏公注　民富乃建新居，亦可见政策之英明正确。彼财源滚滚，令一部分人先富，肖君即其中代表。南来其雨，语本商甲骨文卜辞“其自南来雨”。

宇红注　嵌字联，没说的，父亲的拿手好戏，上联有“孚”，下联有

"南"。

上联开笔就写"孚佑斯民"。"孚佑"指庇佑、保佑。"孚",使人信服,如"深孚众望",表示"深为大家所信服"。"斯民"指老百姓,如《管子·侈靡》说:"天之所覆,地之所载,斯民之良也。"

"政策浑如春日暖"的"浑如",完全像,很像,如宋代陆游《书适》诗,"更挟残书读,浑如上学时"。

综合起来看,上联"孚佑斯民,政策浑如春日暖",是对政策的歌颂,因为"孚佑斯民"的是政策,而不是上天,主语在下文中出现了,所以对"政策"的叙述,有两个谓词部分,一是"孚佑斯民",一是"浑如春日暖"。

下联的"南来其雨",出自殷商甲骨卜辞:

癸卯卜,今日雨。其自西来雨?其自东来雨?其自北来雨?其自南来雨?

知道言出有故,顿时觉得下联古雅起来了,不然,"南来其雨"一句,实在太突兀了,为什么是南方来了雨呢?首先是"肖孚南"名字的一部分之外,其次,在没有必要表明具体方向或无法表明具体方向的情况下,"南方"(有时是"东方")一般是文学作品中的首选,写"西方"或"北方"很少,因为西方让人想到日落、秋色、萧瑟,而北方让人想到寒冷、幽冥等。

"南来其雨"之后的陈述更加精彩。下了大雨会怎么样啊?会涨大水,"水"字又是一个颇具文化意蕴的词汇,它让人想到钱财,比如"这个月有一百万的流水",钱即流水,流水即钱,所以,"财源恰似海潮来",顺承其上,多么自然。

60. 曾某母丧联

1990 年 2 月

慕苏公按 曾母七十六岁而终，其老伴先三个半月逝去。

享阳寿七十六岁高龄，茹苦含辛，昔日深恩何日报；

后父亲百有五天仙去，完因续果，来生福命此生修。

慕苏公注 赞父母之恩爱，祝其相伴永生。言“来生”“此生”者，亦以寄托哀思。

宇红注 悼亡联，是对亡者的惋惜和悲伤，但是，再悲伤，日子还得过下去，所以，对联作者在与孝家共情的同时，还必须给孝家以宽慰，促其从悲伤中解脱出来，这是一种撰联的技巧，也是一种人文主义情怀。此联就是好例子。

上联从叙事开始，“享阳寿七十六岁高龄”是写实，然后开始情绪的宣泄，“茹苦含辛”还是对亡者生前生活艰辛的评述，兼有感恩和悲悯的情愫，最后一句则把悲伤的情感推到高峰。

在悼念亡人的情绪中，加进了许多的自责、愧疚和无助感，报不了老母的恩情，眼看要成为余生的最大遗憾了。作者代孝家叙事、抒情的同时，不能眼睁睁地看着一家老小捶胸顿足，痛苦得死去活来。所以，在下联中必须改换笔调，对孝家的情绪有一种引导，使其从悲痛中超拔出来，开始新的生活。

下联第一句承上启下，“后父亲百有五天仙去”写的还是老母亲，是对去世时间的补充说明，同时也把老母和老父牵扯到一起，准备开启笔锋的转换。

“完因续果，来生福命此生修”，是说父母一生相互扶持，积累了来生的功德，累积了下一世的善缘，来生再做亲人佳眷，恩爱富贵，这就是“来生福命”。

佛说，欲知前世因，今生受者是，欲知来世果，今生做者是。“完因续果”，说的正是这种善缘因果，完了过去的因，又续了来生的果。对亡人来说，这是一种良好的祝愿，对未亡人来说，这是最好的宽慰。可以使孝家从伤痛中解脱出来，开启新的生活。

61. 某侄新婚联

1990 年 2 月

慕苏公按 某侄婚期为正月二十四日，因作婚联以志喜。

择正月二十四之吉旦，
结三万六千日之良缘。

慕苏公注 上联记日期，是口语形式；下联点明“良缘”，兼作祝颂。但求平实，一气呵成，则庶乎其可。

宇红注 正月二十四是婚期，思绪万千，落笔在当下，从时间入手，数字对数字，“结三万六千日之良缘”，非常应景的对仗。自然，洒脱，信手拈来。这样的对联，才学是必要的，但洒脱的气质，游戏神通的心态，也是非常重要的因素。

往深里看，“正月二十四”是实在的，客观的，无争议的，“三万六千日”，百年好合，是一种心愿，是主观的，是美好的祈愿。所以，一实一虚，才构成对联中的对立，结构上的同一性，语义上的关联性，意境上的虚实感，这才是佳对。

62. 长男宇红新婚联

1990 年 9 月

宇宙同辉，且喜结一百年凤侣；
红专并进，还期展九万里鹏程。

慕苏公注 上下四方，过去未来，同耀光辉，结凤侣于百年，展鹏程于万里。祝福而兼期望，殊非泛泛之谈。

宇红注 这是父亲为我新婚所撰的贺联。妻子小我三岁，我们同年从不同的学校毕业，分别来到相距只有几百米的高中和初中，两所不同的学校，互不隶属。我教高中，妻子(当时是女朋友)教初中，在各自开始工作之前互不认识。在农村地区，有正式工作，有编制，科班出身，年龄相当，这样的异性男女，很少很少。这就是上天的安排，媒人纯属多余。

“宇”和“红”被嵌入联中，两字分别组词，宇宙是空间与时间的合称，红专是政治与业务的并列。1990 年结婚时，我已经大学毕业三年了，毕业后在湖南省新化县第二中学任教，从毕业开始就准备考研究生。艰难的学业准备，还有比较繁重的教学工作，没有阻止爱情如期而至。父母都同意，但是在祝福的同时，更多的是期望。这种期望，体现在“且喜”和“还期”之中。

何为“且喜”，是“姑且祝福”或“权且祝贺”，言下之意，不说自明，用通俗的话就是先婚姻后事业。“凤侣”，比喻美好的情侣，宋代张先《临江仙》词：“况与佳人分凤侣，盈盈粉泪难收。”

下联的“还期”，也是这个意思。“还期展九万里鹏程”，是极大的期望，结婚了，小日子过起来，从此不思上进，这是大部分人的人生现实。

父亲的期望不只是一种套话，一种虚言，父亲有他的真实体悟作为这种期望的基础。

本书的第一副对联，介绍了父亲17岁辍学开始工作，一面挣钱，为爷爷分忧，一面在教学之余博览群书，积累了渊博的知识，在古汉语和古诗文方面有极为深厚的底蕴。

高中肄业的学历，是父亲一辈子的痛，一辈子的遗憾。在职拿文凭的机会还是有的，但是一次次地失之交臂，这又成为父亲的另一种遗憾。父亲性格懦弱，怕让别人为难。整个二十世纪八十年代，许多人通过函授或脱产进修拿到了大专甚至本科文凭，每次机会来了，各级领导把机会给了最需要提升业务能力的人，每次都说父亲的水平教中学语文只有剩余，毫无欠缺，所以在一通通的吹捧下，父亲虽心有不甘，但碍于面子，每次都乖乖地放弃了。所以，高中肄业的学历，伴随了父亲一辈子。每一个父亲都会把自己的遗憾和欠缺托付给下一代，这是父亲的期待，也是母亲最常用来宽慰父亲的说辞。所以，我结婚了，父亲只能“且喜”，更多的是“还期”。

父亲的业务能力和古诗文功底，读者朋友估计早已经认可了。其实，父亲在方言研究领域的造诣，一点也不逊色于对联。汉语语言学的三大领域，就是“普方古”，即普通话、方言、古汉语。在这三个领域中，父亲对湘方言的研究是很有功力的，尤其是家乡的新化方言。一次偶然的机会，父亲在报纸上看到一个消息，说湖南师范学院（现为湖南师范大学）的某方言学教授，要编撰“湘方言辞典”。父亲专程去了一趟长沙，找到了某教授，自告奋勇地编写湘中地区的新化方言，写了几十万字，体例和格式都是某教授交代的。但是，几年后，父亲完稿了，某教授的“湘方言辞典”早就放弃了。一场忽悠，父亲白忙了几年。不光是父亲一个人忙，全家上下都为父亲誊抄，寄到长沙后，收到的回信说这个项目暂时不做了。后来在一次学术会议上，某教授向我道歉了。那又能怎样呢，他对我说“对不起”的时候，父亲已经去世整整一年了。

在父亲眼中，大学教授就是天大的来头，是他眼中的大人物，哪怕帮大人物做嫁衣，他也心甘情愿。哪怕不署名，哪怕只在序言提到一笔，父亲也心甘情愿。父亲生前多次提道，“没有只言片语留传后世”，这是父亲巨大的遗憾。

所以，我大学毕业了，弥补了父亲高中肄业的遗憾，我当时又在准备考研究生，如果研究生毕业，就可以进入大学任教，就可以成为父亲无限景仰但却忽悠过他的大学老师，如果再勤奋一点，也许迟早会评上教授。评上教授是父亲对我的期望，但是，我评上教授后，如果再去忽悠别人，父亲肯定不答应。

了解了这种背景，读者朋友就可以理解父亲“且喜”之余，为什么还要“还期”了。

父亲撰写的新化方言书稿，几十万字，用方格子稿纸一字一字地誊写了，郑重其事地到邮局，用挂号信寄给了某教授。某教授收到后，没有退还原稿，只回了几句话，轻描淡写的。家里保留着一大本草稿，因为我的研究领域不涉及汉语方言，也不知如何加以利用，后来给某位研究方言的专家看了，希望对他有所帮助，在论文发表时，如果能给父亲署名为第二作者，我愿意做任何形式的配合。如果不能署名，用脚注鸣谢也行。但是，对方说词典体例，利用价值不大，此事就成为永远的遗憾。所以，我一直在努力把父亲的另一成果整理出版，了却父亲的遗憾，这就是本书的由来。

值得欣慰的是，我没有让父亲失望。结婚后的第二年，1991年我考上了湖南大学的研究生，三年后的1994年我研究生毕业了，在湘潭大学任教，成为一名大学教师，父亲真的很欣慰。湘潭大学是全国重点大学，在八十年代时，是和北大、清华并列的全国九所重点大学之一，现在略有衰落。开始大学任教了，我把科研放在第一位，一年时间居然发表了六篇研究性文章(包括增刊)，所以，1995年我就破格晋升为讲师。2000年，我评上副教授了，这是我学术人生的一大步，同年，我又考上了复旦大学，开始攻读博士学位。在复旦大学，我在科研上突飞猛进，成果的质量和数量上了一个台阶，所以三年后的2003年，我顺利地拿到了博士学位，同年又大破格，评上了教授。这一切，都在父亲生前实现了。父亲是2003年11月20日去世的，我在2003年6月拿到了博士毕业证书，7月评上了教授，11月18日拿到了博士学位证书。这个成绩，离“九万里鹏程”还有距离，但是我努力振翅高飞了。

从1994年我开始在大学任教，到2003年我接父亲到学校来过寿，父亲不止一次来过湘潭大学，到处走一走，到处看一看，教学楼、大学生的教室、图书馆、田径场，我陪着父亲默默地走，也不知他在想什么。父亲不说，我便也不问。回到家，父亲终于对母亲说出了内心的感受：我这辈子没有上过大学，但是我在大学校园里到处走走，也算进过大学的门了！

2003年父亲来湘潭大学过七十大寿，这也是父亲最后一次进大学的校门。因为几个月后，父亲就去世了。

父亲去世快二十年了，这二十年来我没有止步，我一直在努力。也许现在，离“九万里鹏程”又近了一点点。

63. 枝林森店开业

1991年5月

慕苏公按　该店地处村镇边缘，经营南杂、百货、烟酒、熟食诸业。擅长翰墨之陆君嘱撰此联，以贺该店开业。

枝枝缀绿叶红花，林园竞秀，庭院增辉。问诸君兴致何如？且请斟半瓶美酒，点一支香烟，品两碟佳肴，尝几盘熟食；

森森画苍松翠柏，店铺招商，厅堂设宴。既此处风光不俗，正好约八路仙真，延四邻新友，会九州豪杰，迎千里宾朋。

慕苏公注　语虽不免夸张，然皆有根有据。“枝林森”既系店名，自当嵌入。该店开张后，宜乎生意兴隆。

宇红注　枝林森，一木，二木，三木。聚木成林，林多成森。店家把店名叫作枝林森，无非是看重了积少成多的字形结构，积少成多对于商人来说，是一个良好的隐喻设定，聚沙成塔，集腋成裘。店家风趣，家父更加风雅，从一木二木三木着眼做起了文章。

上下联不仅嵌入了“枝”和“森”，还嵌入了小店周边的景致，“枝枝缀绿叶红花，林园竞秀，庭院增辉”，因为该店地处村镇边缘，有足够的空间可以经营绿化。除此之外，还嵌入了小店的经营范围，联中有“且请斟半瓶美酒，点一支香烟，品两碟佳肴，尝几盘熟食”，因为父亲交代，此店经营南杂、百货、烟酒、熟食诸业。娓娓道来，把环境和经营范围都嵌进去了，这种赞美，是极好的广告。文人雅士可以欣赏联中的文采，过往的路人可以窥见小店的环境优美和经营范围。

下联嵌入的东西也相当丰富，先有店家主人的风雅和兴趣，作者交代，店主人“擅长翰墨”，在联中的映射是“森森画苍松翠柏”，画苍松翠柏要做什么呢？招商，赚钱，会客，聊天。联中有言，“店铺招商，厅堂设宴”。为什么要选在这里招商、设宴，而不去别家？作者代言，“此处风光不俗，正好约八路仙真，延四邻新友，会九州豪杰，迎千里宾朋”，好吧，这等好去处，就这家了。生意就这样兴隆了起来。

此联所嵌甚多，但直截了当的还是“枝林森”的店名。三个字怎么嵌啊？怎么嵌也摆不平啊。嵌一头一尾吧，刚好“枝枝”和“森森”可以叠音呈现：“枝枝”形容树枝杈丫纷出，“森森”形容树木茂盛繁密。

64. 贺华光、华康兄弟新构

1992 年元月

慕苏公按 华康兄弟二人之父是医师，华光是公安干警，华康经商；其妯娌二人，一是医师，一是教师。新屋于元旦落成。

华屋壮奇观，贤昆仲治安多策，营业多谋，际兹元旦来临，齐颂华堂千载盛；

光辉呈异彩，尊乔梓济世有方，育才有道，且喜紫微高照，满门康乐万年长。

慕苏公注 因嵌主家昆仲之名，“华”字重现。

宇红注 这副对联，把华光和华康的兄弟关系、妯娌关系都表达了出来，还有他们的职业，两代人之间的关系，还有本联的主题，即盖新房子，还要寓含祝福，这么多的内容要融进几十字的对联里，变量太多，正如一个多元高次方程，解起来可真不容易。

先看上联，“华屋”指华美的屋宇，在古代社会指朝会、议事的地方，比如《战国策・秦策一・苏秦始将连横》“说赵王于华屋之下”。如果取此义，在当前语境下，也未尝不可，是把当事人的新房子在地位和作用上拔高了，如同古代王侯的宫殿一般。在此联中，“华”字的选用，还有另一重语义承载，即华光、华康兄弟的“华”字，嵌字联必须考虑及此，只是不强求一语双关时多种语义的连贯性，允许其中一种意义偏离当下的语境，但此处，已经超越了语言学上对于“一形多义”的语义宽容，“华屋”的两种语义都是中规中矩的形义连贯，既是华丽的豪宅，又是华光兄弟之屋，分析至此，妙趣尽皆彰显了。

既然是华光、华康兄弟合建的新屋，只嵌一人的名字，忽略另一人，可不是一件讨喜的事。所以，最好的办法是把两人的名字都嵌进去，难度又增加了。上联中有两个“华”字，毫无疑问，兄弟俩都有份，但是对下联的要求就锁定了，必须在相同位置先出现“光”，后出现“康”，顺序不能错，因为长幼有序，这种难度不仅不易应对，还易遭质疑，即上联有两个“华”字，下联为什么没有两个“光”字？所以父亲先自行交代：“因嵌主家昆仲之名，‘华’字重现。”“昆仲”，是称呼别人兄弟的敬词，昆古义为哥哥，胞兄，仲是弟弟的意思。

这对好兄弟，一个当警察，一个是商人，办案的是一把好手，多有奇谋，搞经营的也很有头脑。所以说“贤昆仲治安多策，营业多谋”。

“际兹元旦来临”的“际”，意思是“适逢其时、正当”，比如“际此盛会”。“兹”，现在，比如“于兹已有三载”。

下联“光辉呈异彩”，是说新房子光彩夺目，异彩纷呈。“尊乔梓济世有方”的“乔梓”，本指两种树，乔木高，梓木低，比喻父位上，子位下，因称父子为“乔梓”，在此联中，指公公与儿媳妇，语义略有偏差，但可以强作辩解，娶进门的儿媳妇当闺女，这样就顺了。

“紫微”指紫微星，主事业之星，在命宫为寿星，有解厄、延寿、制化之功能，具有领导、权威的象征。“且喜紫微高照，满门康乐万年长”是对华光兄弟二人的良好祝愿。

65—66. 孟公镇中学新楼落成联

1992 年 6 月

慕苏公按 校名随镇名而来，镇名沿袭地名。该校新教学楼落成之日，约余撰数联，分嵌“孟公”“中学”诸字。

(一) 大门有联云：

孟母已三迁而来此地，

公输教百匠以造斯楼。

慕苏公注 用孟母三迁而至学宫傍以教孟子的故事，借鲁班(公输子)为百匠之师的民间传说，用典而切情切景嵌名，九字句亦尚称流畅，然终不敢效卖瓜的老王。

宇红注 上联“孟母已三迁而来此地”，说的是孟母，亚圣孟子的母亲，攀上一个历史名人，而且与校名相关，孟母的故事又与三迁求学有关，更主要的是“三迁而来此地”，这块风水宝地是独一无二的校址选择。

下联“公输教百匠以造斯楼”，对仗上完美无缺，从整体句义来看，“公输”即春秋时鲁国的巧匠，就是我们熟知的鲁班。

(二) 大楼有联曰：

中是不倚不偏，若斯楼不屈不移，顶天立地；

学则无涯无岸，喜尔辈无拘无束，破浪乘风。

慕苏公注 赞大楼者，意欲赞若是之伟丈夫，以此为诸生之榜样，并鼓励其乘风破浪，奔锦绣前程。“无拘无束”，言社会环境有利于造就人材。破浪乘风，本《宋书》“愿乘长风破万里浪”句。

宇红注 上文的大门联，是贴在学校大门口的对联，嵌入了“孟公”二字。此联是大楼联，即贴在大楼楼梯口的对联，嵌入了“中学”二字。随心所欲，随意而嵌，看似洒脱，但必须有相当的语言功力。

“中学”一词拆开之后，得到两个语素“中”和“学”，它们重新组词，“中是不倚不偏”，“中”是“中庸”或“居中”的缩略，“学则无涯无岸”，“学”指“学习”或“求学”。所嵌之字对上了，这其实是简单的，只要位置相同，语义就会照顾好自己，这是结构主义语言学的取义之道，难的是重新组合的词必须结构相近，语义相关或相对，在这里“中”和“学”都是缩略词，所以形式上是隐性的，但语义解读上具有明确性和无歧义性。

除了嵌字之妙，全联多处语义双关或隐喻，妙趣横生。“不倚不偏”“不屈不移”“顶天立地”都是双关，既是对楼的描写，也是对同学们人品的赞叹或期许，下联的“无涯无岸”“无拘无束”“破浪乘风”都是隐喻用法，三个都看似言此，其实指彼，用有形的事物来比喻无形的事物，比如大海“无涯无岸”比喻求学“无穷无尽”，肉身“无拘无束”比喻思想“充分自由”，航海“破浪乘风”比喻事业上“奋勇前行”。从一个认知域映射到另一个认知域，是隐喻解读的关键。

67—68. 杨淑新新婚

1993 年 4 月

（一）

淑水潺潺，直待是我我卿卿，哝哝唧唧；

新桃灼灼，正恁般恩恩爱爱，蜜蜜甜甜。

慕苏公注　新婚蜜月，伉俪情深，借叠词以渲染。

宇红注　杨溆新先生，是我家的远房亲戚。生于湖南省溆浦县，后随父定居于湖南省新化县，所以后来改名“溆新”，体现从“溆”到“新”的迁移路线，与“齐秦”“鲁豫”“王鲁湘”等人名字的原委相当。

“溆水”决定了“溆浦”的名字，“溆浦”又决定了“溆新”的名字，现在把“溆新”的名字嵌入到对联中，只好回溯到“溆水”这一名称去，因为“溆”从水，原本就是一条河的专名，舍此没有别的意思，这样的语义局限性很大。

但是，这样的语义限制哪能难住父亲。“溆水”，女人似水，呢喃似水，水声潺潺，恰似情人之间的倾诉。是的，就从这里落笔，就取这个意象，这就有了上联：“溆水潺潺，直待是我我卿卿，哝哝唧唧”，从水声想到柔情蜜意，这是很自然的过渡，把人的行为和情意迁移给流水，让流水为一对有情人代言，匠心独运，妙语天成。

下联“新桃灼灼，正恁般恩恩爱爱，蜜蜜甜甜”，桃子一年一熟，何言新桃旧桃？当然是为了嵌入人的名字，因为“溆新”有“新”字。所以，“新桃”不取新旧之对比，而是心情被刷新了，心随境转，境由心生，心有新意，桃也是新的了。

恁，意思是“那么”，指示副词，通过指示来描摹程度，所以实际是程度副词。“恁般恩恩爱爱”，那样的恩恩爱爱。

“新桃灼灼”中的“灼灼”，出自《诗经·桃夭》。“桃之夭夭，灼灼其华”，形容桃花开了，光彩灿烂，美丽诱人。“正恁般恩恩爱爱，蜜蜜甜甜”是对上句“新桃灼灼”的补充。

注意了，“恩恩爱爱，蜜蜜甜甜”用来描述“新桃灼灼”的，这里有一种叫作“通感”的用法。

通感又叫“移觉”，是在描述客观事物时，用形象的语言使感觉转移，将人的视觉、嗅觉、味觉、触觉、听觉等不同感觉互相沟通、交错，彼此挪移转换，将本来表示甲感觉的词语移用来表示乙感觉，使意象更为活泼、新奇的一种修辞格式。

“新桃灼灼”是一种视觉感知，而“恩恩爱爱，蜜蜜甜甜”是心意识的感知，涉及两种感官，所以叫作通感。《心经》说到"眼、耳、鼻、舌、身、意"这六种感官，也就是"六根"，"新桃灼灼"和"恩恩爱爱，蜜蜜甜甜"涉及两种"根"，即眼根和意根。六根分别感知六种现象，叫作"六尘"，即"色、声、香、味、触、法"，"新桃灼灼"和"恩恩爱爱，蜜蜜甜甜"分别是色尘和法尘。

所以，通感之说，不管是世俗的理解，还是按照《心经》的解读，都是可以自圆其说的。

(二)

溆水流兮，银河渡也；

新人至矣，金屋贮之。

慕苏公注 从溆水联想银河，并及牛、女二星。新人至矣，则忙手贮之金屋。仅十六字，虚词占四分之一，与上一联之用叠字者迥异。

宇红注 又是嵌字联，名字"溆新"被解构之后，重新组词，体现一形两义的结构和语义。在上一副对联中，即"溆水潺潺，直待是我我卿卿，哝哝唧唧；新桃灼灼，正恁般恩恩爱爱，蜜蜜甜甜"，以为"溆"和"新"是唯一的成句策略和组构方法，联内组合，联际对应，完美得让人拍案叫绝。眼下这一副对联，同样取"溆水"入联，取新旧之"新"，如有神助，居然又变化出"溆水流兮，银河渡也；新人至矣，金屋贮之"。

上联从"溆水"流淌，联想到天上的银河。银河之所以入联，还是因为银河两岸有一对恩爱夫妻，牛郎和织女，俩人虽然恩爱，但是被分隔两岸，离愁别恨似有难免，怎么解决呢？反其意而用之，作者说"银河渡也"，从此岸到彼岸，渡过河汉，就可以相聚了，离愁别恨瞬间化解，新婚燕尔恰好相应。这是在引用典故时，处理意象乖悖的最佳技巧，即反其意而用之。

下联"新人至矣，金屋贮之"，所言的"新人"的"新"，原本是新郎官的名字，但是名字在结构拆解之后，暂时割裂了原本的组合关系，“新人”指向新娘子，这一规律在上文已经总结过了。“新人至矣”指新娘子过门来了，怎么办呢？“金屋贮之”，再用一典，主谓衔接，完美收官。

69. 肖光枚、陈三梅新婚联

1993 年 5 月

慕苏公按 二人俱系青年教师。双方家长亦在同一单位，嘱撰此联，并嵌入二人名字。

光彩辉煌，喜三星在天，便咏周南歌窈窕；
枚枝茂密，正梅花未摽，好迎之子赋于归。

慕苏公注 三星在天、之子于归、窈窕、摽梅，皆《诗经》词句。《周南》系《诗经》“十五国风”之首。

宇红注 既嵌进了“光枚”于联首，又在稍后的位置嵌进了“三梅”，还必须连贯通达，这么多的要求必须满足，又是一个多元高次方程的求解。

先看上联。“光彩辉煌，喜三星在天”，从“光”字入笔，嵌入了新郎官的名字，“三”是新娘子的名字。各一个字，在下联中“枚”和“梅”在相同位置分别对应。

“三星在天”指新婚，出自《诗经・唐风・绸缪》，“绸缪束薪，三星在天。今夕何夕，见此良人？子兮子兮，如此良人何？”译文是“把柴草捆得更紧些吧，那三星高高地挂在天上。今天是个什么样的日子呀？让我看见如此好的人呀。你呀你呀，你这样的好，让我该怎么办呀?”

《毛传》释“三星”:“三星,参也。”“参”与“商”是中国古代的星宿名,按照当今天文学的星座划分,参星是现在的猎户座,商星是天蝎座。参星在西而商星在东,当一个上升,另一个下沉,永不相见。杜甫《赠卫八处士》说“人生不相见,动如参与商”,意思是世间上的挚友真难得相见。

“绸缪”指“缠绵”,本意是用丝带来缠缚,后比喻情意缠绵,现代汉语中的成语“未雨绸缪”保留了“缠绵”的原意,意思是在天还没下雨的时候,就修补好房屋的门窗,用绳子把门窗系紧,免得被大风吹倒了,现在用以比喻事先做好准备。

“便咏周南歌窈窕”中的“周南”,是《诗经·国风》之一。后人认为《周南》所收大抵为今陕西、河南、湖北相邻地区的民歌,颂扬周的德化。汉以后被作为诗教的典范。

“窈窕”就出自《诗经·国风·周南·关雎》一篇:

关关雎鸠,在河之洲。窈窕淑女,君子好逑。

再看下联,“枚枝茂密,正梅花未摽,好迎之子赋于归”。

《说文》释“枚”,枝干也,可为杖。“摽梅”出自《诗·召南·摽有梅》:“摽有梅,其实七兮;求我庶士,迨其吉兮。”摽梅,谓梅子成熟而落下的样子。“摽”是动词,落下,“梅”在此比喻未成婚的适婚女子,后以“摽梅”比喻女子已到结婚年龄。

“好迎之子赋于归”包含“之子于归”这个典故,意思是这位女子就要出嫁了。出自《诗经·国风·周南·桃夭》之“之子于归,宜其室家”。翻译成现代汉语,是说“这个姑娘要是嫁过门啊,定能使家庭和顺又美满”。

总结一下,此联嵌入两个名字,是最大的看点,也是最大的难点。写这样的对联,手头必须有足够多的词汇和典故可以选用,才能信手自如。下笔三两行,腹有万卷书!

70. 鹅塘学区1993年庆祝“六一”会场联

1993年6月

九三年六一来临，处处是歌声琴声笑声掌声，红旗面面迎风展；
千百万儿童庆祝，人人重德育智育体育美育，鲜花朵朵向阳开。

慕苏公注 愿歌声琴声笑声掌声常闻，德育智育体育美育常新。

宇红注 此联极为通俗，“九三年”对“千百万”，“六一”对“儿童”，“歌声琴声笑声掌声”对“德育智育体育美育”，“红旗面面迎风展”对“鲜花朵朵向阳开”，估计有为少年儿童着想的因素，没有一个高深难懂的典故，小学生基本上都能读懂。

71. 猪婆洞水井联

1993年9月

慕苏公按 猪婆洞为吾家附近著名泉水，社教队资助整修，因撰联镌石：

猪羊已自随人旺，
婆媳何须为水愁。

慕苏公注 猪羊已随人的兴旺而兴旺，亦随党的政策而兴旺。既如此，则水之为用，何须攒眉。

宇红注　“猪婆洞”是离我家三四百米的一处水井，一个幽深的洞穴，内有较大流量的泉水流出，是附近几百户人家的饮用水源。此泉名字并不雅致，以猪婆命名，对联并不好写，特别是需要嵌入地名时，上联以“猪”开头，拿猪说事，比如“猪”过上好日子了，或者“猪”喝上干净水了，言者无意，听者多心，极容易以猪比人，甚至是以猪自比，这种“代入式”联想是自然产生的，无需提醒，也无需挑拨。但是，高手如父亲，把猪与人对立地来，从猪说到人，“猪羊已自随人旺”，“猪羊”是“猪羊”，“人”是“人”，人旺猪羊也旺，此种立意，两相撇开，避免了不必要的牵扯。

不仅如此，上联提出一个论断，似有引导读者去追寻理由的意蕴，猪羊为什么能够随人旺呢？哦，原来泉水整修好了，人喝上了洁净的水，猪羊也喝上了洁净的水，卫生条件好了，人畜两旺，理所当然。所以，下联回应了上联潜在的疑问。

从一九九三年水井整修后，又过了近三十年，去年回到故乡时才发现，从猪婆洞的深处，有二三十根汲水的管子，通向各家各户，在各家的屋门口，有一个小马达，在需要用水时，一按电钮，就能从井里汲水，省去了肩挑手提的辛苦。这是农村普及用电的附带成就。

72. 肖本寿新婚

1993 年 12 月

本非天上神仙，却做月宫攀桂客；
寿及人间仁者，居然榜首探花郎。

慕苏公注　非仙而能攀桂，仁者而高居榜首，确是神奇。至若增其寿算，则系古人所言，此处顺为祝福。“寿及人间仁者”，本《论语》“仁者寿”之句。

宇红注　肖本寿先生是中学英语老师，多年的熟人了。新婚之际，自然少不了家父的对联和祝福。老套路，把“本寿”二字嵌入联中。

上联“本非天上神仙，却做月宫攀桂客”，“月宫攀桂”当然必须是天上的神仙，但本寿兄偏偏不是天上神仙，而是人间的俊小伙子，那就不说不行吗？谁都不是天上神仙，何必要掀明了呢？这里有双重的语义驱动，从横向组合的维度来看，下文说“却做月宫攀桂客”，就必须交代“本非天上神仙”，不然折桂之人让人一猜一个准，不是吴刚就是天蓬元帅。此处说笑一下，本寿兄若读至此处，幸勿怪罪。

除了横向组合层面的身份交代，从纵向聚合层面来讲，也是为了下联“寿及人间仁者”预留了对仗的前言。有了前言，才有后语。因为下联的首字需要用上“寿”字，“寿及人间仁者”交代“仁者寿”，而上联的“本”字无非引申出“本是”或“本非”，所以横向、纵向的结构延伸需要，加上语义上的正向推陈，也就是只能说好听的话，上下联就完成了结构和语义上的双重求解。

再解释一下文字层面。上联“本非天上神仙，却做月宫攀桂客”的“攀桂”，是攀援或攀折桂枝，比如唐代杜甫《八月十五日夜》诗之一：“满目飞明镜，归心折大刀。转蓬行地远，攀桂仰天高。”集注引赵次公曰：“攀桂”一词“言月中桂也”。“攀桂”比喻科举登第。

“寿及人间仁者”隐含“仁者寿”，即德者寿，谓道德崇高者，怀有仁爱之心，胸怀宽广之人可以长寿，出自《礼记·中庸》引孔子：“故大德……必得其寿。”“德者寿”的观点是儒家养生思想最为集中而典型的体现。

“居然榜首探花郎”所称的“探花郎”，也称作“探花使”，指殿试及第的第三名，出处唐代李淖《秦中岁时记》：“进士杏园初宴，谓之探花宴。差少俊二人为探花使，遍游名园，若他人先折花，二使皆被罚。"宋代魏泰《东轩笔录》卷六:"选最年少者二人为探花使,赋诗,世谓之探花郎。"

这两段话的意思是,唐代新科进士放榜后,举行盛大的宴游活动,叫杏园探花宴。新科进士们要选出两名最年轻者当"两街探花使"或"探花郎",骑马遍游长安的大街名园,采摘各种早春鲜花。到了南宋,"探花"正式成为第三名进士的专名。

73. 贺袁景生新构

1993 年 12 月

慕苏公按 袁老师华构,地处凉井湾,在岩岭下,左有挂榜岩(一名"榜壁"),下又有名"铜箍棒"者。

景色清幽,况岩门后峙,榜壁斜陈,凉井得铜箍,智水仁山多景致;

生气蓬勃,喜桃李芬芳,芝兰馥郁,苍松偕翠柏,池鱼林鸟满生机。

慕苏公注 嵌四处地名,两处人名,欲铺陈其景致,衬托其华居,并为之祝福。

宇红注 此联用典不多,但是,嵌入人名、地名不少。不仅嵌入了人名"景生",而且嵌入了多个地名,这些地名都是双关,不仅表征为专有名词,而且又以字面义参与句子中的语义构建,所以不熟悉当地地理的读者往往会顾此失彼,理解的难度增加了。

但是,对于当事人来说,地名是熟悉的,每读到一个地名,感慨它与前后语境融为一体,浑然天成,会倍感亲切。这些地名,对于当事人来说，可能相当于饱学之士在文名中读到一个恰到好处的典故。

此联之妙，不忍当下打住，还得多说几句。上联写“景”，下联写“生”。

上联先说“景色清幽”，是最要紧的点评，中华文化深得老庄玄学之妙，喜欢清静，更喜欢幽渺，于清静中方可实现无为，于幽渺中方可感悟虚无，所以“清幽”是最重要的景色特征。但是，袁老师并非方外之人，无为和幽渺当不得饭吃，他是一名教师，是孔门和儒学的传人，喜欢“智水仁山”，智者乐水，仁者乐山，“智”“仁”这种教条，是孔门和儒学的人生境界。何者为智？何者为仁？是山水的转喻，且看上联：“岩门后峙，榜壁斜陈，凉井得铜箍，智水仁山多景致”，山有岩岭，还有挂榜岩、铜箍棒，水有凉井，凉井湾因之得名，有如此许多的智水仁山，说“多景致”一点不夸张。

道家所追求的“清幽”，儒家所信仰的“仁智”，是如何衔接起来的？一个“况”字就成全了。“况”是文言连词，表示更进一层，相当于“况且”“何况”。先说“景色清幽”，再用一个“况”字，引入“岩门后峙，榜壁斜陈，凉井得铜箍”。“况”字所引入的，不仅表明在“景色清幽”这一虚化的特征之外，还有实质的景点，也把中华文明的两种特质，或者说两个极端联结起来了，先说道家的“清”与“幽”，后说儒家的“智”与“仁”。

中国人的人格，或者说人生信条，总是包含上述两个方面，得意时是儒，失意时是道。志得意满，要报效社会，要建功立业，要修齐治平，要仁义礼智信。碰了壁，受了挫，立即回归道家的人格，算了，“无为”多好，何必要强出头呢？这两种人格，在每个人的身上都有体现，只是比例不同，或者说成色上有差别。“儒”“道”达成了较好的互补。

到此为止，我们解释了“景”的二义：“景”是陈景生老师的“景”字，也是新房周边的美丽景致。再看“生”的二义。

上文说到，“生”是陈景生老师的“生”字，也是讲陈景生老师的营生，即以教书为职业，通过教书来养活一家老小。

万物得以生发，源于一种“气”，叫作“生气”。“生气”之盛，谓之“生气蓬勃”，既是对袁景生老师个人生存状态的描述，也附带引入了“生”的另一种意义，即袁景生老师的营生，或者说职业，是以隐喻的方式实现的。

教师的职业，以隐喻的方式来说，是培育桃李，是种植芝兰，是把弱小的树苗培育成为苍松翠柏。在桃李、芝兰、苍松翠柏之间，还有附带的收益，那就是“池鱼林鸟”。桃李、芝兰、苍松翠柏是三个隐喻意象，池鱼林鸟就是隐喻之外的推理，叫作“隐喻推理”，它在相同的隐喻框架下得到一种合乎逻辑的隐喻意象的延伸，比如“池鱼林鸟”可以比喻老师在辛勤教学之外的某种回报或奖赏。

还有一个小发现，忍不住还要多说一句。上联的末尾有一个“多景致”，重复了“景”字，“景致”与“景色”前后呼应，这也许是上联的偶然立意，其作用是上联的结构更加平衡了，因为，如果没有“多景致”，上联就成了“景色清幽，况岩门后峙，榜壁斜陈，凉井得铜箍，智水仁山”，也通畅，语义也不减分毫，但是加上“多景致”后，“智水仁山多景致”的语气就更加舒缓了，因为拉长成为七字句，韵律结构与语义完整性就有了印证与互释，这种必要性是由于上文的韵律二分决定的。

上联也许是不经意地重复了“景”字，但是，下联就必须刻意地体现对称，对称什么呀？当然是重复“生”字。如果能化“刻意”为“自然”，同时满足语义和韵律在下联中的双重要求，那就再好不过了。

父亲果然做到了，且看下联：“池鱼林鸟满生机”，在“池鱼林鸟”之后缀上“满生机”，语义完整了，韵律和气息都舒缓了，而且“生机”与联首的“生气”语义关联，恰如“景致”与“景色”的呼应。一副上上乘的好对联，实在是值得无尽的玩味。

74. 陈建田新婚联

1994 年 1 月

建设趁良时，曲曲新歌迎丽日；
田园多雅趣，双双彩蝶舞东风。

慕苏公注 岂独国家之建设，即家庭之建设亦逢此改革开放之良时。新婚夫妇，相伴相依，耦耕于垅亩，亦似彩蝶之成对成双，随东风起舞，其乐无穷。

宇红注 上联嵌“建”字，下联对应“田”字。万千思路，瞬间被聚焦，两个先决的条件，会限制思维的路径，但是对于能者来说，正是显山露水的好机缘。

上联所谓的“建设”，指称对象可大可小，可宽可窄，可公可私，既可以指国家建设，也可以指家庭建设。从下文来看，应该是指国家建设，国为“新歌”“丽日”都是与国家层面的宏观叙事联系在一起的。当然，还可以有另一种认定，我们下文再说。

上联谈国家建设，谈的是人事，下联对之以天然，“人事”对“天然”，恰好。何为“天然”？大地山河、飞鸟虫鱼、风雨彩蝶之类。先说田园雅趣，后说彩蝶翻飞，一片祥和野趣。

一对新组建的农民夫妻，结婚后要另立门户了，有自己的责任田，在自己的“田园”去播种属于自己的希望。

婚姻大事，必须是欢天喜地的，必须是载歌载舞的。上联，“曲曲新歌迎丽日”，听到了，有新歌。“新歌”可以是有声的，这是字面义，也可以是无声的，这是隐喻义，指新取得的成就。要是来点舞蹈，就更好了。下联说“双双彩蝶舞东风”，彩蝶翻飞，翩翩起舞。

这里的“双双彩蝶”也有双重的意义。先说“田园多雅趣”，再说“双双彩蝶舞东风”，所以字面意义是自然界的蝴蝶。隐喻义是一对新人，他们正是彩蝶，在生活的大舞台上翩翩起舞，在耕种的田园里比翼双飞。

不管是哪一种意义，有唱的，有跳的，有听的，有看的。不管怎样，新婚的气氛起来了，新婚的祝愿也有了。这就是好对联。

75. 刘基勇新婚联

1994 年 1 月

基地育苗绵瓜瓞，
勇夫循径入桃源。

慕苏公注 基地育苗与勇夫循径，本无联系，我自硬拉得来。如此勇夫，大似武陵渔者，居然循径而深入桃源，则瓜瓞之绵绵也宜矣。

宇红注 上联“基地育苗绵瓜瓞”的“瓜瓞”（guā dié），比喻子孙繁衍，相继不绝。《诗·大雅·绵》：“绵绵瓜瓞，民之初生，自土沮漆。”朱熹集传：“大曰瓜，小曰瓞。瓜之近本初生常小，其蔓不绝，至末而后大也。”朱熹的注释是说，大的叫瓜，小的叫瓞，蔓上结的瓜，如果靠近蔓的根部，就是先结的瓜，往往个头较小，叫作瓞，蔓越长越长，后结的瓜个头就大了。看来，朱熹这位大学者可能还种过瓜，有过生活体验的人，说的话就是接地气。《诗经》原话的翻译是“大瓜小瓜瓜蔓长，周人最早得发祥，本在沮水漆水旁”。

所以，上联借大瓜小瓜比喻子嗣繁盛，这是贺人新婚的常见意象和通用主题，“育苗”让人想到“育儿”，“瓜瓞”都是一根蔓上的大瓜小瓜，对应的是大郎、次郎、三郎、四郎。但是“基地”一词实在用得有点勉强，“基”是新郎官的名字的一部分，也暗示了种瓜所需的泥土，偏偏“基地”一词有点别扭，因为“基地”是一个固化的词汇单元，有比较狭窄和比较明确的指称对象。

用瓜瓞来比喻子嗣，还有一个有趣的例子，也不妨说说。

唐朝武则天有四个儿子。长子李弘被立为太子，太子仁德能干，武则天怕以后控制不了，就在他二十岁时候用酒毒死了他。李弘死后，武则天又改立次子李贤为太子，即章怀太子。李贤有才干，学识渊博，曾注释《后汉书》。他不满母亲的阴毒暴虐，预料到母亲也可能对他下毒手，就做了一首《黄台瓜辞》。诗曰：

种瓜黄台下，瓜熟子离离。一摘使瓜好，再摘使瓜稀。三摘尚自可，摘完抱蔓归。

李贤本来意在劝母亲不要狠心把儿子都杀光，结果适得其反，武则天看后大为不满，又把他给废掉了。过了四年，又逼其自杀。李贤死时仅二十九岁。

下联“勇夫循径入桃源”，也有名字嵌入，而且语义上的连贯性更强。“桃源”出自魏晋时代陶渊明的《桃花源记》，仙人所居之地，循径而入是需要勇气的，所以“勇夫”虽然也是固化的词汇单位，而且体现名字中“勇”的嵌入，但生硬的感受明显小于“基地”。“桃源”一典不仅是为了证明“勇夫”的英勇气质，更有深意必须点破，“桃源”的特征包括秀丽、脱俗、富足、自由等，比喻新的生活，新的人生，与新婚的语境有较多契合。

76. 道九逝世门联

1994年1月

令高堂丧子，儿曹丧父，妻室丧夫，阵阵哀号惊天地；
叹世间无药，天道无凭，阎罗无眼，声声嗟怨对苍穹。

慕苏公注 道九得年仅四十有四，且系独子，上有双亲，中有妻室，下有稚子二人。遭此变故，则彼一家罹“少年丧父、中年丧夫、老年丧子”三大不幸者俱全。语云“贫而无怨难”，此情此景，安得无嗟无怨？

笔者忝为道九之堂叔，悲痛之余，亦惟撰此联以唏嘘嗟叹。倘余能及韩文公什一之才，则亦步其后尘，仿《祭十二郎文》体例，作一篇《祭九郎文》也。

宇红注 上联以叙事为主，下联以哀怨见长，此情此景，换了谁都会伤感和嗟怨。上联的叙事提到高堂丧子、儿曹丧父、妻室丧夫，三代人的痛，才汇成了“阵阵哀号惊天地”。下联涉及各种哀怨，叹世间、叹天道、怨阎罗，感慨的内容也是多层面，无药可医、天道无凭、阎罗不公。先有叙事，后有感慨。叙事是感慨的基础，若无叙事，感慨就成了无病呻吟。若无感慨，叙事就达不到情绪的高潮。上下两联，各有分工，而且顺序不可乱。

在父亲的注释中，提到“韩文公”的《祭十二郎文》。“韩文公”指的是韩愈(768—824)，唐代文学家，字退之，河南河阳(今河南孟县)人。作者说“倘余能及韩文公什一之才”，是作者的谦词，是说如果有韩愈十分之一的才华，“什”通“十”。

《祭十二郎文》是韩愈写的祭奠其侄十二郎的祭文，十二郎名韩老成。韩愈幼年丧父，靠兄嫂抚养成人。韩愈与其侄十二郎自幼相守，历经患难，感情特别深厚。但成年以后，韩愈四处漂泊，与十二郎很少见面。正当韩愈官运好转，有可能与十二郎相聚的时候，突然传来十二郎去世的噩耗。韩愈尤为悲痛，写下这篇祭文。

叔叔撰文祭奠侄儿，彼如是，此亦如是。韩愈的侄儿是老十二，称“十二郎”，此处亡者名“道九”，可以称作“九郎”。博学如我父者，哪能不浮想至此，因为可比性确实很强，代入感是当下可得。

77. 题曾益廉遗像

1994 年 2 月

慕苏公按 曾君年仅二十余岁，构筑新屋时因架电引水，触电身亡，遗有孀妻弱子。新屋建成后，其父奉尧先生嘱撰联书于曾君遗像之侧，以纪念死者，教育死者妻儿。

益发伤怀，见屋思人人不见；
廉能养志，兴家望子子当兴。

慕苏公注 新屋已成，而建屋之人奚在？见屋思人，理之常也。然而教子兴家，俾承父志，是纪念死者之良图，故嘱彼等清廉自守，寄希望于将来。此所以唁遗属而慰亡灵也。

宇红注 此联嵌入亡者名字“益廉”二字，上联嵌入完美无缺，“益”字引出“益发伤怀”，体现语义的递进和哀怨的升级，幸亏有情境上的呼应，不然理解就有难度了：曾君亡故时房子正在施工，房子建成了，当然会比当初更加悲伤了，因为睹物思人，益加哀痛，这是人之常情。所以，“益”字的嵌入，实在是语义对词汇的最优触发，原因也交代得清清楚楚，是因为“见屋思人人不见”。

下联从“廉”字入手，“廉能养志”。从整体上讲，语义是没毛病的，符合某种价值观和立身处世的原则，从嵌字的要求来看，也达到了目的，与上联的“益”形成了良好的呼应。但是，与情境的契合就差了，非官非吏，无俸无禄，为什么拿“廉能养志”来说事呢？

这里又涉及一个问题，是客观上“廉”的全部语义内容不允许有其他的组构潜能，还是主观上作者受到语义知识的局限，以至于其他的组构可能超出了作者的语言能力或涉猎范围？从单字来讲，“廉”有几个义项是可以检索的，而且必定是可以穷尽的检索，但是它的组构能力的扩展散见于浩如烟海的历史文本中，或许在历史上的某一文本中有某种出格的组构用法，而且可以用到此处的下联，这种可能也未必没有。但是，单字的组构能力必定受制于词典中的基本词义，所以这种可能即使存在也不会太大。

这里所说的问题，涉及语言学的一个基本原则，语言组构存在与否，语用现象妥当与否，既取决于语言系统本身所能提供的语义资源，也取于语用主体的语言能力与语用策略。主体见之于客体，客体见之于主体，二者具足，则一拍即合，缺一则不合。

回到主题，这里所做的学术思考，是在为“廉能养志”的妥当性欠缺进行思辨，思辨的结论是：语言系统的资源有限性，是语用效果的制约因素，也是某些语用遗憾的必然缘由。

78. 纪念魏源诞生200周年

1994年2月

慕苏公按 魏源，清代著名的爱国人士，1794年生于宝庆(今邵阳市)，道光进士，官至高邮知州。鸦片战争时曾在两江总督裕谦幕府，参与抗英战役。他强调“变古愈尺，便民愈甚”，与龚自珍齐名。著有《海国图志》一百卷。“师夷长技以制夷”，为其主张，在当时有振聋发聩作用。其思想对资产阶级改良派有一定启蒙作用，对日本维新运动亦有一定影响。1857 年卒于杭州。

一百卷图志，是谁家妙手天成？忆宝庆飞雏，杭州跨鹤，登进士于京兆，除牧伯于高邮。与龚氏齐名，声闻朝野；为裕谦划策，力挫侵陵。怀变古便民之奇才，展通经致用之大志。外资明治，内启康梁。师夷长技以制夷，发聩振聋，爱国昔曾垂典范。

两世纪风云，演故地桑田沧海。叹洪杨蹶踣，戊戌徒劳。虽起义乎武昌，卒合流乎宁汉。迨毛公肇造，扭转乾坤；赖邓老筹谋，恢宏业绩。作中华特色之设计，定改革开放之方针。后福千秋，先行三步。全我金瓯而属我，扬眉吐气，兴邦今始慰英灵。

慕苏公注　自 1794 年至 1994 二百年间，史载之大事，计有太平天国革命（即洪杨起义）失败，康有为、梁启超之变法流产；武昌起义虽获成功，然终归汪精卫与蒋介石“宁汉合流”，既未改变社会性质，更未能拯黎民于水火。唯毛主席、共产党领导革命成功，人民始获解放；邓小平提出建设有中国特色的社会主义，对内改革，对外开放，建设现代化的社会主义国家分三步走，始有今日之富强。

联以纪史。颂魏源之思想，更颂毛、邓二公之丰功。

宇红注　父亲的注解很全面了，此处不再增补。一副长联，涉及的文史知识多，信息量大，所以注解的篇幅也相应地拉长了。

父亲六十三岁退休，退休前的几年，没有再教语文，因为语文课的作业批改工作太艰辛。年事渐高，力不从心，所以换成了教历史。好在自古文史不分家，一代史家司马迁，是少见的文豪，字斟句酌，千锤百炼。所以父亲教历史，学生也会受益极多。

从此联来看，父亲的知识面很广，融会贯通，照本宣科的老师是做不到这一点的。

79. 代吾侄事宏兄弟撰其母五十寿辰联

1994 年 5 月

慕苏公按　五十而开寿筵，我地不多见。事宏兄弟为其母寿，盖欲彰其母独力操持家政、教育儿女之盛德也。因口占如下：

再过五十年满百岁；
先让一家子敬三杯。

慕苏公注　上联所以志其年而祝其寿，下联则先启发诸侄以敬其母；更留余韵于弦外，以俟夫贺客之来。

宇红注　上联着眼当下并展望未来，妙在一个“再”字，“再过五十年满百岁”。兜一个弯子，只为了交代寿宴主人的年龄。但是，偏偏不说当下五十岁，而是说“再过五十年满百岁”，是为了突出一个满数，即“人生百年”。而且，都说“人生百年”，但只是一种理想，几人能活到百岁呢？要的就是这个满数，因为此处表达的是一种祝愿，一种祈福。

福禄寿，是人生的大福报。三者之中，寿数最要紧，因为有寿才有福，才有禄。天大的福报，必须有寿命来消受。

与此相对，下联描写的是眼前，但其实是缅怀过去，妙在一个“先”，“先让一家子敬三杯”。“先”字有暂且、权且之义，以后的机会还多着，还有六十大寿、七十大寿、八十大寿、九十大寿、百岁大寿。所以，五十岁并不年高，但是再过五十年就是高寿。

敬三杯不算重礼，也不算重谢。半辈子含辛茹苦，实在是理所当然。所以，“先让一家子敬三杯”的语气，是给后生辈一个机会，一个回报寸草春晖的机会。

80. 退休前不久口占

1995年4月

读《归去来辞》，两袖清风朝后转；
听《阳关三叠》，一江春水向东流。

慕苏公注 《归去来辞》，晋陶渊明作。后人常用以喻解职归去之辞。此处只取“归去”之意。《阳关三叠》，即唐王维所作之《渭城曲》。后人常以此作为送别歌曲之代称。“一江春水向东流”，语出李煜词。“两袖清风”，亦作“清风两袖”。旧时称官吏廉洁。本于谦诗。

宇红注 父亲延迟退休，于1996年时已满46年教龄。人啊，大概年龄大了，就会归心似箭，只想回归故乡，回到童年时代成长的地方，回到1977年时父母亲自建的三扇砖瓦房。

记得当时，父亲一天都不愿多待了，一心只想回家去，母亲当时在附近的小学任教，还没到退休年龄，看到父亲去意已决，母亲顾不得那么多了，只好提前退休，陪父亲回到距离单位五公里之外的那一片农村，那一方故土。少年夫妻老来伴，这种生死相依的留恋也真叫人感动。

下面解释一下父亲自咏联中的几个典故。

《归去来兮辞》是晋宋之际（从东晋到南朝的宋国）文学家陶渊明创作的抒情小赋，也是一篇脱离仕途回归田园的宣言。语言朴素，辞意畅达，匠心独运而又通脱自然，感情真挚，意境深远，有很强的感染力。结构安排严谨周密，散体序文重在叙述，韵文辞赋则全力抒情，二者各司其职。

《归去来兮辞》创作于作者辞官之初，叙述了他辞官归隐后的生活情趣和内心感受，表现了他对官场的认识以及对人生的思索，表达了他洁身自好、不同流合污的情操。作品通过描写具体的景物和活动，创造出一种宁静恬适、乐天自然的意境，寄托了他的生活理想。

《阳关三叠》，古代送别的曲调，也比喻离别。阳关：古关名，在今甘肃敦煌西南。阳关初见于唐王维《渭城曲》诗："渭城朝雨浥轻尘，客舍青青柳色新。劝君更尽一杯酒，西出阳关无故人。"三叠：反复歌唱某一句。

"一江春水向东流"比喻愁思不尽，贴切感人，出自五代李煜的《虞美人》，全词不长，抄录如下：

春花秋月何时了，往事知多少？小楼昨夜又东风，故国不堪回首月明中。　　雕栏玉砌应犹在，只是朱颜改。问君能有几多愁？恰似一江春水向东流。

《虞美人》是李煜的代表作，全词不加藻饰，不用典故，完全用白描手法直接抒情，寓景抒情，通过意境的创造来感染读者，集中地体现了李煜词的艺术特色。

81. 退休抵家口占

1996 年 8 月

松菊犹存，屈指睽违卌六载；

琴书自乐，宽心再度二十年。

慕苏公注 1951年3月至1996年8月，教书四十六年，回乡时抱病甚重，医生预后，尚不敢云五年八年，我自抱乐观态度。

“松菊犹存”，晋陶渊明《归去来辞》中的辞句。“琴书自乐”，《归去来辞》原作“乐琴书以消忧”。

宇红注 “医生预后，尚不敢云五年八年”，好一个“五年八年”，父亲于1996年退休，2003年去世，整整八年。这八年对父亲来说非常重要，这是他人生的一个阶段，不可缺少的八年退休生活。人生不能没有童年，也不能没有晚年，怪不得父亲急切地要回到故乡，他要享受人生的另一种状态，另一番心境。

“松菊犹存”出自陶渊明《归去来辞》。陶渊明的辞句，像极了父亲当时的心境，归心似箭，一心只求回到故乡的怀抱。

“屈指暌违卌六载”，屈指一数，离开故乡，整整四十六年了。“暌违”，指“分离”，即不在一起（旧时书信用语），如南朝梁何逊《赠诸游旧》诗：“新知虽已乐，旧爱尽暌违。”黯然伤神者，唯别而已矣。

下联“琴书自乐，宽心再度二十年”，“琴书”是古之雅士怡情自乐的手段。父亲善音乐，曾听父亲说起过，“文革”期间知识与工农大众相结合，音乐交流是很重要的一个领域，听到陌生的歌曲，父亲能够用乐谱把听到的乐音记录下来，音阶把握极准，这种非常人所具备的能力当时震惊了所有在座的人。没有昂贵的乐器，父亲拉二胡，吹笛子，弹风琴（农村中小学最常见的乐器）。除此之外，父亲还是多地农村锣鼓乐队的教练，指导了远近好几处锣鼓乐队的习练。

有一次，我随父亲回家，从横阳中学往家乡的方向走。走到月塘村的时候，隐隐可见远处田间地头一支锣鼓乐队正在排练，一边走一边演奏。双方相向而行，越走越近，都可以看清对方的脸了。这时奇幻的一幕出现了。演奏突然停了，一人大声喊道：礼让师傅！话音刚落，只见所有的乐队演奏成员都横跨一步，站立路旁，把整条道路让出来，让父亲先走。父亲像接见外宾一样，与他的徒弟们一一握手。

父亲走过人群，乐队又回到了路中间。接着，演奏又开始了。整个乐队转身面向父亲，奏乐送师傅先走。这是礼送师傅，不说我也猜得出。父亲渐渐地走远了，乐队还在演奏，直到父亲转身拱手致谢，乐队才恢复他们原有的操练和行进状态。

这是农村地区徒弟见师傅时的礼数。这种庄严的仪式感，让我非常感动。内心里无比地羡慕父亲，也无比地敬重这支乐队的全体成员。这样的迎接师傅的仪式，在当下的社会估计再也不会有了。在当时，二十世纪七十年代末，善良淳朴的乡下乐队居然以这样极朴素、极真挚的礼节迎接他们的师傅。

“琴书自乐，宽心再度二十年”这是父亲的心愿。早在父亲退休之前，我曾经多次听父亲说过，他退休之后，要在家里的楼上办私塾。在农闲时节让农村的男女老幼，到我家楼上来，听父亲讲解、诵读“四书五经”，各种费用当然全免，还少不了倒贴一笔茶水费。当时，我和母亲只是默默地听着，市场经济已经开始很多年了，无利不起早，谁会花时间听你讲“四书五经”啊。果然，父亲退休后的八年时间里，一期私塾也没有办过，我不知道父亲是不是付出过努力只是这努力没人领情，我没有问过。“二十年”，父亲奢望了。如果父亲的退休时间更多一点，健康水平更高一点，也许父亲的办私塾的想法真的会付诸实施。

愿父亲在天堂安息，不，不是去天堂，希望父亲蒙阿弥陀佛慈悲接引，往生西方极乐世界。在那里，无有众苦，但受诸乐。在那里，人人都有无量寿。在那里，有无量个二十年，父亲可以把一切的遗憾弥补上。

82. 题“红梅”香烟

1995 年 8 月

红到枝头香益烈，
梅笼烟霭景尤奇。

慕苏公注 色泽火红，芳香浓烈，烟霭朦胧，如寻芳径，如观沧海。美化“瘾君子”之所为，与宣传戒烟之精神大相径庭。

宇红注 父亲抽了一辈子的烟。农村人抽烟从不忌讳有未成年人在旁，父亲在农村中学教了四十六年书，似乎也没有被动吸烟对身边人有害的观念。我的初中三年，是在父亲身边度过的。除了去教室上课之外，其余的时间，白天和父亲坐同一张桌子，晚上盖同一床被子。我不用花钱，但烟没有少抽，父亲每隔大约半小时就要抽一根，我在一旁感受那种其实并不难闻的烟味。有时也有一种想尝试抽一根的冲动，但还是没有真的付诸实施，因为我接受的家教格外严厉。我不敢放肆。所以，我始终没有学会抽烟。

在我们家，祖父是杆老烟枪，父亲和他的所有兄弟都是资深烟枪。但是，对于我们这一辈的约束是极为严厉的。

记得很小的时候，四弟普红用枯黄的扁豆叶子当烟丝，用作业簿子上撕下来的纸卷了当烟抽，我把这事举报到了爷爷那里。四弟挨了爷爷的揍，我又挨了伯母（四弟的母亲）一顿臭骂。

我最接近学会抽烟的一次，是在 1988 年。当时刚参加工作不到一年，在新化二中教高中英语。那年月，大学毕业是不要找工作的，而是统一分配工作的。一同毕业分配来校工作的小伙伴，都是烟枪。记得当时有一种较高档次的香烟是“长沙”牌，所有的年轻同事都抽这个品牌。我不抽，也不买。但是，总是架不住小伙伴们的劝说，这种劝说也许还有一种非拉我下水不可的企图。这种状态持续了一段时间，我突然从好奇进入到一种很舒服、很享受的境界。我知道，我正站在“上瘾”的门槛上。

我突然觉醒了，自律的警钟突然响起，我掐灭了那根抽了一半的香烟。并且，从此拒绝了所有的劝进！结婚后，妻子居然也多次鼓励我抽烟，她说男人抽烟有风度。但是，我一笑置之。

回到主题，说说“红梅”香烟。不抽烟的人，只好查了一下资料，“红梅”牌是云南红塔集团的主销品牌之一。这种价位的香烟，估计父亲只有在受人款待时才有机会抽。父亲平时抽的烟是最便宜的“香陵山”牌香烟，每次父亲给我四毛钱，或者一张五毛的钞票，找回的零钱，要么是五分，要么是一毛五。在那个贫穷的年代，我从来没有挪用过找回的五分钱或者是一毛五分钱，从来没有从零钱中拿出一分钱，为自己买过一粒糖。那时候的糖，是一分钱一粒，最好的是五分钱一粒。

嵌字对联，嵌的是“红梅”二字，而不是“香烟”，因为，嵌入品牌更有区分度。既然是“红梅”牌香烟，上联刚用到“红”字，已经在谈“梅”了，“红到枝头香益烈”。在那个年代，红梅是被赋予了政治内涵的某种精神品格的载体，其他颜色的梅花，估计都不配受到歌咏。“红梅”的颜色是“革命”的主色调，“红梅”的品格是傲雪耐寒，所以才有阎肃作词的《红梅赞》。

被政治所美化的商业品牌，当然占尽天机。何况，在计划经济时代，物资匮乏，民众的选择有限，“红梅”香烟想不火都不行。

下联“梅笼烟霭景尤奇”，顺承上联的主题，还是在谈红梅。

“烟霭”是自然之物，是云雾缭绕的气象，而不是吞云吐雾的残留。似是而非，想与香烟建立关联都难，可惜了。但是，文学意象间的联系，主要靠联想。是思绪的飞跃，把一个意象远程联系到另一个意象。作者有了这种能力，就能创造出诗性话语来；读者如果没有这种能力，就无法理解诗性话语的意象衔接，当然，读者的这种能力在程度上可以差一些,不然,人人都可以成为诗人了。

此联的来历有点突兀,既不是厂家出于推广品牌为目标的征联比赛,也不是应人之请而撰写一联。也许,父亲是偶然抽到一根两根“红梅”品牌的香烟,口感催生了灵感,于是记录了下来。这是文人的自娱自乐。

83. 题“玉兔”牌香茶

1995 年 8 月

玉润珠圆,一缕香凝杯盖;
兔走乌飞,三余茶入书房。

慕苏公注 兔走乌飞,指日月之不断运行。语本唐韩琮《春愁》诗。三余,谓“夜者日之余,冬者岁之余,阴雨者晴之余”,言抓紧空余时间读书学习。语见《魏略》。

茶香凝成水珠,品茶而增雅兴,其人不俗;“学足三余”,抓紧读书者,其人不愚。愿爱书者日众,而闲游者日稀。

宇红注 嵌字联,分别嵌入了“玉”和“兔”。古往今来,针对某一类商品的对联,其数甚多,尤其是烟、酒、茶之类。但是,此联描述的不是商品,而是品牌。

针对特定品牌撰写的对联,从主题的范围来看更窄了,从物品的特征或个性来看更加具体了。正因为这样,对联委托方的满意程度会因为对自家商品的专注程度而增加。这种做法,印证了品牌的作用:在同一类商品中,品牌具有突显和区分功能,一者可以突出自己的好,二者可以把自己和其他品牌区分开来。

嵌入品牌名字,而不是泛泛地谈论某类商品,对于对联作者来说，又找到了一个新的挑战领域和一种新的挑战方式。这样一来，古往今来的套话，就被作者主动地放弃了。高手从来不怕挑战，可不是吗？且看下面对上下联所用词句的赏析。

上联起笔用上了“玉润珠圆”，“润”指细腻光滑，像玉石一样光润。“珠圆”是说像珠子一样圆。“玉润珠圆”通常比喻歌声婉转优美，或文字流畅明快。

从“玉”开始说事，嵌字的任务算是圆满了，但是，“玉润珠圆”既非茶树之外形，也非茶叶之形状，连茶杯也沾不上边。嵌字的任务是硬性任务，这就要考验作者的才智了。正为父亲捏了一把冷汗，只见紧接着写下“玉润珠圆，一缕香凝杯盖”，此处的“玉润”和“珠圆”，指的是杯盖上凝结的水珠。这种引导妙得出奇，不直接说杯盖上的水珠，而是先写“一缕香”。“一缕香”飘起来了，它的载体是水汽，水汽飘过，必定先在杯内憋屈了一阵，在杯盖上留下了水珠。雅士哪能不留意杯盖上留下的“玉润”和“珠圆”呢？若是俗人，揭开杯盖，一通咕咚，定然忽略了杯盖上的景象，所以，上联间接地赞颂了杯的主人，茶的主人，也就是饮茶者的雅趣。

从语言学上来讲，一个话题，两种陈述，一前一后，对称性的铺陈，是为了结构和意蕴上滋衍出更多的美感。一个话题是“一缕香”，“玉润珠圆”是转喻描述的策略，从“一缕香”通过概念上的邻近性特征联想到香气随着水汽的凝结，在此处的主谓结构之后，再说香气“凝杯盖”——“玉润珠圆，一缕香凝杯盖”。

韵律影响句法的现象，此处最为典型。专门研究这种语言现象的语言学学科是“韵律句法学”，该学科由哈佛大学东亚语言文化系冯胜利教授首创。读者可以阅读冯教授所著的《汉语韵律句法学》。在这里，“一缕”是数量词结构，它的中心词“香”与它结构紧密，所以“一缕香”是拆不散的组合关系，但是，三加三的结构“一缕香，凝杯盖”读起来全无美感，像是在读童谣。这时候，韵律强行改变了三加三的结构，读起来是这样的：“一缕，香凝杯盖”，或者是“一缕香凝，杯盖”，韵律上很优美，但是，句法关系全被扭曲了。陈述对象是“一缕”，它怎么样啊？它“香凝杯盖”。或者，“一缕香凝”独立成句，后续再交代场所名称，是在杯盖上。韵律改变句法，是通过对新的句法结构的压制完成的，“压制”是现代语言学的术语，在压制面前，不行也得行。

再看下联，“兔走乌飞，三余茶入书房”。

先解释一下“兔走乌飞”，意思是光阴迅速流逝。“乌”指乌鸦，古代传说日中有三足乌，故称太阳为金乌；“兔”古代传说中月中有玉兔，故称月亮为玉兔。出自唐韩琮《春愁》诗：“金乌长飞玉兔走，青鬓长青古无有。”

“三余”出自董遇的“读书三余”，即“冬者，岁之余；夜者，日之余；阴雨者，时之余也”。冬天，是一年中的空余；晚上，是一天中的空余；雨天，是农事劳动后的空余。

下联说的是，时光过得真快呀，想读书的人只能在劳作之余利用“三余”时光，沏一壶好茶，在书房里边读书边慢慢品味。

“三余茶入书房”，是“三余”加“茶入书房”的结构，在语义上，是“利用三余时间来读书，此时，闻到了茶入书房”，韵律句法学的规律又要展开压制功能，把原来的结构压制成为“三余茶入，书房”，与上联句法结构被压制后的“一缕香凝，杯盖”完美应和，也印证了韵律句法学的分析路径。

84—85. 曾君六十、其母八十同日寿联

1995 年 9 月

（一）

花甲尚称儿，儿孙多福；

遐龄先祝母，母子皆康。

慕苏公注　花甲犹有亲在者，今之世，日见其多，为儿孙者诚可谓多福之极。母子并寿，自应举觞先祝母氏以遐龄。

宇红注　上联称“花甲”，下联说“遐龄”，其实同指，都是指曾君的六十大寿。上下联同指，而不是对立或变换，这是本联的特征。在同指的基础上，后面的文字出现对立或变换。上联在“花甲尚称儿”之后，说“儿孙多福”，从自己说到后辈。下联在“遐龄先祝母”之后，说“母子皆康”，从自己说到母亲。

此联的另一个特点，是上下联内部，各有一个顶针词格。所谓“顶针”，是指上一句的末字，是下一句的首字，就像两根针，首尾相联。上联第一句以“儿”字结尾，下一句以“儿”字开始。同样，在下联中，第一句以“母”字收尾，下一名以“母”字开始。这种辞格在语气和气势上更有力量。

（二）

天增岁月人增寿；

母杖朝廷子杖乡。

慕苏公注　此则是年春节，曾君所贴之联也。上联系前人旧作。下联即直陈母子之并获高龄。逢母子整十寿辰之年，春联自当着重提及。

杖朝、杖乡，言八十与六十寿算。语出《礼记》。

宇红注　父亲在注释中说了，上联是前人所作，顺手牵来，先用了再说，下联才是自己所作，这种作法又显我父率性的风格。

既然如此，我不免偏要考证一番。这是学者的本性。果然，“天增岁月人增寿”是上联，下联是“春满乾坤福满堂”。这是一副经典的对联，是明代潮州才子林大钦所写的一副很受人欢迎的春联对子。

借用状元的上联，这不是抄袭，其实是给自己出了个题目，在下联中必须严丝合缝地对上，这才是一种挑战。

状元公和我父的下联，一个是“春满乾坤福满堂”，另一个是“母杖朝廷子杖乡”。前者的通用性更强，人人可以盗而用之，贴于自家门框上作为春联；后者是应景而作，有具体的语境，是一对母子，分别是八十岁和六十岁，同日作生。

下联用了“杖廷”和“杖乡”，出自《礼记·王制》：“五十杖于家，六十杖于乡，七十杖于国，八十杖于朝，九十者，天子欲有问焉，则就其室，以珍从。”意思是说，五十岁在自己家里可以拄拐杖，六十岁在自己家乡可以拄拐杖，七十岁可以在国中任何地方拄拐杖，到了八十岁，可以在皇帝面前拄拐杖。年过九十，如果天子有什么问题想要请教，天子不能吆三喝四地把人叫了来，必须亲自上门访问，还要带上一点好吃的东西作为见面礼。天啊，这就是《礼记·王制》的规定！孔子一辈子要恢复周礼，一辈子喟叹“礼崩乐坏”。看来，周礼确实让人心向神往！

86. 堂嫂伍氏逝世门联

1995 年 12 月

助夫成家，竭力持家，何事抛家离故地？

断机教子，伤心哭子，今朝寻子赴泉台。

慕苏公注　堂嫂之独子，先其母一年病故。断机教子，语本孟母断机故事。称赞继以诘问，亦是伤心言语；因寻子而逝去，显系推测之辞。生死本不由人，此联问而复答，仿佛生死能由嫂氏自主，此情此景，能不令人泫然！

宇红注　在传统社会，女性的使命无非相夫教子，此联正体现了这种观念。上联讲“相夫”，下联讲“教子”，因此而成对，而且对仗工整。

再细细看，上联讲相夫，落到了“家”字，先说“助夫成家，竭力持家”，然后落到一声逼问：何事抛家离故地？

被逼问的，看似是作者的堂嫂，我的二伯母，其实诘问的是命运。命运不公，对待好人为何这等严苛？既然做到了“助夫成家，竭力持家”，当然是好人了，为什么要“抛家离故地”呢？此处可以推知，当然不是亡人自主的选择，天下事有不公之处，唯命运是问，这是人之常情，也是文之常理。

“抛家离故地”，这里有一个隐含，离了“故地”，去了“生地”。“故地”是夫家之地，住了几十年的老地方。“生地”又是哪里？不得而知。作者抛出“离故地”，让人想起“赴生地”，“生地”又是未知的去处。这样想来，更增添了几丝惆怅和哀伤。

下联说“断机教子，伤心哭子，今朝寻子赴泉台”，也是先赞颂亡人，尽了自己的本分，当为者已为，能为者已为，旁人无可指责，亡者问心无愧。所以，“今朝寻子赴泉台”，实属无可奈何的了。这里据说是亡人的自主选择，有目的，有动机，因为悲伤难以自持，要寻回儿子，只好亲自动身赴黄泉。与上联对命运的拷问不同，这里是亡人自己要走的。上联怨天，此处尤人，这就成“对”了。

所谓的“对”，本来是不同而并置，看似相违，其实有一个更宏大的主题把两者统一在一起。做到了这一局势，就是“对”的，不然就“不对”了。

从传统哲学来看，一阴一阳谓之道，合道而行，就是“对的”，背道而行，当然是“不对”的。对联之“对”，本于哲学，合乎文道。由是观之，我父可以称得上是“得道高人”。

87. 金沙村工农桥联

1995 年 12 月

慕苏公按 金沙，村名。该村有山冲，名“高笕冲”，其处有小溪，溪上架桥，由社教队倡修并资助，村民踊跃出钱出力所建，故名曰“工农桥”。

桥号工农，人争贡献；
水流高笕，地富金沙。

宇红注 “笕”是指引水的长竹管，架在房檐下或田间。此音与此物的对应，我从小就知道了，“一条笕仔”指的是一条放水的长竹管，也可以是架空引水的石槽，后者显然是引申义。我从记事起就知道了，但是这个“音”居然还有一个形声字与之对应，今天第一次知晓，惊诧之余，略有惭愧。不过“笕”在书面语中实在太低频，就算不知道也情有可原。但是，博学如我父的人，闻其音，知其物，断其字，这就是功力。

上联说“桥号工农，人争贡献”，是写实，既然是“工农”桥，当然是工农修造的。农民是当地人的普遍身份，务农为生，当然是农民。“工人”就必然泛化了，修鞋的，修单车的，收购鸡毛鸭毛的，还有各种货郎担，都是工人。用国内的政治话语来讲，属于“小资产阶级”，或者是“手工业者”，当然也算“工人”。这两类人捐钱出力，桥建成了，唤作“工农桥”，正是为了纪念“人争贡献”。自己架桥自己好，自己吃饭自己饱。

下联的“水流高笕，地富金沙”，巧妙地把“金沙江”嵌了进去。

有没有金沙，或者有，或许曾经有，但是，现在未必有。这种名不符实，最宜信其有，写其有。因为就算没有，你说有，也是体面的事。

88. 代堂兄贺其姨甥道高五十寿

1995 年 12 月

慕苏公按 位尊而年长之姨父，为年少位卑之姨甥祝寿，立意措辞自当不同。堂兄且嘱曰：道高为人处事优于同侪，应予赞美。道高在当地小学任教。

道义超群，我愿人人沾教泽；
高才满座，今闻句句祝遐龄。

慕苏公注 “人人沾教泽”，同辈之后进者自应赧颜。句句从耳中听来，送联人似居局外而未居局外。如此立意措辞，与实际当不致相差甚远。

宇红注 在传统中国，文人的地位并不高，受人之托，三两句好言好语，就可以任人驱遣，写对联就是这样。

对联写好之后，有的对联在收尾处写“某某亲属谨贺或谨挽”，对联交付给委托方，著作权和署名权一并交付。所以，托付人必须交代自己的意图，这就是本联中的背景介绍。托付人拿了对联登门送给当事人，对联就成了登门人和当事人之间的信使，而作者就完全退场了。西方文论有一种说法，“作者一旦完成了作品，作品就杀死了作者”，这种说法有点叫人毛骨悚然，但是字面出格，意思却恰如其分。

我在这里发表的感慨，并不是针对委托人和当事人，只是感慨一下三者之间的关系，即作者、委托人、受贺人。父亲一生撰联无数，幸好他能回忆并整理出部分作品，不然一声谢过之后，这些对联就无处考证了。

从对联的内容来看，上联赞美道高兄的品格和职业成就，下联祝贺道高兄的寿诞。

“教泽”，指教化或教育的恩泽，比如《战国策·齐策六》：“田单之爱人！嗟，乃王之教泽也！”

“遐龄”，老年人高寿的敬语以知命为遐龄。宋代苏轼《坤成节功德疏》之六：“臣子何知，佛老有归诚之法，敢缘净供，仰祝遐龄。”

89. 某镇讲演比赛会场

1996 年 5 月

慕苏公按 某镇举行讲演比赛，以改革开放为题材，歌颂祖国歌颂党。主持者嘱余撰联助兴。

展雄辩奇才，花好月圆人俊秀；
颂中兴伟业，国强民富党英明。

宇红注 上联说“展雄辩奇才”，是一种期待，也是对当下场景的铺陈，下联说“颂中兴伟业”，是讲演比赛的主题，也是即将展示的内容。局部的韵律和内容都很好。

上下联的后一截各有千秋，上联说“花好月圆人俊秀”，仿佛这不是讲演比赛，而是一场集体婚礼，下联的“国强民富党英明”，在当下的体制下，很是应景。这种情况，一般来说是下联在语义上启动了上联，也就是说，先有下联的“国强民富党英明”，然后逆袭出上联的内容“花好月圆人俊秀”。

我们的理由是，下联的两句话之间关联更紧密。“颂中兴伟业”和“国强民富党英明”之间的语义更加紧密，其间的关联是，“颂中兴伟业”是怎么颂的？颂了什么呀？马上补充出来，“国强民富党英明”。这样的衔接紧密的状况，在上联没有做到，“展雄辩奇才”是怎么“展”的呀？辩出来一个结果，那就是“花好月圆人俊秀”，显然不符合当时的场景。

一联更好，另一联较弱，肯定是更好的一联启迪了较弱的一联，因为是在下联点了题，下联也更应景。这是我们从本联的结构和语义对比感悟出来的规律。

90. 题“醒醉”联

1996年5月

慕苏公按　有名士号“醒醉先生”者，征“醒醉”对联。余未详先生生平，但从“醒醉”二字生发：

醒者克全忠！仰屈子泽畔形容，一部《离骚》留浩气；
醉人沽大勇，羡武二景阳身手，半回《水浒》着英名。

慕苏公注　屈子，指屈原。《渔父辞》有“世人皆醉我独醒”之名，并说屈原“行吟泽畔”，“形容枯槁”。《离骚》是其代表作。武二，即武松。《水浒》第23回“横海郡柴进留宾，景阳冈武松打虎”。醒者忠，醉者勇，其浩气与英名，俱流传后世。愿世人皆以忠、勇为准绳，幸勿啜其糟而反是。

宇红注 上联说“醒者”，下联说“醉人”，一个“克全忠”，一个“沽大勇”。“克”指能够，如克勤克俭，既能够做到勤快，又能够保持简朴。“沽”指出卖，如余勇可贾，意思是说，我还有余力可卖，谁要谁来买。

上联的“屈子泽畔形容”，对下联的“武二景阳身手”。

“形容”对“身手”，都是身体的一部分，而且，典故中主人公的情状样貌，也形成极好的对照。屈原是将死之人，披散头发，涕泪横流，一边跌跌撞撞地走，一边啜泣哀嚎地说，“天下浑浊不堪，只有我清澈透明，世人都迷醉了，唯独我清醒”。可以想象，屈原当时肯定是仪容不整的。武二就不一样了，必定是束紧腰带，挽起衣袖，迈着阔步，大声吆喝，身手强壮，呼呼生风。

对联之“对”，只要不突破场景的边界，反差越大，意趣越佳。再往下，“一部《离骚》留浩气”，对“半回《水浒》着英名”。作品对作品，《离骚》两个平声，《水浒》两个仄声，韵律也相对。而且，“一部《离骚》留浩气”，《离骚》的字字句句，都是屈子所写，所以“一部”其实指“全部”。《水浒》可就不一样了，一百单八个好汉，武二占用篇幅不能太多，所以“半回《水浒》着英名”所说的“半回”，不只是出于对仗的音韵与语义需要，写实的效果也恰到好处。

91. 贺一舟乔迁联

1996 年 7 月

慕苏公按 廖君明星，早岁与余同事。其令郎一舟，时任孟公中学校长，雏风音清。彼迁入学校新居时，明星君欲撰联为贺，因提笔代为之。

一望无垠，随地可栽栖凤竹；

舟行有责，巡江勤护化龙鱼。

慕苏公注 勖儿奋进，以见爱子教子之心。其子年近而立，身为校长，教子之措辞则当含蓄。此联嘱其栽竹以引凤来，巡江勤护鱼龙之化，殆亦存心于是耳。

宇红注 “庭栽栖凤竹，池养化龙鱼”语出《增广贤文》，意思是在庭院里种下了给凤凰栖居的竹子，在水池里放养可以变为龙的鱼！

此联是在“庭栽栖凤竹，池养化龙鱼”的基础上，对原句进行大胆改变，进入到“化”的境界，化而用之，即通过原句的语义延伸，在情境上进行拓展，并嵌入受贺人的名字。

此联虽然有较多的借鉴，但是把原句用活了。首先，“庭栽栖凤竹”，栽竹需要有土地。对，就从土地入手进行语义延伸。广袤的土地，叫作“一望无垠”，这样一拓展，就把“一”给嵌入了，“一”是受贺人“一舟”名字的一部分。

同样，下联的语义拓展和名字嵌入的手法完全一样。“完全一样”只是思路上的借鉴，从内容构思的角度来看，其实是增加了下联的难度，因为下联要迁就上联的已有词句，上联的每一个词句都是下联不可以违反的制约因素。

“池养化龙鱼”是语义原点，“化龙鱼”这个意象是可以取用的，也是必须取用的，但是“池养”二字在语义上的限制性太强，“池子”的内涵意义是太小，束缚了鱼长大成为龙的体格，当然这是基于传说的民间信仰。尽管如此，“池养”二字必须放弃了。未化之鱼，仍是凡间俗物，它的成长需要呵护，呵护者可以是天上的神仙，也可以是佛菩萨。这样一来，呵护者和被呵护者的二元关系就确立了，把这个框架映射到当前情境中，呵护者是父亲，被呵护者是儿子，既奉承了儿子，又美化了父亲，一好俱好，这就是境界！

下联的精妙之处远不止于此。从“勤护化龙鱼”再进行语义延伸，但是，此处的延伸又多了一个不可违背的因素，就是上联中的对应词汇。上联说了“随地可栽栖凤竹”，点出了地点，那么下联也必须有地点，可用的地点名称当然很多，但是还有必须考虑的因素，比如下联要嵌入名字“舟”，所以地名必须与“舟”字语义关联，最终，作者选择了“舟行有责，巡江勤护化龙鱼”。“有责”对应“无垠”，当然是绝对，而且“有责”体现了父亲对于儿子成长的责任与义务，与本联的主题和人际关系刚好契合。

这样抽丝剥茧，层层剖析，终于理清了上下联的语义关系，也在一定程度上还原了作者的构思过程。

父亲注释中还有两处词句，在此再解释一下。“雏凤音清”，也作“雏凤清声”，比喻后代子孙更有才华。“雏凤”与“老凤”相对，分别比喻优秀的后辈和杰出的父母；“清声”或“音清”，清越的鸣声，比喻才华。“勖儿奋进”，指勉励儿子奋发前进。“勖”，读作 xù，指勉励。

92. 贺唐友勇老师

1996 年 8 月

慕苏公按 唐君，余友也。是时也，唐君职称上评，其尊壶五旬寿庆，农业丰收，长媳弄璋；子女四人俱系高校本科或研究生毕业，其一人甫被批准入党。彼一家数口，短期内即有七喜来临。同仁往贺，请余代笔撰联。

三男如轼辙之并秀，一女若道韫之多才，堪夸满目青山，叶茂枝繁花更艳；

弥月贺令媳之弄璋，五旬庆尊壶之设帨，喜见盈庭瑞霭，年丰人寿日初升。

慕苏公注　轼辙，指北宋大文学家苏轼、苏辙兄弟。道韫，姓谢，晋代才女。尊壶，尊称人妻。弄璋，生子之谓。语本《诗经》“乃生男子，载弄之璋”。

宇红注　一家七喜同贺，各有各的缘由，要把七件事纳入同一副对联中，不是一件容易的事，但是父亲做到了，而且恰到好处地用了多个典故。

这些典故，虽然已经做了注解，但是，似乎还应该更加详尽一点。

“轼辙之并秀”，是宋代文学家苏轼和苏辙的并称，父亲已做注解，此处不再增加注释。

“道韫”，指谢道韫，东晋诗人，是才女的代称。陈郡阳夏（今河南太康）人，谢安侄女，王凝之之妻。曾在家遇雪，谢安问如何形容雪花，其侄谢朗答“撒盐空中差可拟”，道韫认为“未若柳絮因风起”，受到谢安称赏。后世因而称女子的诗才为“咏絮才”。

“弥月”，指婴儿出生后，刚满一个月。

“弄璋”指人生子，语出《诗经》：“乃生男子，载寝之床。载衣之裳，载弄之璋。”意思是：啊！若是宝贝公子生下来，让他睡到檀木雕的大床上，让他穿那漂亮衣裳，淘来精美的玉圭给他玩耍。

“尊壶”，是对人妻的尊称。

“设帨”的“帨”，指佩巾。按照古代的礼仪，女子出生，需挂佩巾于房门右。《礼记·内则》：“子生，男子设弧于门左，女子设帨于门右。”所以，“设帨”转喻为女子生辰。

“瑞霭”，指吉祥的云气。唐代杨巨源《春日奉献圣寿无疆词》之四：“瑞霭方呈赏，暄风本配仁。”宋赵长卿《浣溪沙》词：“金兽喷香瑞霭氛，夜凉如水酒醺醺。”

上联“三男如轼辙之并秀，一女若道韫之多才，堪夸满目青山，叶茂枝繁花更艳”，先说三男竞秀，一女多才，再用隐喻的方法把儿女的成就进行了更深层次的评说，“堪夸满目青山，叶茂枝繁花更艳”，这里说的“满目青山”是一个集体意象，即把四个儿女整体比作“满目青山”，如果分而述之，就需要把青山之上有什么叙说出来，什么呢？有茂盛翠绿的叶子，有交错遒劲的树干，还有姹紫嫣红的繁花，合起来就是下一句所说的“叶茂枝繁花更艳”。

下联“弥月贺令媳之弄璋，五旬庆尊壶之设帨，喜见盈庭瑞霭，年丰人寿日初升”，先从“弥月”说起，是说小孩满月。紧接着，有一个并列的贺喜辞，“贺令媳之弄璋”和“庆尊壶之设帨”。

琢磨了好一阵，总算弄明白了，这两句说的是同一件事。“贺令媳之弄璋”是指儿媳妇生了个女儿，并且刚刚满月，“庆尊壶之设帨”是说做婆婆的（就是唐老师的夫人，即尊壶）照顾坐月子的儿媳妇，“设帨”是一个转喻用法，指女儿出生。

当然这里还有一喜，是主人公唐友勇老师五十大寿。寿诞与小孙女的满月不一定是同一天，前后相差十天半月甚至更长一点，都可以看作是喜事凑到一起了。

所以，下联和上联一样，都涉及了两件喜事。上联是三男竞秀、一女多才，下联是孙女满月、唐老师五十寿诞。上联可以略显虚化，但下联是实实在在的。

下联在“弥月贺令媳之弄璋，五旬庆尊壶之设帨”之后，也像上联一样，用隐喻的方法，夸赞了“盈庭瑞霭”。“盈庭瑞霭”是一种吉利的天象，昭示人间的喜庆之事。喜庆之事是什么呢？前文和下文都有叙说，但是两种说法不一定刚好重合，这是中文的特色，也是中国人思维的特点。

前文说了孙女满月和唐老师五十寿诞，但下文说是“年丰人寿日初升”。“年丰”可以是指农家的收成好，也可以指收获了一枚小孙女，并且刚好满月。如果是后者，在逻辑上就会更顺畅一些。“人寿”的理解是没问题的，就是五十大寿，不管“年丰”取哪一种解读，都可以与“人寿”并称。

“日初升”当然又是隐喻用法，日之初升，朝气蓬勃，霞光万丈，可以是对家庭气象的描述，也可以是对唐老师的恭维，因为男子五十刚好开始了第二期青春，用“日初升”来比拟是合适的。

对联是文学文本，是不是可以让语言学家像这样掰开了、揉碎了来分析？掰开揉碎之后，是不是破坏了文学的意蕴。我不得而知。但这就是语言学的分析方法，文学是艺术，语言学是科学。

93. 酒店

1997 年 1 月

欲长精神，且请吃三杯酒去；
也生灵感，许能做一道诗来。

慕苏公注　酒可长精神，生灵感。骚人墨客之追太白遗风，良有以也。此联不为店家宣传，专为顾客着想。今之善诗者众，喜杯中物者尤多。能诗嗜酒诸君，盍驰往该店一醉？

宇红注　喝酒可以“长精神”，也可以“生灵感”，这是对高人来说的。高人有高人的境界，长精神有如武二，所以“且请吃三杯酒去”。生灵感恰如李白，有酒助兴，何止一道诗哩！斗酒诗百篇，或许也是可能的。

凡夫俗物，一喝就醉，满嘴胡话，精神全无，昏昏欲睡，何来灵感！

所以，写对联，尤其是写酒店这种地方，当然只往好处看，不然写了给谁看呢？谁又乐意看呢？不信且看，酒醉之人，哪个肯承认自己醉了的，都说“没事，我还能喝”。这是人性，也是酒助人兴。

94. 烟花爆竹店

1997年5月

此君有色有声，一霎时电闪雷鸣，添十分喜庆祥和热烈；
其状多姿多彩，千万朵争妍斗艳，撒几斛氤氲淡雅幽微。

慕苏公注 描其形，拟其声，铺陈其特色，而不点其名——此亦言之易而行之难。古人有"吟安一个字，捻断数茎须"之语，我亦然也。

宇红注 上联先言"此君"，以人喻物，即以"人"来比拟"烟花爆竹"。传统修辞学称这种用法为"拟人"，现代语言学倾向于把"拟人"算作"隐喻"的一个次类。

"此君"如何呢？在拟人之后，又来一个双关。"有色有声"，是对烟花爆竹的字面义描写，流光溢彩是谓"色"，震耳欲聋算有"声"。但是对于人来说，"有色有声"是一种赞美，常作"有声有色"，或许换作"风声水起"，指有能力、有才华，事情做得好。

"拟人"是以人拟物的类比操作，"隐喻"是从源域到目标域的概念迁移，"双关"是字面义和引申义的双重指涉。三种辞格，一一对接，各表其义，这种安排甚是有趣。如果具备了现代语言学的常识体系，还有喜欢研而究之、分而析之的异人气质，对此联的理解和感悟就会多出几个维度来了。

隐喻的使用还在继续。"电闪雷鸣"，非常形象，也非常贴切，与"有色有声"刚好对应，"电闪"生"色"，"雷鸣"传"声"。

下联换了一个喻体，所以也换了一种说辞，"多姿多彩"。《说文解字》："姿，态也。从女、次声。""姿"指女子打扮的形态容貌，

“彩”指丰富美丽的颜色，另说其本义为文采，文章才华，《说文》“彩，文章也。从彡，采声”。所以“多姿多彩”比喻烟花爆竹在燃放时的姿态和颜色，喻体是年轻女子和颜色。紧接着又说“千万朵争妍斗艳”，“千万朵”已经体现了隐喻和转喻的混用。像“花”，又不直说，只说其形态“朵”。像“花”是隐喻，“千万朵”是转喻。现代语言学将隐喻和转喻的互嵌、互动称作“隐转喻”，即“隐喻在转喻中”或“转喻在隐喻中”。

我们来接着说，“争妍斗艳”的“妍”，指“美丽”。“艳”，从丰从色，表示丰满而色彩鲜美，本义是丰满、美丽，引申义是色彩鲜明、美丽等。所以，“争妍斗艳”是对“多姿多彩”的补足性叙述，或者说是同义重述，延续了原来了隐喻意象，因为“妍”对应“姿”，载体是年轻女子，“艳”对应“彩”，载体是颜色。

至于“多”“争”“斗”这三个词，也甚是有趣。“多姿”就会“争妍”，“多彩”也会“斗艳”。又“争”又“斗”，全是妇人之态，而这里说的隐喻喻体正是年轻女子。名词之所指，动词之摹态，各各对应。文字之妙，总是可以给人带来审美的娱悦。

此联之妙，还体现在下文的其余部分。“添十分喜庆祥和热烈”和“撒几斛氤氲淡雅幽微”，动词和数量关系对应很好，三个名词的并列，是一种更详尽的铺陈，即“喜庆、祥和、热烈”对“氤氲、淡雅、幽微”。

“几斛”的“斛”，旧量器，方形，口小，底大，容量为十斗或五斗。

“氤氲”，指湿热飘荡的云气，或烟云弥漫的样子。

95. 彭君小店联

1997 年 6 月

世俗但知钱是宝，
此间偏以誉为珍。

慕苏公注 破偏见，树新风，彭君之言行如此。不然，则不书此语以为联。

宇红注 此联没有嵌字，没有嵌人名，也没有嵌店名，选择了“钱”与“誉”的对比，确实是很有趣的对子。

开店就是为了赚钱，不赚钱何以养家？但是，作者选择了一种超然的态度，此店也成了一个世俗认知之外的超然所在：“世俗但知钱是宝”，此店如何呢？暂时不说，要挑明这一点，还得在下联中完成，“此间偏以誉为珍”。不仅是对上联的回应，而且又超越了“钱”。

此间之妙，不仅在于明明白白地点出了“誉”字，而且又实实在在地回避了“钱”字。君子耻谈钱，本小店亦如是。所以，此联是对小店的最高赞誉。

96. 香港回归志感

1997 年 7 月

慕苏公按 1997 年 6 月 30 日深夜至 7 月 1 日晨，余坐电视机前，目睹香港回归盛况，因为联以志之。

(一)

港以“香”名，自是因风传万国；

旗呈“米”字，从兹随主遁重洋。

慕苏公注 香港回归，名传万国；英人遁矣，旗亦随之：此即余之所感。

宇红注 上联将“香港”二字拆开，实为文字游戏，因为地名是约定俗成的，词汇化程度高，一般情况下不允许拆解。拆解之后，从专名中析出“香”字，是为了开启一个新话题，即“香”可以“自是因风传万国”。“自是”即“从此”，指从回归之日开始，“香风”指美名，寄托了作者对香港回归后的美好憧憬。香港的未来更美好，它的美名将传扬万国。

下联说旗呈“米”字，是指英国的米字旗。回归之后，香港不会再有铺天盖地的“米”字旗，取而代之的是五星红旗。一个“遁”字，体现了作者朴素的民族情感和形之于色的爱恨情仇。主权和平移交，何来“遁”去一说？各种情愫，于一字而尽显。

附

四海高歌，万众扬眉，百年耻辱今朝雪；

千秋盛事，零时起首，七一光辉永世垂。

慕苏公注 上联系报端所见，下联乃本人续貂。回归系1997年7月1日零时起首，如斯盛举，光辉万世长垂。

宇红注 上联三个数字，“四”“万”“百”，下联也有三个数字，“千”“零”之外还有“七一”，后者是一个整体。数字对仗，本来不易，不必苛求。

“四海”对“千秋”是空间对时间，“万众”对“零时”是活动主体与活动时间的对仗，“百年耻辱”与“七一光辉”体现了更深层次的逻辑关联，把雪耻的功勋归功于党。

97. 挽陆某

1997年12月

慕苏公按 陆某系某村干部，长我数岁，此时已属高年。客岁相遇谈心，渠以百年后之挽联相嘱，余慨然应诺，俟其寿终，乃挥泪为之联曰：

约我撰联，今来搦管铺笺，字里行间都带泪；
因君作古，此去骖鸾跨鹤，凄风苦雨总增愁。

慕苏公注 搦管，即握笔。骖鸾跨鹤，登仙飞升之意，死去之讳饰语。凄风苦雨，喻悲愁之惨状。

宇红注 “客岁”指去年，对联是文言体例，在文体上以庄重为特色，所以选择了“客岁”。

“渠以百年后之挽联相嘱”的“渠”，人称代词，“他”。

“俟其寿终”的“俟”，指“等待”或“等到”。

再看对联中的典故。上联“约我撰联，今来搦管铺笺，字里行间都带泪”，“搦管”即“执笔”，也指写诗文。“铺笺”即“铺开纸”。下联“因君作古，此去骖鸾跨鹤，凄风苦雨总增愁”，“骖鸾跨鹤”指驾驭鸾凤仙鹤，比喻成仙。

好友生前有约，死后兑现诺言，当然心痛难耐，所以句句带着血泪，读者读至此处，也应伤心不已。

98. 某中学新楼落成联

1998 年 4 月

平地起高楼，看墙基稳固，梁栋坚牢，廊檐上下修齐，粉刷精工细致，济济乎育天下英才，好绘蓝图跨世纪；

集资兴伟业，赖领导筹谋，行家设计，巧匠辛勤劳作，诸君鼎力维持，欣欣然献床头阿堵，应垂青史耀人寰。

慕苏公注 该校新楼落成，开支尚有赤字，乃就落成典礼向各界集资。夸新楼之堂皇，赞育才之重任，谢领导及工程人员，都是为了搞点“床头阿堵”。伸手要钱，为公而非谋私，或可蒙诸君见谅。

宇红注 上联“济济乎育天下英才”的“济济”，形容人多，如人才济济、济济一堂。

下联的“欣欣然献床头阿堵”的“欣欣然”，极其高兴的样子，“床头阿堵”指钱，钱怕贼惦记，置于床头也算妥当，如《二刻拍案惊奇》卷二六：“世情看冷暖，人面逐高低。任是亲儿女，还随阿堵移。”

99. 题东岭中学联

1998年4月

东山桃李三千顷，
岭上梗楠十万株。

慕苏公注 桃李，喻门生，本《唐书》“天下桃李尽在公门”句。梗楠，喻能胜大用之良木。《公输》称楚有梗楠豫章。

宇红注 东岭中学，是我家乡东岭乡所在地的中学，后来撤区并乡，“东岭”成为“游家镇”的一个管区。湖南省的行政机构，似乎不同于外省，县直管区，区下面设乡，为求全国统一行政区划，二十世纪九十年代才有“撤区并乡”的作法。

上下联各有一个隐喻，作者已经加注，非常清晰，此处不再多说。“东岭”拆成“东山”和“岭上”，是常见的拆词重构方法。

“东”与“南”在指称方位时，通常是首选，大抵因为东山向阳，是一种充满阳光和希望的不定指，所以才有“东山再起”之说。“南山”也是如此，因为南方通常代表温暖向阳，所以陶渊明也喜欢用“悠然见南山”。若是说“西方”和“西山”则让人想到衰败和亡故，因为是日落的方向，佛家说“西方极乐世界”的“西方”，也是虚指，属于“指方立向”，与“不着相”的传统是相悖的，但是净土宗是一个例外。“北方”和“北山”也是如此，还有苦寒之意。

“岭上”的意象也有讲究，“岭”是一个斜坡，可上可下。人之为人，当然要选择步步高升，至少登高可以望远。所以“东岭”这一专名一旦被拆分，再次组构的词汇，选择“东山”和“岭上”是一种可以预见的结果。

在农村，“东山”和“岭上”最适合做的事情当然是稼穑或种植，作者没有标新立异的发挥，果然选择了种植。“东山桃李三千顷”和“岭上楩楠十万株”。要种就多种一点，“三千顷”，“十万株”。这两个意象又通过桃李满天下和门生遍四海的关联，成为对东岭中学育人无数的隐喻性赞颂。

“楩楠”，是指黄楩木与楠木，皆大木，即栋梁之喻也，与“桃李”之喻侧重的意象不同，喻指“芬芳”或“果实”。

100. 伍母逝世联

1998 年 2 月

慕苏公按 伍母逝世时，当地多有延僧道追荐亡灵者。其子业医，父母与业师均嘱其力反此俗，因遵是嘱，央余撰联追悼。

萱苑忽凋零，任子哀孙恸雏啼，化鹤遽归西竺国；
蓬门遭变故，遵母嘱师传父命，守灵不设道场坛。

慕苏公注 萱苑，指代母亲。雏，此处指伍母之曾孙。蓬门，谦称自家住屋。化鹤，谓人死去。西竺国，本为古印度，后人以此代称西方乐土。

宇红注 “萱”是一种植物，常比喻母亲，“椿”则比喻父亲。

此处“萱苑忽凋零”比喻母亲毫无征兆地去世了。“子哀、孙恸、雏啼”显然提到了三代人，即子、孙、重孙。下联对应“母嘱、师传、父命”，指三个人。此处的排列顺序应该是为了迁就音韵，估计作者没有认为老师在地位上比母亲更重要，而母亲的地位又比父亲更重要。

“化鹤遽归西竺国”，是挽联的通常写法，但是在此想饶舌两句。

“化鹤”是道家的信仰，比喻成仙，“西竺国”是释迦如来示现的地方，不同于西方极乐世界，但是照佛教的信仰（如净土宗）来说，应该是指西方极乐世界。

宗教学的分析，是专业的，民间信仰可以杂糅各方面的知识内容，这就可以解释作者的说法。

101. 唐婶逝世门联

1998年2月

慕苏公按 婶母逝于元宵后三日，唐叔早逝，未尝追悼，于此处补行之。

元宵节后，慈母忽登仙，一阵凄风夹阵雨；
追悼堂前，儿孙齐洒泪，既哀老父又哀娘。

慕苏公注 风雨凄凉，儿孙洒泪，哭娘哭父，同寄哀思。

宇红注 上联先交代了时间，“元宵节后”，再写慈母去世。至于“一阵凄风夹阵雨”，并不是在时间之外再交代当时的天气，而是对“慈母忽登仙”的心境直陈，凄风苦雨，晴天霹雳，是隐喻性情绪披陈。

“一阵凄风夹阵雨”中有两个“阵”字，前一个是动量词，即对动作过程的数量描述，如“去了一趟北京”中的“一趟”，“一趟”修饰“去了”，而不是修饰“北京”，所以断句的方式是“去了一趟”之后有停顿，再说“北京”。“一阵凄风”作为动量词词组，其实动词是省去了的，完整的形式应该是“刮了一阵凄风”，“一阵”是对“刮”的时长描述。动量词区别于名量词“个”“块”等，如“一个人”“一块石头”。

后一个“阵”字是形容词，表明雨下得急，停得也快。两个同样的字，属于不同的词类范围，表示不同的词义内容。

102. 代挽祖父

1998年3月

慕苏公按 德老先生，三次丧偶，子女殇者数人。中年以后，仅存子女各一。子娶妇生孙，孙未周岁而子又逝，儿媳改醮；女与诸侄尚能关心。近岁复添曾孙，孙儿一家与女儿一家，堪慰其桑榆晚景。老先生年九十，但身体康健如故，其孙央余代写预挽之联，以期他日之需。对联全文如次：

阿祖痛偏多，丧明屡哭，臼梦频炊，幸承姑伯扶持，又得曾孙娱晚景；

我生缘亦浅，先考长辞，重帏久失，欲率妻儿教养，哪堪风雨黯春光。

慕苏公注 丧明，谓丧子。《礼记》：“子夏哭子而丧明。”炊臼梦，谓丧妻。《杂俎》：“臼中炊，无釜也，釜与妇同音。”先考，谓已丧之父。重帏，谓祖父母。此处单指祖母。

宇红注 此联预挽（即人还健在，是预先撰写好的挽联）的对象被隐秘为“德老先生”，即有大德望的老先生，我继续尊称为“德老先生”吧。

按语中“儿媳改醮”的“改醮”二字，旧时称改嫁。“醮”，结婚时以酒祭神的仪式。“改醮”的字面义是第二次以酒祭神。《晋书·孝友传·李密》:“父早亡,母何氏改醮。”

按语中的另一句,“堪慰其桑榆晚景”,意思是足以安慰晚年的光景。“桑榆晚景”,意思是夕阳的余晖照在桑榆树梢上,指傍晚,比喻晚年的时光。出自《淮南子·天文训》:“日西垂,景在树端,谓之桑榆。”三国时魏国曹植《赠白马王彪》诗:“年在桑榆间,影响不能追。”

“阿祖”是口语,或儿语,指祖父。上联从“阿祖”开始,是代老先生的孙子说话的口气。“阿祖痛偏多”的意思是,爷爷一辈子真是够苦的了。此处“痛”指内心的苦恼,或痛苦的经历。

“丧明屡哭”指多次经历丧子之痛,“丧明”典出《礼记》:“子夏其子而丧其明”,意思是:子夏因失去爱子而痛哭,以至于把眼睛都哭瞎了。

“臼梦频炊”指男子多次丧妻。语出唐代段成式《酉阳杂俎·梦》:“卜人徐道升,言江淮有王生者,榜言解梦。贾客张瞻将归,梦炊于臼中。问王生,生言:‘君归不见妻矣。臼中炊,固无釜也。’贾客至家,妻果卒已数月。”炊于臼中,谓无釜,谐音无妇。后以“炊臼”喻丧妻。此处和上一句讲德老先生“丧明屡哭”,是说多次丧子,又多次丧妻。何其不幸。

“先考长辞,重帏久失”是代老先生的孙子说话。

“先考”指父亲。“重帏”,字面义指一层又一层的帷幔,此处转喻为母亲,是代年轻人说他父亲去世早,母亲又改嫁了。“重帏”的例句,还可见明代何景明《秋夕怀曹毅之》诗“南国江湖远,佳人尺素稀。独愁谁与语,明月鉴重帏”。

上联的末句“又得曾孙娱晚景”,是说晚年添了曾孙,是不幸中的万幸。下联的末句“哪堪风雨黯春光”,说说命运多舛(即“多风雨”),没有得到应有的父爱母爱(即“黯春光”)。

103. 贺菊兰女士新构

1998 年 4 月

慕苏公按 卿菊兰女士，孀居于农村，躬耕教子。儿辈成人，农商并举，家道日隆。客岁新构，亲邻往贺，赏其宅而赞其人。

菊蕊梅蕾，洁同人品；
兰庭桂院，巧夺天工。

慕苏公注 不言人品如菊如梅，而言梅菊如人品之高洁；不言构筑之艰难，而赞庭院之精巧。此等词句，得之似出偶然。

宇红注 此联嵌入了新房主人的名字，上联有“菊”字，下联有“兰”字，都是花名，也都是女性名字中的常用字。

上联在“菊”之外还说了“梅”，“菊蕊梅蕾，洁同人品”，下联在“兰”香之外，再添一缕“桂”馥，兰庭桂院，巧夺天工。

上联“菊蕊梅蕾，洁同人品”是反喻，即把本体和喻体故意颠倒。在隐喻的两个认知域的选择原则上，一般来说，熟悉的、具体的概念用作喻体，不熟悉、抽象的概念用作本体。在此例中，“人品”是抽象概念，因为难以理解，所以用更具体的概念（如“菊蕊梅蕾”）来帮助理解，体现隐喻的认知功能。所以，常规的隐喻结构应该是“人品像菊蕊梅蕾”，但是此处为了韵律和名字嵌入的要求，故意把本体和喻体反过来使用，变成了“菊蕊梅蕾像人品那么洁丽”。“洁”或者是它的双音节化的词汇“圣洁”，是隐喻的喻底，或者说隐喻的基础，所以如果要补充完整，可以说成“人品像菊蕊梅蕾那样圣洁”。

下联是“兰庭桂院，巧夺天工”。其中，“巧夺天工”是喻底，“兰庭桂院”是本体和喻体的嵌套的压缩格式，如果舒展开来，“庭”如“兰”，“院”如“桂”。“庭”和“院”，当然可以巧夺天工，但是“兰”和“桂”可以巧夺天工吗？它们本来就是天工所造就的，非人力可为！高贵、典雅、姿态优美、香气宜人，这些品质只有上天才能成就，上天让它们示现在人间，是为了给人间某种神启，垂范于人间。人间万物，尤其是作为万物之灵的人类，或者说人类中的优秀女子，当然要如兰如桂。

这样想来，父亲的对联上合天意，下顺人情，顺天应人，实属杰作。

104. 代撰沈君挽胞弟联

1998 年 4 月

慕苏公按 沈君学有专长，在外工作；其弟则未考上中学，谋生乏术，鳏居终生。沈君虽多接济，彼亦难离困境，年五十余以病卒，沈君哀其凄苦，叹其逡巡，央余代撰挽联。

少未能使汝勤学，长未能使汝成家，壮未能使汝康强，今复如斯，我诚有恨；

生也许由天安排，死也许由天掌握，命也许由天注定，古来若此，人岂无尤！

慕苏公注 勤学、成家、康强诸事，亡者本人应自负其责；胞兄乃深自引咎，尤见手足情深。况悼亡文字，不能不回护亡人之短，故下联之生、死、命运诸项，均以“也许”一词作模棱语，略事含糊，以缓和语势。“人岂无尤”句，深为世人不平，叹惋而又安慰，尤足发人深思。立意措辞之难，于斯可见。

宇红注　“沈君”又是父亲使用的隐语，所指何人，我当然知晓，依例还是不挑明了吧。父亲所做的对联，尤其是其中的上上品，父亲生前经常提到，由人想到对联，由对联想到人。所以，很多对联，很多亲戚朋友的故事，大抵都略知一二。

此联是兄长哀挽弟弟，字里行间，都是遗憾与惭愧。兄长有大成就，弟弟一生坎坷，没有工作，没有成家，五十而殁，确实让人叹息。就这位弟弟来说，不管主观上是不是没有尽力，但是他的人生惨状，已着实令人哀悯。

上联写“少未能使汝勤学，长未能使汝成家，壮未能使汝康强，今复如斯，我诚有恨”，以自己内心的惭愧，来表述弟弟的凄惨人生，这个视角选得比较巧妙，因为尽数他人的不幸，很容易被理解为一种数落，要消除这种两可的解读，上联的写法着实高明。

弟弟的不幸都表达出来了，谁的责任，当然主要是弟弟自己的责任。追根溯源，是上下联之间语义衔接和情境延伸的重要形式。但是，上文提到的禁忌又摆到了眼前，还是不能写成一种数落，怪谁呢？怪老天爷吧。

上天可以主宰一切，上天也可以承受一切，人间不便承担的责任，老天全部扛下。

且看下联：“生也许由天安排，死也许由天掌握，命也许由天注定，古来若此，人岂无尤！”天安排，天掌握，天注定，责任主体明确了。但是，说完了之后，“人岂无尤”，一笔回归，个人还是多少有责任的，即亡者自己的责任还是推卸不了的。“尤”是指过失，或责任。

这样一来，三方的责任范围就理清了。做兄长的，自觉惭愧，揽下了大部分的责任，这是一方面。另一方面，老天爷不公平，也是可以怪罪的对象。还有一方面，亡者自身也是有责任的。当然，在中国文化中，“亡者为尊”，“死而无过”，“一死百了”。所以只能轻描淡写。作者代替委托人(即兄长)承揽了大部分的责任,其余的,还是让老天爷背锅吧。

105. 凤叔之母丧联

1998 年 5 月

慕苏公按 凤叔之母,享九十五岁高龄;其父先五十年谢世,现亦同时追悼。

嫦居半世纪,寿越九旬余,常思母德惟馨,叹饥迫寒侵,先时愁苦;喜丰衣足食,晚景弥佳,方期百岁称觞,竟自骖鸾升阆苑。

年当五十零,魂上重霄外,深愧父恩未报,念养家耕口,尽日辛劳;痛反璞为真,殡仪复薄,用特一同追悼,还祈跨鹤降灵堂。

慕苏公注 上联哭母,下联悼父。写景言情,择其尤要者。

宇红注 本联所言之"凤叔",即本书第三联所言之刘凤恒先生。为了说话方便,我就称"凤恒公"吧。

上联写凤恒公的老母仙逝,先有对母德的赞颂,对半世嫦居的艰辛的同情,也有对晚景弥佳、高寿登仙的欣慰。

"母德惟馨"出自"明德惟馨",意思是真正能够发出香气的是美德,"明德"指彰显美德,"惟馨"指只有香气。把动宾结构的"明德"改成偏正结构的"母德",是一种巧妙的仿用。"母德惟馨"出自南朝宋代刘义庆《世说新语·规箴》。

"方期百岁称觞"意思是正期待百岁大寿时好好庆贺一番。老太太九十五岁仙逝,所以说"方期",正考虑着哩。"称觞"即举杯祝酒,"百岁称觞"指举杯祝酒百岁寿诞。

“骖鸾升阆苑”指去世。“骖鸾”指仙人驾驭鸾鸟云游,“阆苑”指传说中神仙居住的地方。

下联追述凤恒公的令尊,五十岁去世,不言早逝,换称父恩未报,又是一种巧妙的安排。然后,禀明天上的老父亲,要在悼念母亲的同时,一并追荐,在农村算是“补礼”,并且郑重地祈请老父,仙魂来到灵堂,享受人间香火。

“反璞为真”去掉外在的装饰,恢复原来的质朴状态,也说归真返璞。此处指当年为父亲办的葬礼太过简朴,下一句“殡仪复薄”也是这个意思,指仪式太过简单,礼仪太薄了。

“还祈跨鹤降灵堂”,表达一种祈愿,老父亡故多年,魂归天外,今日荐亡,希望老父亲跨着仙鹤这种坐骑,降临人间,来到灵堂之上,享受儿孙们的超荐。

此联应该算作长联了,内容充盈,信息量很大,但是要按一定的逻辑规范把这许多的内容安排妥当,实属不易。

106. 代拟高宗义六十自寿联

1998 年 12 月

六十年岁月粗评,忆幼小艰难,少壮辛劳,桑榆适意;
八九桌亲朋欢聚,看家庭和睦,人员健旺,衣食丰盈。

慕苏公注 虽则切合实际,然有言之过泛之弊;唯适应性宽。与高君年相若者,倘六十自寿,急无对联,则此联尚堪应付。桑榆,喻人之晚年。语出《史记》。

宇红注 六十岁摆几桌庆贺一下,借以总结一下前半生,联络一下亲朋好友,这是通常的作法。父亲也正是循着这一思路,先写了上联,把六十年人生分作三个阶段,“幼小艰难”,“少壮辛劳”,“桑榆适意”。人生恰如倒啖蔗,越啃越甜,渐入佳境。

下联没有体现人生的分段特点,而是从可以互换的三个方面来写,家庭和睦,人员健旺,衣食丰盈,三个方面也足以囊括人生幸福的各个领域。若论主次,倒也是很分明的,先写“家庭和睦”,这是门面上的,也是最重要的,其次谈“人员健旺”,最后写“衣食丰盈”,大致体现了重要性的降序排列。

“衣食丰盈”,几千年来只是一种理想,不丰盈日子照样得过。这个民族从整体上衣食丰盈起来,是近几十年的事。

107. 贺方君小店

1999 年 3 月

商品也如人品好,
财源更比水源长。

慕苏公注 赞商品尤夸人品,祝财源胜似水源。愿天下商人,人品与商品并重,则财源自似水源。

宇红注 商品,人品,都有品。既然都有品,当然可以拉过来比较。

既然是为小店所撰,所以先说商品。商品好,无非不以次充好,不缺斤少两,如何做到?有人品担保。所以,“商品也如人品好”,实在是一体两面的,也是从果推因的逻辑。

下联说财源,说水源。有源就有流,所以钱如水,财如水。既然财源、水源都有源,也就可以做比较了。比什么,比水之清澈,比源远流长。财源清澈,无非是来历正当,上联所说的“人品”可以概括。人品正直,钱就来得干净。所以,只好比源远流长,即“财源更比水源长”。

108. 缝纫店

1999 年 8 月

舒适潇洒轻盈，休夸我缝纫入时，剪裁得法；

美观大方庄重，总为你身材出众，举止超群。

慕苏公注 人之仪表，与服装颇有关联。此处将优点全归之于顾客本身，一味谦虚夸赞。裁制新装者，自必惠然肯来。

宇红注 “舒适、潇洒、轻盈”，先做描述，描述什么？当然是新衣、新裤、新裙、新褂。作到了“舒适、潇洒、轻盈”，还必须自谦一番，所以赶紧说“休夸”，不夸而夸，所以说“休夸我缝纫入时，剪裁得法”。实在是一种欲盖弥彰的写法。因为作者代店家发声，所以谦逊是必须的，又不是作者自己掏自己的内心话。

上联为店家代言，下联仍旧如此。且看下联。

“美观大方庄重，总为你身材出众，举止超群”，这话是店家说的。先代表店家夸耀自己的作品，“美观、大方、庄重”，这样说仍显不够，接着说“（你）身材出众，举止超群”。夸顾客，就是夸自己。奉承了顾客，又表达了自谦。这才是得体的语用策略。

109. 题某衣帽店

1999 年 11 月

集各地名优，岂惟裁剪得法，布料优良，兼之价格低廉，款式新颖；

着此间衣帽，非止老者宽舒，少年潇洒，尤令女郎妩媚，男士威严。

慕苏公注 类乎广告语，惟吹嘘而不令人肉麻，夸赞而不使人生厌。不过分，不失真，故容易让人接受。

宇红注 确实像广告语，上联赞衣帽本身，涉及裁剪、布料、价格、款式，方方面面，都是最优。下联谈衣帽的另一方面，即穿在人身上的效果，不是从头说到脚，处处在在，一身光鲜，而是说男女老幼，各得其所，而且都是他们所期待的样貌，即老者宽舒、少年潇洒、女郎妩媚、男士威严。此间衣帽，魔力超群。

110. 题澳门回归

1999 年 12 月

慕苏公按 某夜，看电视现场直播有感。

俯仰即沧桑，世界将新，严冬将尽；

回归排伯仲，台湾其弟，香港其兄。

慕苏公注 俯仰，犹言瞬息，形容时间之短。此盖与历史长河相对而言。俯仰之间，世殊事异。澳门回归之日，正是残冬将尽，新世界即将到来之时。旧时代已一去不复返矣。

港澳回归与台湾之归属中央人民政府领导，情况各殊，然亦可按先后分之，三者应以伯、仲、季相称谓矣。

宇红注 此联说明了两件事，一是我父对“一国两制”的构想坚信不移，香港已经回归，澳门回归的仪式正在举行，台湾回归也盛事可期。二是对澳门回归的无比喜悦，“世界将新”是指主权交接，“严冬将尽”一语双关，既指时令上的冬去春来，也暗含了一个政治隐喻，历史翻开新的一页，恰如春日将近。

111—112. 代拟慎初六十自寿联

1999 年 12 月

慕苏公按 慎初本应六月初八做生，因天热而推迟半年至腊月十六，盖取“双倍”（谐音“双百”）之义；贺者亦有祝“双百”之辞，因顺其意而写成：

（一）

月推二六，日选十六，喜度六旬甲子；

客颂一百，义取双百，欣承百岁金言。

宇红注 农村做寿，出于各种原因，确实有推迟或提前的习俗。此联以此为契机，拿这个微小的巧趣说事，说笑戏谑，颇有新意。

上联,“月推二六”,二六十二,从六月推至十二月,六的二倍。“日选十六”,吉日选在十二月的十六日,月和日都改了,各有一个“六”字,这又是文人说笑的看点,不如再重复一次,再来一个“六”字,说说“六旬甲子”,所以就有了“喜度六旬甲子”。“六”字三重现,祈愿六六大顺。从最细微之处入手,说最精微巧妙的话。这就是率性而为,在平凡的语句中逢迎了当事人,又博得了满堂亲友的喝彩。

再看下联。“客颂一百”,无非是长命百岁,这是民间的习俗,若是皇帝老儿,还得增加一百倍,称作万岁,也是中华旧俗。

“义取双百”,字面上是吉辞,但是要理解成“双倍”的谐音。这种理解,估计不是一件容易的事。好在理解不了的人,也不会过多纠结,大概自认才疏学浅,装作看懂了的样子,也就蒙混过关了。对作者来说,有了“义取双百”的过渡,就把上文的“客颂一百”和下文的“欣承百岁金言”联结起来了,下联三个“百”对仗了上联的三个“六”,一样的文字游戏,一样的说笑趣谈。文人之乐,本是自娱自乐,酒席宴上,若是偶遇知音,也就是多几句寒暄,多几句奉承,如是罢了。

(二)

慕苏公按 慎初近岁常谈五星八字,人称“八字先生”,亦无反感。故又有联曰:

依八字排五星四柱,细算详推,六十年载月披星,此后或当兴老运;

迟半年即九冬腊月,洁樽恭候,三几桌亲朋好友,趋前相互祝遐龄。

慕苏公注 戴月披星,谓早夜辛勤劳作。自寿联多作谦恭语,此联之“相互祝遐龄”即其一例。贺客来祝,则主人回祝之。

宇红注　慎初叔是我的远房堂叔。在亲族的排序中，常以“七叔”称之，因为父亲最小的亲弟弟是老六。

慎初叔（七叔）本来是本分的农民，晚年以算命卜卦为生，每逢农村赶集，持一小鸡，小鸡从一把特制的纸牌中叼出一张，以此为凭说命算运，这就是上联所涉及的背景内容，即“依八字排五星四柱，细算详推，六十年载月披星，此后或当兴老运”。

至于下联，“迟半年即九冬腊月，洁樽恭候，三几桌亲朋好友，趋前相互祝遐龄”，背景上文交代过了，推迟半年做寿，所以才有此说。“洁樽恭候”，是说把酒壶涮干净了，盛满了美酒，等待寿辰到来。寿宴的规模，不算太大，不想太铺张，“三几桌亲朋好友”，边喝边聊。

所谓“相互祝遐龄”，“相互”二字，泄漏了一种民俗。无非是客人说“恭喜恭喜，长命百岁”，主人应答“同喜同喜，你也长命百岁”，这才是“相互祝遐龄”的场景。

民俗融入酒精里，酒精又将民俗发挥到了极致。人情成就了寿宴，寿宴也浓化了人情。民俗和人情，最好的催化剂就是酒精。

尼采所说的“酒神文化”和“日神文化”，实在是相互排斥而又互为补充的两种民族精神。西欧和北美的文化传统，看重对外在理性所标画的超越世界的追寻，即尼采所说的“日神精神”。以中国为代表的东方文化，重在对个体内在情绪的抒发，是尼采所说的“酒神精神”。日神，名字唤作阿波罗，他的原则是讲求实事求是、理性和秩序。酒神的名字是狄奥尼索斯，他的原则与狂热、过度和不稳定联系在一起。中国的酒神文化，出了一大批放荡不羁的酒仙，因酒误事的酒徒也不在少数。前一类有李白、刘伶，后一类有袁绍帐下的淳于琼。酒神文化在世俗生活中的体现，就是宗法制传统和熟人文化。没事喝两壶，友情日渐深。逢寿摆三桌，越喝越长寿。

113. 某中学楼梯口

2000 年 1 月

慕苏公按　该校教学楼九间教室十二间教员室。二、三楼诸室之师生全从此楼梯上下。此楼落成之日特撰此联，镌之于楼梯口两侧：

入斯楼，天天向上；

从此处，步步升高。

慕苏公注　刻意求明快浅显。俾初中学生均能读懂，盖所以鼓励并祝福之辞也。愿诸生如此联所祝。

宇红注　此联文字简短，节奏明快。细审发现，只有“斯”和“此”算是文言词汇，但也没有超出初中语文课本的用字范围，所以初中生完全可以读懂。

“天天向上”和“步步升高”，都是口头禅，对联贴在楼梯口，上上下下的同学们，再怎么愚钝，也会会心一笑，甚至会发现其中的双关之意。

至于对联所表达的激励学生追求上进的价值层面的东西，也会以隐性认知的方式进入到学生的潜意识，成为学生终身受益的价值激励。

114. 悼胡某

2000年1月

慕苏公按 胡某五年前遇意外而下肢瘫痪，其妻弃之而去。胡某有女，外出为童工以奉父。此人处境虽甚艰难，然乐观开朗，上体甚为强健。忽一夜，室内无光，邻人急趋视之，胡已溘然逝去久矣。兄弟亲朋为之殡殓，并贴挽联：

上体尚康强，未知殁在何时，死于何疾；
此身今解脱，休问事由谁主，人落谁家。

宇红注 父亲所说“胡某”，只为隐去其真名，避免惹出麻烦，家乡人说“搞绊扯”。我也怕“搞绊扯”，所以也称他为胡某。

胡某曾在南方某煤矿工作，每日下井挖煤，暗无天日，命悬一线。

终于某日，矿井塌陷，胡某落了个半身不遂。他的兄弟们强力维权，终于向煤老板要到了五千元钱作为赔偿。此后余生，胡某卧病在床，半身不能动弹，据说把五千元现金数过无数遍，直到某天突然去世。说来叫人落泪。

胡某死得突然，“未知殁在何时，死于何疾”，只能说到这个份上了，各种缘由只能存疑。

下联先对胡某的解脱表示欣慰，甚至庆幸，所以作者用了“解脱”一词，“此身今解脱”。

“解脱”一词，常见于佛教用语，指摆脱苦恼，得到自在。其实在佛教传入东土之前，早有此词。比如，《史记·酷吏列传》：“是时九卿罪死即死，少被刑，而成极刑，自以为不复收，于是解脱，诈刻传出关归家。”佛教是东汉永平十年(67)传入东土的，世人皆知白马驮经的故事，是西域僧人用白马驮着佛经、佛像进入洛阳，并在洛阳修建了保存至今的白马寺，佛经佛像都供养在白马寺。可见，司马迁的时代，佛教还没有传入，也可以证明此词是后来才成为佛教专用术语的。

亡者生前半身不遂，生活不能自理，终日卧床，床上秽恶难闻，一朝舍报(即善报、恶报，都舍掉了，指死亡，佛教用语)，当然属于解脱。

最后一句，“休问事由谁主，人落谁家”。“休问”就是不要问。为什么不要问？一是不便问，二是就算不问，大概也能猜得到。“事由谁主”，这里的“事”当然是丧事，人死了总得有人来主持料理后事。谁来主事呀？当然是亡者的兄弟们，此问看似多余，其实是为了排除掉一个人。下一句“人落谁家”，“人”指何人，读者不难理解。

115. 代信用员刘君拟六十自寿联

2000年2月

愿人人活过七十八十九十百岁，
希户户储满三万五万千万亿元。

慕苏公注 己寿而寿人，己小富而愿人人大富，此心可感，此人亦大德之人。

宇红注 六十岁做寿，就拿数字做文章，当然是往上说，“七十八十九十百岁”，说自己当然可以，求长寿也不算贪心，但是不如说“人人”，是一种公心，也是一种善良，何况说“人人”的话，自己也有份，而且也包括亲朋好友。上联就这样定了。

下联呢，数字对于信用员来说，太容易组词成句了。对数字无感，就当不了信用员。信用员与钱打交道，钱越多越好，但是说自己不合适，露富是一种忌讳，就说储户吧，所以“希户户储满三万五万千万亿元”。储户存的钱多，信用员当然奖金就多，一好俱好，这就是下联。

不会写对联的人，大抵是找不到素材的。一旦手头有了素材，把上联和下联的长度拉齐不是一件难事，因为汉语是一种句法上弹性很大的语言，句子的拉伸与压缩有较大的空间，这是英语等印欧语言所不具备的特点。

会写对联的人，处处都是素材，俯拾即是。本书中的寿联，是最主要的题材之一，内容千变万化，角度无穷无尽，新意应有尽有，惊喜说来就来。才思敏捷如父亲者，才能做到千题千面，随意创新，信手成就，如有神助。

116. 村委会门联

2000 年 3 月

清者方明，廉者方洁；
腐者必败，贪也必污。

慕苏公注 此系我地村党支部与村委会领导委托撰写，大力反腐倡廉。因手撰并书如上。

宇红注 党支部与村委会的门联，最顺当的思路，就是拿“清明、廉洁”与“腐败、贪污”来说事。

上联把“清明”“廉洁”这两个词掰开来，夹了两个“者”和两个“方”，其实就是为了倡导一种政治文明，即“清明”和“廉洁”。

下联是同样的套路，也包含两个词，即“腐败”与“贪污”。对联必须“对”上，在同一个大主题下，各说各话，各唱各调。关联而不重复，相对而不冲突。秉承这一原则，既然上联说的是正面的、值得提倡的政治文明，那么，下联就应是需要防范的、值得警醒的东西，即“腐败”和“贪污”。作者把“腐败”和“贪污”这两个词掰开来，夹入了两个“者”、两个“必”。

顺手牵来，出口成句。读起来明快，简洁铿锵，想一想理路清晰，字里行间意趣盎然。这样的对联，如果不能留传后世，实在太可惜了。

117—119. 自挽三联

2000 年 4 月

慕苏公按　自然规律不可抗拒。迩来日逐衰颓。重病时作联自挽，恐以后不遑及此。

（一）兼谢客

且勿凄惶，待飞天外参观，另有琴书传子弟；
殊深感谢，承到堂前吊唁，愧无言语对亲朋。

慕苏公注　人皆有死，我视之如飞天外参观；惟亲朋来吊，不能亲自应对招待，歉疚殊深。

宇红注　这是父亲为自己写的挽联，成于 2000 年。三年后的 2003 年，父亲去世。我把对联找出来，请四叔誊抄，贴于堂屋大门，落款是“慕苏公生前自撰预挽”。识字的人都驻足吟诵，细细思量，感慨良多。

记得此联和下文的几联，都是在母亲敦促下完成的。母亲说，你为许多人撰写挽联，你自己也预备几副吧，不然到了那一天，别人写的你不一定满意。就这样，父亲一口气为自己写了三副。

2003 年 11 月 20 日晚八点，父亲走了。次日凌晨，三副对联就如父亲所期待的，都誊好贴了出来。

“且勿凄惶”，是父亲对家人的安慰，意思是不要悲伤惶恐，凄惨不安。为什么呢？人近七十，父亲已经看淡生死，把生死看成是去仙界出一趟差，不久还会回来，所以，请看下文，“待飞天外参观，另有琴书传子弟”。飞去天外参观，怎么知道还会回来呢？还有琴书要传给后人，这琴书，也许是生前本有之物，也许是从天外带回。豁达如此，应该全无恐惧了吧。

上联是对子侄辈的交代，下联转而对亲朋好友做个交代。“殊深感谢，承到堂前吊唁，愧无言语对亲朋。”先是致谢，后又表达遗憾。为何遗憾，因为堂前聚集着大批的亲朋好友，自己却不能像生前那样招呼大家就座用茶。而且，那时候已经说不出话来了，怠慢了亲朋好友。

上下联两个视角，两种交代，撰联时都想到了。未来某一日，一朝仙逝，也算对自己、对家人、对亲朋有一个交代。

2003 年父亲去世，灵堂搭起来了，高朋满座，一片缟素。众人驻足在父亲自挽的对联之前，无不唏嘘感慨。

（二）兼自嘲

读书也无悔，教书也无尤，轻抛利禄功名，再世亦甘充字贩；

爱我者勿悲，知我者勿叹，试看古今中外，谁人能不见阎罗。

慕苏公注 曾经中途辍学，以后又未得到深造机会，未拿到相应的文凭，我自抓紧业余时间读书，对此从不后悔；四十余年教书，我亦从无怨尤。爱我者，不必为我伤心；知我者，不必为我叹息。教师曾被人称作“文字、公式贩子”，我亦甘受此讥。人若果有“来生”，自甘再去教书，经验或许多些。

宇红注 自挽兼自嘲，更显父亲的豁达。

上联是对一生的回顾，以及对来生的期许。“读书也无悔，教书也无尤，轻抛利禄功名，再世亦甘充字贩。”读书当然无悔了，高中一年级时辍学开始工作，成为一名小学教师。在语言文字上的造诣达到了如此的高度，这高度读者朋友应该已经有了一个评断。教书呢，到退休时，父亲教了四十六年，育人无数，桃李遍天下，当然算无尤了。

“无尤”，意思是没有过失，出自《老子》“夫唯不争，故无尤”。父亲一生不与人争，甚至胆小懦弱，许多次可以拿文凭的机会，都让人了，没有为他的水平拿到一纸可资佐证的文凭，实在是“轻抛利禄功名”。最后一句，“再世亦甘充字贩”，意思是来生还要做一个文人，做一个书生。“字贩”，卖字为生的人，此处是自谦，意思是此生无甚成就，无非卖字为生，这也是对来生的规划。

下联，“爱我者勿悲，知我者勿叹，试看古今中外，谁人能不见阎罗”，也是对自己亡故后前来吊唁的人说话，无非是种种劝勉，种种宽慰。自己是未来的亡者，反过来劝慰来宾，叫来宾如何消受啊。

每个人都有爱者，都有知音，就算有一小撮怨者，甚至仇者，人死怨断，所以也在宽慰之列。如何宽慰呢，“试看古今中外，谁人能不见阎罗”。人的命运都是一样的，都有相同的归宿，都会去见阎罗。众生平等，怨亲平等。

某哲人说过，人一出生就朝向坟墓迈进，这话原本有点消极，但是此处却是最好的宽慰，是未来的亡者对于生者的劝慰。

父亲生性善良，一生没有欺负、算计过任何人。善因善果，父亲的生死应该不归阎罗管，父亲若不生天界，善因善果的铁律就算是彻底崩坏了！可惜了，父亲生前没有宗教信仰，若是念过三声五声“南无阿弥陀佛”，必蒙阿弥陀佛慈悲接引，往生西方极乐世界。就算乘愿再来，慈航倒驾，到此界再做一名“字贩”，也算夙愿得偿。

（三）兼作遗嘱

遗产无多，惟有矮屋半椽，破书数卷；
所求亦少，但得平安二字，忠孝两途。

慕苏公注 书破而少，屋小而低，较之他人，犹多愧怍；然破书尚堪一读，矮屋亦可栖身，况系一世辛劳所积，敝帚自珍，故有一言为嘱：书虽破而宜读宜思，屋虽矮而勿典勿卖；为人处世，惟“平安”与“忠孝”最贵，余皆其次也。

宇红注 上下联读完，确实是最好的遗嘱，是最善良的发心。

“遗产无多，惟有矮屋半椽，破书数卷”，矮屋半椽，是指我家1977年盖的砖瓦房，是父亲最惦记的最大的资产。父亲留下了八个字的遗嘱，“不典不卖，不借不租”。我照办了，如今这栋房子的房龄已近五十年，属于危房了，类似的邻家的房子都翻新改建了，这房子却成了我最大的包袱，改建翻新要花七八十万块钱，但是改建之后，我不可能在偏僻的家乡养老，那里交通不便，医疗匮乏。不改建的话，说不准是这房子先倒下，还是我先倒下。但愿是我先倒下，不然，我真的承受不了眼见残垣断壁的伤痛，也受不了不能守住祖业的遗憾。

打住。说说下联吧。“所求亦少，但得平安二字，忠孝两途”，父亲是澹泊之人，但求平安和忠孝而矣。

先说“平安”二字。父亲活到虚岁七十，基本上可以说是“一生平安”了。父亲眼见了无数次的政治运动，亲历了无数次的暴风骤雨。但是，因为父亲的谨言慎行，始终没有被打成右派，没有成为“反动学术权威”，没有成为“白专道路”的践行者，没有挨过整，没有挨过斗，没有挨过打。这就是父亲所说的平安吧。虽然难免遭到小人暗算和排挤，但是，平平稳稳地走过了一辈子，这是他自己的欣慰，也是家人的大幸运。

至于“忠孝”，想多说两句。父亲一生，岂止是“忠孝”，简直是愚忠愚孝，“忠”到有点迂腐，“孝”到有点滑稽。

对事业忠，对领袖忠，对古圣先贤忠。

先说对事业忠。对于教学，对于备课，对于批改作业，从来都是一丝不苟。教学之余，父亲总是在伏案工作。这种说法，我绝无妄语。因为我读初中的三年，是在父亲身边度过的，他教书，我读书。每天除了上课之外，我的早晚自习，都和父亲坐在同一张桌子旁。因为工作勤奋，加上教学效果好，父亲得到了无数次奖励、无数种嘉奖。他数以千计、遍布全国、甚至远赴世界各地的学生可以作证。对事业的忠诚，父亲也达到了迂腐的程度，每天起早贪黑地备课、上课、改作业，似乎忘记了家里还有一个柔弱的农村户口的妻子，还有四个未成年的儿女。妻子在承担着一个农村壮劳力的全部工作，不仅要在生产队出工出力，还要在自留地里种瓜种菜，不仅体力上的辛劳疲惫，还要受到生产队其他社员的欺负，因为“四属户”总是受到排挤、轻慢和欺负的，全国估计没有例外。

所谓的“四属户”，是指干部、职工、教师、军人这四种人员的家属(包括妻子和儿女)，这些家属的户口在农村(生产队)。女人的劳动能力比不上农村的男丁，在那个吃大锅饭的岁月，“四属户”的妻子就够让村里人歧视的了，男人又有工资，就更招人羡慕、嫉妒了。女人和小孩都要吃粮食，工分不够，就补交“投资”，从男人的工资里拿出一部分，给生产队买农药、化肥。所以，“四属户”想不被歧视，不被欺负，显然是不可能的。

刚才是说对事业忠，接下来再说对领袖忠。父亲从来不在背地里直呼领袖的名字，从来不批评领袖的任何过错，从来不在家里人面前讲有悖于他所接受的正统教育的话。

对古圣先贤的忠，父亲几乎从来不轻易对古圣先贤直呼其名，比如他会说“明太祖”或者是“洪武皇帝”，如无必要，他肯定不会直呼“朱元璋”的名讳。每年的中元节(即农历的“七月半”)，是祭奠先人的日子，乡下人的习俗是要给先人烧“封包”，即送红包。父亲除了给父族、母族、妻族的所有先人分别烧“封包”外，每年都会给孔圣人烧一份。一者因为孔子是一种文化的先哲始祖，二者因为孔子是教书职业的鼻祖。所以，父亲敬孔子，就像木匠敬鲁班一样。记得父亲给孔子的“封包”是这样写的：

谨具冥财一束 化奉至圣先师孔子讳丘大人冥中收用

规规矩矩地用正楷繁体字誊写。而且，“丘”字还会缺笔，即倒数第二笔（一竖）会缺，以示避讳。

父亲的做法不是一时兴起，他坚持了几十年，从不间断。

至于“孝”，父亲做到了古人才有的那种境界。父亲在外地当教师，每个周末回到家，会直接去爷爷奶奶的房间，送上各种小礼物，比如一包茶叶、几个水果、两个包子、一包白砂糖等，而不是直接去见他的妻子儿女。在爷爷奶奶的房间，父亲会陪老人说话，至少相处一小时，然后再拎着行李回到他的妻子和孩子们身边。几十年如此，在我记忆中从无例外。

星期天的早晨，或者是寒暑假在家，起床后的第一件事是去爷爷奶奶的房间问安。奶奶去世较早，我记忆中全是父亲大清早去爷爷床边问安的情景，问昨天晚上睡得怎么样，是不是想吃点时鲜之物。每天晚上，在自己睡觉前，父亲还要去爷爷床边坐一坐，等爷爷要睡了，才告退回家。

这种场景，只有在《红楼梦》等古代文学作品或电视剧中才能读到或看到，爷爷就像大观园里的贾母，父亲每天必须去问安，去请示，去汇报。

每次父亲离家去工作单位，临行前的最后一件事，就是去爷爷房间辞行，这大概就是父亲念兹在兹的“有亲在，不远游，游必有方”吧。离家去工作单位，不算“远游”，但一定让爷爷知道“游必有方”。

如果母亲和爷爷奶奶有任何的细微矛盾，父亲总是无条件顺着老人，回头再和母亲解释，或者是宽慰。这也是现代人少见的愚忠愚孝。

这样的忠和孝，父亲坚持了一辈子，没有丝毫改变。这就是父亲所说的“忠孝两途”。

120. 预挽老荆

2000年5月

慕苏公按 老荆多次索句，殊不忍为。书此聊以塞责。

无一朝懈怠，无一日清闲，百事赖操劳，最难忘产后挑水，路远挖薯，退休掮米；

愿千载逍遥，愿千秋安息，万般皆了结，只管去南海看经，瑶池赴宴，天国优游。

慕苏公注 老荆年轻时在家务农，生儿育女，弥月之内亦未能休养；“四属户”遇上“山上分薯”的季节，路远天黑，困难殊多；退休后赶场买米买菜须步行肩挑。况心区疼痛，风湿有年，尤多痛苦。

宇红注 这副对联是父亲应母亲之请，为母亲预先准备的挽联，“老荆”是古汉语中对自家妻子的谦称。

母亲是农村户口，所以我家是“四属户”。四属户是干部、职工、教师、军人这四种人员的家属。在上文（即第119联）中提到，“四属户”受欺负、被歧视的故事，此处不再重复。

母亲的经历有点特殊，不妨多介绍几句。母亲本来在家务农，外公是中学老师，七十年代末退休，母亲就“顶职”上岗，成为一个有正式编制的小学老师。

所谓“顶职”，是几千年世袭制的最后一点残留，止于二十世纪七十年代末。母亲大约是最后一批“顶职”的编制内成员，也许，其后还有一届两届，我不是很确定。

在七十年代末以前，任何一个体制内的干部或者事业编制人员，在退休时，都可以由自己指定的亲属“顶职”，即进入本行业参加工作，不一定是原单位，而是在本行业的系统内由县里的相关部门统一安排工作，当然上岗前有大约半年的上岗培训。

外公原本有一个儿子，刚刚结婚生子不久就病逝了，所以母亲就顺理成章地“顶职”成为一名小学教师。在母亲“顶职”前的几年里，眼见着外公要退休了，外公的众多侄子、侄孙们，上演了一场长达几年的拍马秀。他们以各种稀奇古怪的方式在外公面前表忠心，愿意为外公养老送终，并且特别排斥外公让母亲“顶职”的潜在安排，因为母亲嫁给了外姓人，就是外人了，机会不能给了外姓人。

其实，外公的真实想法，是希望我初中没读完就休学，“顶职”成为一名小学老师，这在当时是完全可以的。“童工”上岗也不算违法，教小学一二年级，水平也完全够了。

外公很多次对我父母说，也对我本人说，希望我休学参加工作。外公的这种安排也是冒风险的，因为他的侄子辈和侄孙辈会非常恼火，机会又给了外姓人。这个从天而降的让许多人艳羡不已的“好机会”，我却完全没有领情，每次都是不假思索地拒绝了。我说我要读高中，以后还要考大学，要凭自己的本事挣一个“铁饭碗”。

每当这个时候，外公总是噘着嘴，一脸的不高兴。父母也不想强求我。所以，僵持了好几年，外公的退休年龄都超过了，非退不可，如果没有“顶职”人选，就算自动放弃了。这样一来，母亲就“顶职”成为了一名小学老师。

母亲“顶职”后，我们家终于成为“双职工”家庭。按政策，我们兄妹四人都可以“跳出农门”，从农业户口变成了城市户口，即所谓的“农转非”。这件事,在我的家乡是一个大当量的“核弹”,居然一家老小都“吃国家粮”了！村里人都瞪圆了眼睛,也不知道我们家祖上积了什么德,这么大的喜事居然从天而降！

这一次,生产队村民的想法是复杂的。他们的羡慕,他们的嫉妒,他们的恨,肯定是加倍了。但是,他们也有高兴的地方,因为我们转成城市户口之后,生产队有限的耕地,就没我们家的份了,交还给村里,他们可以平分我们家退出来的两亩多地！村里人终于找回了一点心理平衡。

所以,当母亲“顶职”开始工作后,村里的干部居然上门来了。他们说,你们快点打报告“农转非”吧,你们不打报告,我们村里帮你们打,村里的耕地面积你们就不必占用了。这件事,不必他们劳心,也不必他们费力。因为符合政策,我们兄妹都顺利地“农转非”了。

说来好笑,我的求学和职业发展的道路,居然受到了多次外来因素的干扰,或者说是诱惑。我快七岁时,该上小学了,爷爷希望我成为他的小徒弟,不要上学,每天跟着他行医,长大后成为一名中医师。当时我太小,是父亲代替我拒绝了爷爷的安排。我上初中了,外公要退休,希望我辍学,“顶职”成为一名小学教师。这次是我自己拒绝了。在那个人人面朝黄土背朝天的贫瘠的山村,我似乎是含着银勺子出生的人。在男女老少们千方百计而无缘跳出农门的时代,我可以成为一名中医师,也可以成为一名小学教师,而且是机会在等我,不是我去找机会。也许是命中注定吧,我就该是一名大学教授。这种宿命谁也改变不了。爷爷没有改变我,外公也没有改变我。爷爷和外公,当然希望我有更大的出息。我成了大学教授,外公是非常高兴的。说起当年让我“顶职”的事,外公说幸亏我没有“顶职”。至于爷爷,估计也会庆幸我七岁的时候,按时开始了学校教育。爷爷没有见到我成为大学教授,但是,爷爷去世时,我只差三个月就大学毕业了。毕业后成为一名高中教师,是没有悬念的了。

外公在得意时说我这个大学教授，相当于“师级干部”，至少享受了“师级干部”的待遇。“师级干部”的说法，我不止听外公说过，我的舅爷爷，就是我祖母的堂弟，也不止一次在人前夸耀，说“博士加教授”，相当于“师级干部”。就让老人在这种虚幻的认知中自我陶醉吧，我不想说破，也不想戳穿。“大孝尊亲”，就让老人家享受这种并不太真实的“优越感”吧。

回到对联本身。上联说了三件苦差事，“产后挑水，路远挖薯，退休掮米”。

母亲生育了我们兄妹四人，月子里还必须要照顾一家人吃饭，还要备食喂猪，每天的用水量至少两担。母亲跌跌撞撞地去离家一里地的水井挑水，每次挑一小半担水，就这样熬过来了。生了四胎，熬了四回。

话说回来，有能力帮忙挑水的人，有义务帮忙挑水的人，有责任帮忙挑水的人，大有人在。但是，他们没有尽到可尽的能力，没有尽到该尽的责任，没有尽到该尽的义务。

事实就是这样，道理就是这样。但是，时过境迁，多说无益。

再说“路远挖薯”。“四属户”劳动力少，出工不够，所有的工分无非是母亲出工所赚的工分，还有家里喂猪产的粪肥折算成一部分工分。粪肥除自留地可以免费使用一部分之外，其他的卖给生产队，由生产队支配。记得生产队每一个月就要评估各家各户生猪的大致重量，由生产队的几名干部出面，还有各家各户的户主跟随，猪大致的重量是粪肥多少的参照。因为猪的体重大，就会吃得多，也拉得多，粪肥折算的工分就越多。

这些工分是不够的，所以必须从父亲的工资里拿出一部分向生产队“投资”，按每一百斤谷子九块八毛钱的价格向生产队购买平均所得的那一部分粮食。这是国家政策，是对“四属户”的优待。但是，政策管不了全国各地的“四属户”家庭都受歧视、被谩骂、被攻击。母亲也不例外。

母亲就是在这样的环境下一边照顾家庭，一边参加生产队的劳动。无尽的艰辛，莫名其妙的歧视、白眼与排挤，伴随了母亲半辈子，直到母亲“顶职”成为一名小学教师。

在“顶职”之前，父亲工作的学校离家远，家里的农活帮不上忙。生产队水田少，旱地多，红薯是主要的粮食作物。红薯丰收的季节，母亲随着男劳力们走很远的山路，到当地水库蓄水的山沟里、山坡上去挖红薯。

生产队每天几十人出工，一天挖几千斤红薯，天黑之后要把当天挖的红薯都分了。不用说，那些有精壮劳动力的人家都分了最好的红薯，个头大，没有被虫蛀坏的那种，“四属户”们都分的是挖断了的、残缺的、被地下的虫子啃食过的小红薯。给你多少是多少，还不能有半句怨言，只能默默地承受。

有壮劳力的人家，很快就把红薯挑回了家，母亲守着几百斤质量很差的红薯，在漆黑的夜里，一点一点地，一趟一趟地往家里挑红薯。水库建造的历史较长了，在水库里淹死的人有好几个，在漆黑的夜里，劳累了一整天，孤苦无助地在淹死过人的水库边走夜路，怪瘆人的。

按照家乡的传说，人淹死了会变成淹死鬼，家乡把淹死鬼叫作“露许牯”，晚上会上岸抓人做替身，找到了替身，“露许牯”就可以转世投胎了。母亲当然相信这些莫名其妙的神鬼故事。所以，母亲常常是一边挑，一边哭，家里还有几个小孩哭着喊肚子饿。我记得五六岁就开始帮妈妈干活了，在家里带弟弟妹妹，做简单的饭菜，摘菜，洗菜，烧水，喂猪。天黑了，要分红薯了，我就给妈妈做伴，陪妈妈在黑夜里挑红薯。挑的不多，二十多斤吧，主要是给妈妈壮胆。因为怕“露许牯”，还故意大声地说话，故意大声地互相呼唤。

把红薯全部挑回家，晚上还要把红薯挑到河边去洗干净。鸡叫之后，大约凌晨三四点钟，全村的大姑娘、小媳妇们就起床了，把先天夜里洗好的红薯剁成小粒子。大清早剁好的红薯粒，冲洗之后得到的淀粉，也必须及时晒干，这是作红薯粉丝的原料。冲洗了多遍的表面没有了淀粉的红薯粒，必须用“蓬条”（即竹篾编的竹祖）把红薯粒晒出去，晒到刚收割完稻子的田里。一整天的太阳，可以把红薯粒晒成半干，第二天接着晒，大约三天就可以入库了，因为干到一定程度，就不会霉变了。这样的红薯米，就是大半年的粮食。

母亲刚刚晒完红薯粒，村里的大老爷们儿揉着惺忪的睡眼，吆喝着一起出工，再去挖红薯。这些大老爷们儿不必半夜鸡叫就起来剁红薯，他们和他们的妻子是有分工的，男的出工挖红薯，女的负责在家里做饭、剁红薯、晒红薯，只有“四属户”们是最受煎熬的一群最可怜的女人。她们一身二任，既要做本该男人做的活儿，还要做女人的活儿。所以，母亲必须跟着村里的壮劳力们再去挖红薯，一天天地重复。母亲就这样极端艰辛地煎熬着她的青春。这就是上联所讲的“路远挖薯”。

各种劳作安排得非常紧凑，因为到了霜降季节，红薯就会烂在地里。挖回家的红薯，如果不及时洗了、剁碎、晒干，保鲜防腐工作又是一件难事，所以只能尽快地剁成米粒晒干，作为干粮贮存起来。

我家所在的生产队水田不够，旱地居多，每顿饭的稻米只能占三成到四成，其余的都是晒干的红薯粒。少量的大米和大量的干红薯粒一锅煮，这就是乡下人每餐的口粮。盛到碗里，母亲会用筷子把红薯粒扒拉出来，自己先吃了，剩下的半碗饭，米粒的比例明显更高了，母亲会把这剩下的半碗米粒更多的饭扒到最需要照顾的孩子的碗里。

这种痛苦太刻骨铭心了。我是亲历者，我是见证者，我又成了记录者，成了诠释者。

但愿我的回忆，我的记录，能够成为中国“四属户”问题研究的第一手资料。如果真能那样，本书的价值又提升了。

1996 年父母同时退休，回到了他们于 1977 年亲手盖的三扇砖瓦房。父亲退休时，母亲也跟着提前退休了。退休后的日子，蔬菜是母亲在农宅前前后后的空地上自己种的，但是买米更困难了。去镇上的粮站往返二十来里地，父亲的体力不可能挑担了，每个月的粮指标，父亲是29斤，母亲是27斤，必须去镇上的粮站购买，这就是上联所说的“退休掮米”。

下联是父亲对母亲的祝福。父亲的健康状况比母亲差很多，所以为母亲预先写好挽联的同时，也把最诚挚的祝福留给了母亲：“愿千载逍遥，愿千秋安息，万般皆了结，只管去南海看经，瑶池赴宴，天国优游。”

希望母亲如父亲所愿，百年之后，万缘放下，了无牵挂，一心只管去南海看经，去瑶池赴宴，去天国优游，去与父亲相会。

121. 悼田叟

2000年6月

慕苏公按 同村某田叟，好谈佛理，极俭朴、衣食器用，珍惜过于恒人。每外出，凡道旁、旷野散落之秸秆、枯枝、菜根、瓜蒂，必尽数捡回以为用。邻里传为美谈。此叟谢世之日，余因作此联以为哀悼。

常珍惜一丝一缕一粟一畜，人尽其心，物尽其用；
既参透万劫万复万生万死，留也无虑，去也无忧。

慕苏公注 万劫万复，借用佛家路。佛家谓一成一毁曰一劫。此处仅取其指生死之意。

宇红注 父亲所说的“田叟”，我有同样深的印象，人估计也对上了。但是，父亲打哑谜，我也继续打吧。但是，“田叟”是女的，是老妪，父亲的加密算法有点复杂。

这个“田叟”，爱惜任何有用之物，这是她最大的特点。走在路上，一根手指粗、铅笔长的小树枝，她必定会捡起来，带回家，积得多了，就会用来烧火做饭。农家养母猪，生产时偶尔会有死胎，她会把死猪崽捡回家，剖开来洗干净，用烟熏了，就成了一家人的美味。还有鸡瘟、猪瘟流行时病死的禽类畜类，她都会视同珍宝，成为家里人改善伙食的好材料。爱惜一切物力，拾掇一切有用之物，是她一辈子的习惯。

至于佛教信仰，在中国农村地区，也是比较普遍的。“家家阿弥陀，户户观世音”，算不上是“田叟”的某种特色。当然，人死了，感念生前功德，尽量往佛家的因缘上靠，也是一种很自然的联系和用笔的策略。

122. 偶感示儿曹

2000 年 7 月

破浪乘风，游学海休思宦海；
临深履薄，上书山勿羡冰山。

慕苏公注 破浪乘风，比喻志向远大，不畏艰险，勇往直前。语本《南史·宗悫传》。“宦海”，官场。“临深履薄”，比喻谨慎小心。语本《诗经·小雅·小旻》。“冰山”，比喻不可久恃的靠山。此处指居上位而违法乱纪、为非作恶者。

宇红注 此联是父亲以联明志，以联示教，把自己的想法以对联的形式告诫儿女们。

“儿曹”，指儿女辈。出自汉代司马迁《史记·外戚世家·褚少孙论》：“是非儿曹愚人所知也。”唐代韩愈《示儿》诗：“诗以示儿曹，其无迷厥初。”

所谓“偶感”，倒也未必。因为在父亲的认知中，做学问，或者用他的话来说，叫“伏案工作”，是最理想的发展前景，也是最有出息的人生。父亲常把类似的说法挂在嘴边，应该算老生常谈了。如果非要说“偶感”，是此联的构思源于偶感，这样是说得通的。

上联说“破浪乘风，游学海休思宦海”。要有一番作为，取得较大的成就，不畏艰难险阻，这就是“破浪乘风”。“游学海休思宦海”，是说可以在学术上取得成就，但是千万不要涉足仕途。这种教诲，是偏离主流价值观念的，至少现在看起来是如此。因为几千年来，“学而优则仕”，治学的同时，还有余力，就应该做官，当然也有人理解为书读得好就可以当官，两种理解都符合字面义，也符合这种文化的价值取向。

村里一位长辈，说过一句类似的话，“养崽不送书，官从何处来”，这话是父亲转告我的。“送书”是家乡的土话，是指供养儿女上学，尤其指勒紧裤带送儿女上大学，因为只有上了大学，才有可能走入仕途。“送书”不同于“读书”。“读书”强调青年的主体作用，“送书”突出父辈的付出，是咬紧牙送、节衣缩食的那种付出。

父亲不是这种文化体系的局外人，“学而优则仕”的传统理念，以及“养崽不送书，官从何处来”的朴素想法，父亲不一定不赞成。之所以出现价值观的崩裂，与父亲的另一套认知体系有关。

父亲熟读文史，对历史上的官场倾轧，尔虞我诈，动辄罢官去爵，祸及全家，应该是烂熟于胸的。加上父亲生性胆小懦弱，对他平生亲历的政治运动心有余悸。所以，父亲发自内心地希望儿女辈不要从政，而去治学，成为学者，是父亲最真挚的愿望。

再看下联，“临深履薄，上书山勿羡冰山”。所谓“临深履薄”，是说要如临深渊，如履薄冰。“上书山”也是指做学问，“羡冰山”也是指做官，这种隐喻，显然基于父亲的价值观。冰山总有融化和崩塌的一天，冰山消融，天崩地裂，沉入海底，化作虚无。

我是父亲的长男，父亲的此类教诲我听得太多了。我完全活成了父亲希望的样子，是他平生孜孜以求却无缘成就的那个样子。

在治学的路上，我取得了较多成绩。父亲只有高中肄业的学历，我却读了博士，还成了大学教授。我不仅自己读了博士，还成为博导，能让别人成为博士。父亲天上有知，应该聊感欣慰。因为我游了学海，未入宦海；上了书山，远离冰山。

在求知和治学的问题上，父亲也有很多他自己独创的明言警句，比如治学要“好上一个台阶”，这是他一辈子的教训，比别人“好一点”，就白好了，不会得到承认，要好就多好一点，即“上一个台阶”。父亲教中学语文，水平当然明显有富余，但是超越同事之余，没有“好上一个台阶”，所以算是“白好了”。我大学毕业了，也是做了一名高中老师，想考研究生，父亲是百分百地支持的，因为我也是一名很受欢迎的高中英语老师，但是只有“好上一个台阶”，才是真的“好”。

我 1987 年大学毕业，进入新化二中工作。实习阶段，还没有转正，学校就安排我任教三个高三班级，98、99 和 100 班。其中 98 班和 100 班是全年级的文科重点班，是学校高考上线的“重仓”所在。所以一年后，我教的第一届学生就有不少升入了大学。受到学校这种高规格重用，给了我极大的自信，因为新分配来的老师，都要在高一任教，接受锻炼，积累经验，然后开始教高二，先教普通班，慢慢地才能教重点班。但我是例外。

这种信任，不是无缘无故的。彭校长去教育局开会，是查过我的档案的，他知道我上大学时，几乎一直是年级第一名。另一方面，也因为彭校长和我父亲是很熟的朋友，两人所在的学校只相隔几百米。彭校长认为，父亲教了几十年书，好评如潮，“教二代”估计也不会差。这是校长的期许，我也没有让他失望。而高三重点班的任课教师，尤其是像我这样的新手，总会有校领导、教研组长还有班主任来听课，还有班干部、团干部的座谈会。学生不满意，是可以随时换人的。

第二年，我又教了三个高三班级，105、106、107 班，其中 105 班是重点班。第三年教的还是三个高三班级，111、112、114 班，其中 114 班是重点班。第四年，我教了两个高三重点班，还有一个高一重点班，分别是高三的 121、122 班，高一的 127 班。

感恩当时的校领导，对我超乎寻常的重视和重用。第四年，也就是 1991 年，我考上了研究生，我终于“好上一个台阶”了，而不是一直在一所高中被重用，在被重用的单位终老此生。

研究生毕业后，我开始在湘潭大学外国语学院工作，我的教学和科研都是突出的，我要再次感谢当时的系领导和后来的院领导。我像在新化二中那样受重视、受重用。但是，为了再一次“好上一个台阶”，2000 年我考入复旦大学读了博士学位，2003 年毕业，这三年在更大的程度上成就了自己。博士毕业后，同年我又破格上了教授。

我的这一段经历，都发生在父亲健在的年月。父亲是满意的。父亲去世后的近二十年，我一如既往地努力，自认为没有辜负父亲的期望。

123—126. 开口笑酒厂应对联

上联：开口笑饮开口笑

对一：醉翁操练醉翁操（醉翁操：词牌名，又琴曲名）

对二：钓诗钩起钓诗钩（钓诗钩：酒之别名）

对三：合家欢聚合家欢（合家欢：一家大小合摄的照片）

对四：透瓶香过透瓶香（透瓶香：《水浒》第 23 回“店家称‘我这酒叫透瓶香，又唤作出门倒’”）

宇红注 “开口笑”是湖南湘窖酒业公司生产的白酒。酒厂征联，附庸风雅。无非是为了扩大影响，提升知名度。这才是终极的目的。厂家出的上联是“开口笑饮开口笑”，把品牌名两次嵌入，是很不错的上联。

父亲连对四个下联。

第一个下联，“醉翁操”是词牌名。原为琴曲，属“正宫”。沈遵创作，苏轼始创为填词。用“醉翁操”来对“开口笑”，“笑”和“操”都能有效组词，“操练”对“笑饮”，妥了。

第二对，“钓诗钩起钓诗钩”中的“钓诗钩”，酒之别名，言其能激起创作的灵感，是说这种酒像一把钩子，喝到肚里，能像钓鱼那样把诗钓起来，多么雅致的品名。父亲不喝酒，对酒的品牌估计了解不多，但是，他饱读诗书，这等趣名，哪能逃得过父亲的博学。

举两个“钓诗钩”的用例吧。宋代苏轼《洞庭春色》诗：

应呼钓诗钩，亦号扫愁帚。

元代乔吉《金钱记》第三折：

枉了也这扫愁帚，钓诗钩。

“钩”可以组词“钩起”，与上联又完美对上了。

再看第三对。“合家欢聚合家欢”，其中“合家欢”，指一家大小合摄的照片。“合家欢”一词为人熟知，与一本同名书有关。《合家欢》，晋永权著，花城出版社 1997 年出版。因为这本书的因缘，第三联的合格性增强了。

最后一对，“透瓶香过透瓶香”。“透瓶香”在《水浒》第 23 回中出现过。阳谷白酒“透瓶香”曾作为贡品进京。阳谷人豪饮，古有三碗不过冈、透瓶香名誉天下，今有千秋阳谷泉酒承上启下。“透瓶香”是当年武松在景阳冈酒店喝的酒，又叫“出门倒”，入口的时候，醇甜香浓，非常好喝，过一会儿，后劲发作起来就要醉倒。父亲凭记忆，对出“透瓶香过透瓶香”，这种博闻强记，不是网络时代的学者所能比的。

四种下联，句句精彩。才思敏捷，还得有广博的知识作为基础。

127—128. 邵阳大曲、开口笑酒厂联

（一）

与我干杯，感诸君笑口常开，开口笑夸开口笑；

将它下酒，讶此物生花忽落，落花生出落花生。

宇红注　开口笑酒厂征联，父亲连对了四个下联，见本书123—126联。

我估计，父亲是余兴未尽，受制于厂家提供的上联，敏捷的才思被束缚了。所以，不如撇开它的上联，独立创作几副对联，这就是文人的气魄与豪侠。

新的上联，与厂家的征联相比，无非是增加难度，在“开口笑夸开口笑”之前，增加了两句“与我干杯，感诸君笑口常开”。增加两句，也不是太大的难度，但是，此处难就难在增加部分又包含了“笑口”二字，前后呼应，这种呼应必须在下联中的相同位置体现相应的对仗，用字前后呼应。

自加难度之后，对联依然非常工整。上联写酒，下联写下酒菜。

花生，俗称落花生，炒了下酒，香脆可口，是下酒的好菜。且看下联：“将它下酒，讶此物生花忽落，落花生出落花生。”情境相关，菜与酒相应，对仗齐整，“生花忽落”对“笑口常开”。“忽”对“常”，局部的对仗完美了。

再看下文，“开口笑夸开口笑”对“落花生出落花生”，琅琅上

口，妙趣横生。落花生下酒，穷人的简单满足，无须山珍海味，三五好友，举杯下箸，其乐融融。

此情此景，让我想起在湖南大学读研究生时的情景了。张同学、李同学还有我，三人住同一个宿舍。每隔一个月，馋得不行了，三人轮流做东，一瓶邵阳大曲，足足一斤白酒，正是开口笑的同厂产品。一盘花生米是少不了的，总开支控制在 15 元左右，三人吃饱喝足，赳赳然回到宿舍，倒头便睡。那一段日子真叫人怀念。记得有一次，快子夜零点了，不知是谁一声招呼，喝酒去！从湖南大学一路向东走，一路寻找还在营业的酒家。一直走到溁湾镇，也没有喝成一顿酒，只得摁住一肚子的馋虫，回宿舍睡了。

张同学是英语专业，留校任教，李同学学日语，毕业后去了广东经商，我也干老本行，继续当教师。

时过境迁，当年一样地开口笑夸开口笑，一样地夹起一粒落花生，想起它落花生出落花生。

此处借题发挥，怀念我和张同学、李同学共同度过的 1992、1993、1994。愿他日重逢，再来一瓶邵阳大曲，在一碟花生米之外，还可以点几样硬菜。半辈子打拼，我们也到了敢点山珍海味的时候了。

（二）

杜康本业内宗师，欣闻宝庆香醪，开口笑歌开口笑；

李白亦饮中仙子，欲得邵阳大曲，静夜思赓静夜思。

慕苏公注　杜甫有《饮中八仙歌》，称李白、贺知章等八人为“饮中八仙”。

宇红注　“杜康本业内宗师”，是说杜康是酿酒业的老祖宗。同时，杜康也是中国最古老的名酒，因杜康始造而得名，距今已有两千余年的历史了。

相传杜康生于周朝，是个牧羊人。有一天，他用竹筒装着小米饭,带着出去牧羊,不料竹筒放在一棵树下竟忘了带走。过了半个月,他才想起这事,于是找到那棵树,在树下果然看到了上次丢的竹筒。但打开一看,竹筒里的米饭已经发酵,变成酒了。村里人喝了,都夸奖这酒好。无意中的发明,使他成为当地的名人。于是,他不再牧羊,改行酿酒,办起杜康酒店来了。

这个故事是不是可信并不要紧。要紧的是,酒本来不是自然之物,是粮食因为某种偶然的误操作,就变成了酒。有这种合情合理的情境,杜康的故事就可信起来,至于那个误操作者,是不是真的叫杜康,可能是,也可能不是。因为几千年的口耳相传,走样是正常的。所以,这个故事至少给了我们一个可以寄托想象的情境。这就够了。

上联中的"宝庆香醪",是说宝庆这个地方的美酒。"宝庆"是"邵阳"的古称。

文人怀旧,把开口笑酒厂的产地称作"宝庆"。但是,历史上的"宝庆府",比现在的邵阳市大。

"香醪",香气浓郁,指美酒。"宝庆香醪"就是开口笑酒。接下来,"开口笑歌开口笑"。"笑歌""笑夸""笑谈""笑饮",一字之差,没有大的语义变化,是同一语境中的词汇换用,不必多解释。

下联"李白亦饮中仙子,欲得邵阳大曲,静夜思赓静夜思",从上联的酿酒宗师,过渡到下联的酒仙李白,人物名字的对仗是没问题的,都和酒相关,自然成对。但是,李白估计没喝过邵阳大曲,邵阳大曲没那么悠久的历史,所以李白虽然号称酒仙,口福还是比不上张同学、李同学和我本人(见上一副对联)。只可惜,我辈喝了邵阳大曲,静夜所思,只有论文和作业,当然,想入非非也是有的。

"思赓"的"赓",有酬答、应和之意。"思赓"指思维和应和。类似的组词如宋代张耒《张右史集·屋东》诗:

赖有西邻好诗句,赓酬终日自忘饥。

129—132. 邵阳大曲和开口笑酒厂广告词

（一）

开口笑；

扑鼻香。

宇红注　上联是品牌名，下联是对它的描述。从句法结构来看，上联是主语，下联是谓语。

从单字层面来看，“口”对“鼻”。从组词来看，“开口”对“扑鼻”。从句法关联来看，“开口”就“笑”，“扑鼻”闻“香”。以上都是极工整的对仗。

（二）

京剧唱词，相逢开口笑；

邵阳大曲，常闻扑鼻香。

宇红注　此联在上联的基础上，增加了话题，即谈论的主题。在什么场合“相逢开口笑”呢？是在“京剧唱词”中，后者是话题。“话题”是一个语言学术语。

我不懂京剧，更不会唱。但是，父亲既懂京剧，更会唱京剧。唱得有模有样，至少达到了上台表演的水平。身边没人的时候，父亲也会哼几句。但是唱京剧的时候，为什么会相逢先笑，而且是开口大笑。这个问题，只能留给相关的专家去解释了。门外汉瞎琢磨，或许是先把观众的情绪调动起来，或许是在正式的唱词之前，让观众在情境准备上先预热一下。

同样，下联也体现“主题＋述谓”的结构。“邵阳大曲”是主题，抛出“邵阳大曲”这个主题，紧接着续上陈述部分“常闻扑鼻香”，似乎是一种必然的关联。

（三）

小杜有诗：尘世难逢开口笑；
大家都说：邵阳大曲透瓶香。

宇红注　“尘世难逢开口笑”出自唐代杜牧（俗称小杜，杜甫是大杜）的《九日齐山登高》诗：“尘世难逢开口笑，菊花须插满头归。”

上联加上“小杜有诗”，下联对应“大家都说”，对仗极妙，“小”对“大”，“小杜”对“大家”。“有诗”引出一句诗，“都说”带出一句话。诗和话都是下一句的引用内容。借大家之口，说出“邵阳大曲透瓶香”。

“大家”是双关，一是众人，二是大方之家。

同样，“透瓶香”也是双关，一是对邵阳大曲的字面描述，二是指邵阳大曲像武松喝的那种“三碗不过冈”的酒，称作“透瓶香”。

（四）

中国名牌，开口笑夸开口笑；
邵阳大曲，透瓶香过透瓶香。

宇红注　“开口笑”本来体现一语双关。在此联中，干脆把双关的两种意义同时呈现，第一次出现“开口笑（夸）”是字面义，第二次出现是专有名称“开口笑”。

同样，“透瓶香”也是一语双关。第一次出现“透瓶香（过）”是字面义，第二次出现是专有名称“透瓶香”。

上面四副对联，副副都是妙对，副副都是极好的广告词。此书出版，邵阳大曲和开口笑酒厂享受了免费的广告宣传。

戏言一句，开口笑酒厂的领导若是读到此页，请联系出版社责任编辑，至少邮寄三瓶邵阳大曲。一瓶给编辑享用，另外两瓶转交给我，我喝一瓶，另一瓶明年清明节，我拎了去给父亲上坟时作祭奠之用。

133. 2001年元旦

寿以年增，公元昨满双千岁；

福随时至，大地今添一片春。

宇红注 从公元元年算起，2001年的元旦，整整两千岁了。“寿以年增”，显然是把“公元”人格化了，所以才说“满双千岁”。

下联说“福随时至”，从公元转到人间了，时历双千年，福增两千倍，何福之有？“大地今添一片春”，春回大地，万象更新，天下苍生，福祉无边。

此联简洁明快，读起来有一种动感。这种动感是春的律动，是希望的涌动。祝福新千年，祝福所有善良的人类。

134—135. 家居

2001年11月22日

(一)

有吃有穿，不再担心七件事；

无仇无怨，何曾得罪半个人。

慕苏公注 七件事，指“柴米油盐酱醋茶”。

宇红注 此联是父亲退休后所作。儿女都大了，经济上的负担没有了，二老的退休金，不仅够用，而且突然间，手头有了宽裕。所以，上联说“有吃有穿，不再担心七件事”。

下联说“无仇无怨，何曾得罪半个人”。父母退休后，回归故里，工作上的烦心事，同事间的各种瓜葛，通通丢到了脑后。与世无争，安然度日。父亲本来谨慎，不与人争，所以才有“无仇无怨，何曾得罪半个人”的感慨。

手头不缺该花的钱，身边没有小人，不被算计，人生就有了尊严。

（二）

守拙怕来谗佞客；

养生还读老庄书。

宇红注 “守拙”的意思是安于愚拙，不学巧伪，不争名利。晋陶潜《归园田居》诗之一：“开荒南野际，守拙归园田。”

“谗佞”，指说人坏话与用花言巧语谄媚，如《三国演义》有“乐毅破齐而遭谗佞”。

人生就是这样，你老实本分，不招惹别人，偏偏会有坏人找上你，想躲还躲不开，这就是上联所说的“守拙怕来谗佞客”。当然，这是父亲的感慨，退休在家的日子，说不上有“谗佞客”找上门来。

下联“养生还读老庄书”，养生养的是身体，是指在饮食和运动等方面的修为，除了养生，还要养心。如何养心，多读老庄的书，清心寡欲，处事无为，可以收到养身所不及的效力。

上联讲避祸，下联讲修养身心。看来父亲是实实在在地享受人生的余年，这正是他火急火燎回归故里所追求的。

如果苍天再慷慨一点，给他二十年，甚至三十年，父亲的晚年生活会更丰富，人生会更豁达，修持会更精彩，感慨也会更多一些。

可惜啊，这样清静无为、恬淡舒适的日子，父亲只享受了八年。

136. 闻某犯受审

2002 年春

廿载贪污，本来就秽声遍地；
一朝败露，安得不臭气冲天。

宇红注 父亲一生谨慎，不敢多说一句话。晚年回到故里，也是如此。某一日，欣闻曾经作恶多端、横霸一方的恶棍，被抓起来了。父亲听闻，没有喜形于色，他用对联记录了内心的暗喜。

被抓的那厮是当地教育部门的一个女魔头！贪污受贿，无恶不作。排斥异己，心狠手辣。任人唯亲，把家里识字的人都安排到了自己管辖的岗位上。一众衙内宗亲，只领工资，不用干活，还窃据了几个小领导的位置。白天呼呼大睡，夜间出来觅食。

在中国近代史上，有一本奇书，叫作《二十年目睹之怪现状》。该书作者吴趼人，生于 1866 年，卒于 1910 年，广东南海人。作者以主人公九死一生的商业活动为线索，用他的所遇、所见、所闻为素材，用众多的短小故事连缀而成。小说共一百零八回，描写了 189 件“怪现状”，勾勒出瘟官、悍吏、赌徒、狂生、强盗、惯窃、斗方名士、江湖庸医、纨绔子弟、洋行买办以及外国冒险家的丑恶嘴脸，给世人展现了一幅漫画人物的长廊画卷。

女魔头和她家人干的坏事，如果记录下来，估计也可以写成半本《二十年目睹之怪现状》。

137. 丙子清明，刘氏八修迎谱

1996 年

约各地宗亲，扫墓培茔，安排鼓乐迎新谱；
演几桩故事，观今鉴古，教育儿孙学好人。

宇红注 丙子年是 1996 年，由父亲主持的刘姓族谱第八次修撰正式完工了。听父亲说过，一百余年前的第六次修族谱(1905 年前后)，也是我的曾祖父(刘公讳经专老大人)主持完成的。

我家祖上三代两次为天下刘姓修治族谱，撰写一应对联，这是责任，也是荣幸。

1996 年，第八次修谱完工了。赶上当年的清明节，天下刘姓子孙，清明扫墓团聚。在南府公的墓前祭拜，确实是一件很有意义的事情。

扫墓的同时，还有“安排鼓乐迎新谱”，各地的族老前辈，用大箩筐把族谱挑回去。分清长幼，不乱尊卑；互相联络，共同砥砺。无愧于祖宗，培育好后辈。用父亲的话来说，是“演几桩故事，观今鉴古，教育儿孙学好人”。

138—139. 伍开旺之父母墓碑联

2003 年 4 月 13 日

（一）

裕后光前，代代清音传美德；

钟灵毓秀，重重瑞霭护崇陵。

宇红注 “裕后光前”，指为后人造福，给前辈增光。此语常用于歌颂不世功勋。宋代陈抟《心相篇》说“敬老慈幼，必然裕后光前”。明代朱鼎《玉镜台记·完聚》说“荷明主褒功尚贤，更裕后光前”。

“清音”，字面义指清越的声音，比喻好名声，没有受到诽谤贬损。晋代左思《招隐诗》之一：“非必有丝竹，山水有清音。”唐代张文姬《沙上鹭》诗：“沙头一水禽，鼓翼扬清音。”

所以，上联的意思是说，为后人造福，给前辈增光，祖祖辈辈有好的名声，美德传扬万代。

再看下联。“钟灵毓秀，重重瑞霭护崇陵。”钟灵毓秀，意思是凝聚了天地间的灵气，孕育了优秀的人物。指山川秀美，人才辈出。此语出自唐柳宗元《马退山茅亭记》。“瑞霭”，指吉祥的云气。“崇陵”本义指古代帝王死后安葬的地方，唐崇陵是唐德宗李适墓，清崇陵是光绪皇帝爱新觉罗载湉墓。此处是借代，或者说取字面义，指培土很高的陵墓。

下联的整体意思，是说这里的坟墓所在是个好地方。重重雾气，仙气氤氲，凝聚了天地间的灵气，可以孕育出优秀的后代人物。

(二)

母仪与日月同辉，千秋典范；

胜地共山河并寿，万古佳话。

宇红注 上联的“母仪”是对母德的赞美。下联的“胜地”指有名的风景优美的地方。用“胜地”对“母仪”，略嫌欠缺，但其他词句都无可挑剔。“共山河并寿”对“与日月同辉”，极好的对仗。“万古佳话”对“千秋典范”，在字和词的层面，也都是完美的对仗。

140—144. 代伍善兵拟

1995 年 3 月

(一)

胜地千秋景仰；

美名万载传扬。

宇红注 此联和以下几联，都是为修坟所作。

“胜地”，有名的风景优美的地方。“美名”，美好的名誉或名声，此处指坟主人的美名。

上联有“千秋”，下联说“万载”，都是极言其长，在对联等韵文中尤其常用。

(二)

令名传梓里；

大德荫儿孙。

宇红注 “令名”，指美名，好名声，如“令名远播”。语出《左传·襄公二十四年》：“侨闻君子长国家者，非无贿之患，而无令名之难。”

“梓里”指故乡，也称“桑梓”。“令名传梓里”，指美好的名声在家乡留传。自项羽开始，就认为“富贵不还乡，如锦衣夜行”。富贵还乡的好处，就是“令名传梓里”。

“大德荫儿孙”，《说文》释“荫”，草阴也。《广韵》释“荫”，草阴地也。“大德荫儿孙”是说祖上有大德，就能给儿孙带来庇护，逢凶化吉，遇难成祥，或者是祖上有德，后代有福，即福报很大。此句可缩略为“德荫”，意思就是先人高尚的德行品格能够像大树带来荫凉一样保佑子孙后代。

(三)

英灵居此地；

美誉播人间。

宇红注 “英灵”此处指先人的亡灵。“英灵居此地”，说英灵居留此地，显然是受道教的影响，人有三魂七魄，除了转世升天的魂魄之外，还有一份魂魄留守坟茔，这种说法与佛家六道轮回、神识留转的观念有较大出入。

下联“美誉播人间”，与宗教完全无关了，是社会学的观念。雁过留声，人过留名。上下联都是对先人的赞誉。

(四)

得山川之秀气；

传钟郝之遗风。

宇红注 “钟郝”，也称“郝钟”，是两个人名字的合称，指晋代司徒王浑的妻子钟氏和王湛的妻子郝氏两人都有好德行。比喻妇德贤淑。

用两个名字“钟郝”对“山川”，用“遗风”对“秀气”，很工整。作者学识广博，信手写就，但若无注释，谁又知“钟郝”何解？谁又知此联工整？

（五）

懿范长存万载；

佳城永固千秋。

宇红注 “懿范”，指美好的道德风范。晋代陆云《赠顾骠骑·有皇》诗：“思我懿范，万民来服。”

“佳城”，指墓地。《西京杂记》卷四：“滕公以烛照之，有铭焉……曰：‘佳城郁郁，三千年见白日。吁嗟滕公居此室！’滕公曰：‘嗟乎天也！吾死其即安此乎？’死遂葬焉。”《文选·沈约〈冬节后至丞相第诣世子车中作〉》：“谁当九原上，郁郁望佳城。”李周翰注：“佳城，墓之茔域也。”

145—146. 华忠叔与姊墓碑

2001年2月10日

（一）

大德闻遐迩；

英灵荫儿孙。

宇红注 “遐迩”指远近，用语言学的术语来说，是“反义复合词”。下联对仗“儿孙”，是两个名词并列。所以，从词类来看，似有不妥，其实妥帖极了，前提是不能被印欧语言的文法牵着鼻子走。

正因为汉字的形相同、义相对，才有对联这种美妙无比的文学形态，或者叫文字游戏。所以，在语际翻译上，对联和格律诗是没办法翻译的，叫作“抗译性”太强。

汉语的对联之所以长盛不衰，成为汉语的特色，与句法的灵活性也有较大关系。比如上联“大德闻遐迩”，这种句法关系，就没办法从字面映射到英语中，“大德”和“闻”之间没有主谓关系，“闻”和“遐迩”之间也没有动宾关系，但在汉语中却是合格句式。汉语句法的特异性，难怪中国人陶醉在这种文字游戏中，洋人却只能望而兴叹了。

（二）

得山川秀气；

有钟郝遗风。

宇红注 此联与上文对联“得山川之秀气，传钟郝之遗风”只有细微变化，读者可以查检上文注释，题名是“代伍善兵拟”之四（见第143副对联）。“钟郝遗风”，指妇德贤淑。

147—148. 先严、先慈墓冢联

1996年1月11日

（一）

地应千秋发；

功贻百代光。

宇红注 此篇二联，是我祖父祖母的墓冢联，第一联刻于祖父的墓碑上，第二联刻于祖母的墓碑上。“墓碑”外形像一扇门，一副对联

刻在两边，倒是很像一副门联。

父亲所说的“先严”“先慈”是古汉语词汇，是对自家父母的称呼。对联简洁明快，琅琅上口。每一字都体现语义相对，音韵相和。局部对仗，整体也对仗。

“千秋发”对“百代光”，前者是“千秋发达”的省略，后者是指“百代荣光”，或者说“光耀百代”。

上联的“应”是该、当的意思。“地应千秋发”，意思是祖父大人长眠的这个地方应该是千秋发达之地。下联的“贻”是赠送、遗留之意，下联“功贻百代光”的意思是，祖上的功德流布百代，让后世子孙感受到荣光。

（二）

仪型垂里党；

德泽荫儿孙。

宇红注　“仪型”同“仪形”，做楷模，做典范。语出《元典章·礼部三·祭祀》：“已上系自古忠义直烈，仪型后世。”意思是，以上所列的诸君是自古以来的忠义之人，他们正直，不屈从于权贵，所以成为后世效法的楷模。又比如，清代曾国藩《送唐先生南归序》：“考乎其从游之徒，则践规蹈矩，仪型乡国。”意思是，考察一下和他一起游历的众人，都是遵守法度的人，他们是一方百姓的好榜样。

“里”和“党”是古代的基层组织单位。古代以五家为邻，五邻为里，五里为族，五族为党。

“德泽”，查遍了各种工具书，都说指“恩惠”。再细查，“泽”，指水积聚的地方，如大泽、湖泽、润泽。所以，“德泽”是一个隐喻，是把本体“德”和喻体“泽”连缀起来了，其实是“其德如泽”的压缩形式，有两个意思，一是说德行广大，如浩渺的湖泽，二是说德之功用，德可以浸润万物，滋养万物。

下联“德泽荫儿孙”是说祖母大人的恩德可以庇佑儿孙，以至万代。

149. 湛氏墓碑联

1996年3月18日

德劭才高克昌尔后；
地灵形胜长发其祥。

宇红注 父亲此处所称之“湛氏”，是我的三叔。参见上文第32联“胞弟刘慕湛追悼会联”。

“德劭才高”，是赞美三叔的德行和才华超乎其伦，拔乎其类。《小尔雅》释“劭”，美也，又高也。所以，“德劭”指德行广大。

“克昌尔后”是说能够让你的后辈子孙昌盛，“克”，能够。

从整体来看，上联的意思是说三叔德才俱足，能够使后代昌盛发达。

下联，“地灵形胜”的“地灵”是指地有灵气。地是宝地，宝地当然有灵性，有灵性当然所求必应。“形胜”指地势优越便利，都是对三叔长眠之地的赞叹。

这么好的宝地会怎么样呢？会“长发其祥”！各种祥瑞气象会永远增长。

150—151. 石板山九姑母墓碑

1997 年 3 月 3 日

(一)

石镌千秋节孝；

板书万代蕃昌。

宇红注 上联“石镌千秋节孝”，不直接说人，拿石说事，“石”者为何？墓碑之石也。此石万幸，镌刻了我家祖姑大人的千秋节孝。

“节孝”，指节操、孝行，也写作“孝节”。《新唐书·忠义传中·颜杲卿》：“泉明有孝节，喜振人之急。”《元史·李德辉传》：“至郡，崇学校，表孝节，劝耕桑，立社仓，一权度，凡可以阜民者无不为之。”

下联写“板书万代蕃昌”，“板”字从木，但是此处指石板。石板之书写，当然采用镌刻，上联已有交代，镌刻了什么内容呢？“万代蕃昌”是也。这是一种修辞手法，说书写万代蕃昌，或者说镌刻万代蕃昌，就是作者的一种祈愿。言在此，而意在彼。

文字本无生机，妙在技高一筹。随心运用，如掌中之物。随意把玩，居然生机盎然，字字如有灵性。

(二)

石料固佳城胜地永安窀穸；

板书彰盛德英灵长荫儿孙。

宇红注 “佳城”指墓地，上文已有注解，此处不再重复。读者可以查“代伍善兵拟”之五(第144副对联)。

“窀穸”,指墓穴、埋葬、逝世、长夜之意。杜预曰:“窀,厚也。穸,夜也。”厚夜,犹长夜也。比如,清代袁枚《祭妹文》说“墓穴惟汝之窀穸尚未谋耳”。又比如,《文选·谢惠连·祭古冢文》说“埋葬轮移北隍,窀穸东麓”。

上联如果从整体来看,有两种断句方法,一种是“石料固佳城,胜地永安窀穸”,另一种是“石料固佳城胜地,永安窀穸”,对应的下联也有两种读法,一种是“板书彰盛德,英灵长荫儿孙”,另一种是“板书彰盛德英灵,长荫儿孙”。

两种读法难分高下。读者爱怎么读,只管自便。

152. 游福民墓碑

1997年8月3日

佳城千载固;

后嗣万年兴。

宇红注 游福民先生,是我的亲舅舅。

上联,“佳城千载固”是说墓地千年坚固,不会崩坏,也不会被后世打扰。

舅舅亡故时年龄不大,我的表弟还在襁褓中。舅舅是外公唯一的儿子,表弟又是舅舅的独子。如今,表弟又有了独生儿子,三世单传。所以“后嗣万年兴”是最好的祝愿。

153. 游府杨孺人墓碑

1997 年 8 月 1 日

与山川并寿；
荫子孙诸房。

宇红注 游府杨孺人，是我的外祖母，是母亲的生身之母。

“孺人”，古代称大夫的妻子，明清七品官的母亲或妻子封孺人，也通用为妇人的尊称。《礼记·曲礼下》：“天子之妃曰后，诸侯曰夫人，大夫曰孺人，士曰妇人，庶人曰妻。”后世在原义的基础上，都往上拔高，语言本是约定俗成之物。有样学样，并无不妥。

上联“与山川并寿”，非指穴中之人，而是指穴本身，或者用上文多次出现的典故，是指“佳城永固”。

下联“荫子孙诸房”，是说先外祖母庇佑子孙后世，房房发达，世世昌隆。以“房”代“人”，是典型的转喻用法，或者说借代。

154. 魁文叔祖母墓碑

1998 年 3 月 19 日

祝此母千秋安息；
愿吾宗万代昌荣。

宇红注 “此母”“吾宗”是父亲视角的称谓，“魁文”二字，也是隐语，但是沉吟过后，我还是猜不出所指何人，不知就不知吧。

看了下一副对联(即第 155 联)，估计是指叔曾祖经奎老大人的夫人，父亲称之为魁文叔祖母。而且，在下一联中，把叔曾祖大人的名讳说得更加明确了。

“魁”的意思是“为首的”，“高大的”，“魁文”是说文采第一。此处是隐语，不是真实的名字。估计是父亲为了避讳，不能直呼先祖的名讳，但是又不能无所指。所以，做了个折中处理，提及一字，换了一字。

上下联一“祝”一“愿”，直截了当。

所“祝”者指向先人，所“愿”者都指后人。“宗”指宗族，或家族。“此母”已经作古，所以“祝此母”的内容，最理想的是“千秋安息”。“吾宗”如水之一脉，浩浩汤汤，奔流向前。不仅流传万世，而且昌荣发达。

155. 经奎叔祖墓碑

前人多德泽；
后代必昌隆。

宇红注 此联是我的叔曾祖大人的墓碑联，“前人”正是指墓碑主人，就是我的叔曾祖大人。

“德泽”指“恩惠”。

上联“前人多德泽”，是说祖上这位老先生积累了很大的德泽。积累是原因，善因有善果，这善果便是下联所说的“后代世昌隆”，善有善报。

佛说，“因该果海，果彻因源”。如是因，如是果。正是这里所说的意思。“该”表示包容、包括，是一种很少用的意思了，属于古汉语留存到现代的语言化石。

156. 纪念孙中山先生

除帝制以兴邦，功越嬴刘李赵；
扶劳工而联共，名高亚美欧非。

宇红注 此联是对孙中山一生丰功伟绩的赞颂，“除帝制”是第一大功绩，即推翻帝制，首创共和，这是一次真正意义上的革命，因为有社会制度的创新，而且是一种进步。

“除帝制”当然是为了“兴邦”，也确实实现了“兴邦”的理想。

辛亥革命后，在短暂的二十余年时间里，各个领域万象更新，人才辈出，这是不争的事实。

“功越嬴刘李赵”，是说功绩胜过了秦始皇、汉高祖、唐太宗、宋太祖等人。

下联是评价孙中山在辛亥革命后的一些政治主张，并且有“名高亚美欧非”的评价。

157. 颐先生

勇挑重担，矢志耕耘，闲暇昔攻书，三理兼通医命地；
永别辛劳，长辞拮据，逍遥今化鹤，千秋常伴佛仙神。

宇红注 颐先生指何人，又是一个哑谜。我其实是知道的，因为我的知识结构是承上启下的，比父亲差得远，但是比后辈或同龄人，我自觉略有优势。“颐”是伯父的名。伯父，名助颐，字慕诚。父亲名助洵，号慕苏。再看对联的内容，完全对上了。父亲风雅，把自己的胞兄称作“颐先生”。

上联说“矢志耕耘，闲暇昔攻书”，是说伯父被迫放弃了学校教育，在家务农。这一背景在本书第1联中已有提到。但是伯父好学，每晚持一油灯自学半宿，所以叫“闲暇昔攻书”。夜夜自学，效果显著，达到了“三理兼通医命地”，是说伯父通晓医理、命理、地理，合称三理。

一般来说，古代的读书人或多或少地都通晓基本的医学常识。通晓医理，是为了尽孝道。作为子女，父母年龄大了，难免会有个头疼脑热。了解一些医理知识，对父母的健康和照顾就会周全许多，特别是父母生病的时候。

如果要出门，或者身在异乡，到了关键的日子，要及时回到父母身边，这就是知晓命理的重要性。命理是算命的知识，五星四柱八卦的推衍。占个卦，知道父母身体有恙，就可以及时回家。命理学就显出了它的重要性。

生老病死，是自然的事情。父母不幸去世，要找一个风水好的地方安葬，这在古代是特别讲究的。因此，为人子者，也要知晓一些地理的知识。古人所说的“地理”，不同于现代的地理学。“地理”主要是为了看地，即看风水。找个风水宝地安葬父母，以求上报父母之恩，下荫子孙发达。

所以，为人子者，要能通医理、命理、地理，也与孝道文化有关。

在孝道的基础上，推而广之，就构成了中国文化的宏观样貌，因为中国文化讲究一德二命三风水，四积阴德五读书。

相传，孔子去世后，当时三千弟子商议如何安葬孔子，子贡看中了一块地，就说：这块地不好，因为这块地是安葬皇帝的风水之地。不能安葬孔老夫子。我们孔老夫子比皇帝的功业要大。所以，子贡亲自给孔子选了山东曲阜的“孔林”（“林”即墓地），作为孔子的安葬之地。弟子们原来选的那块地，也是风水宝地，后来汉高祖就安葬在那里。

下联说“永别辛劳，长辞拮据，逍遥今化鹤，千秋常伴佛仙神”，人一死，当然永别辛劳，万缘放下，这是一种解脱，同时也“长辞拮据”，贫穷不再如影随形，轻轻松松，辞别尘世，羽化成仙，就是“逍遥今化鹤”，从此逍遥自在。

伯父生前确实辛劳，在经济上也较他的弟弟妹妹们略显拮据。但是，人生苦短。苦则苦矣，并非长苦，总有解脱的时候。所以，“逍遥今化鹤”，解脱了，就可以逍遥了，可以化鹤成仙，飞升天界。

“千秋常伴佛仙神”，体现了中国民间信仰的混乱。佛道不分，这不是我父的疏忽，如果去道观，你会发现许多道观都供着观音像，有些佛寺还供关公。

158. 奉子挽妻

贤内太心酸，可怜稚子哭娘，老父才成跨鹤客；
鲰生真命薄，最痛儿时失恃，中年又作鼓盆人。

宇红注 这副对联太难理解了，主要是人物关系复杂。

先解释一下对联中涉及的典故吧。词汇层面的障碍解除了，再回过头来看句子层面的意思。

“跨鹤”，乘鹤，骑鹤。道教认为得道后能骑鹤飞升。“跨鹤客”，指人亡故，或者指亡者。“鲰生”，指浅薄愚陋的人、小人，是古代骂人的话。在本联中，是作者代孝家说话，所以是孝家的自谦语，恰如“鄙人”“在下”。“命薄”，指命运不好。“命如纸薄”的缩短形式。“失恃”，指死了母亲，语出《诗·小雅·蓼莪》：“无父何怙，无母何恃。”“鼓盆”，本意即敲瓦罐子（瓦缶，古代乐器），代指丧妻。语出《庄子集释》卷六下《外篇·至乐》，原文是：

庄子妻死，惠子吊之，庄子则方箕踞鼓盆而歌。惠子曰：“与人居长子，老身死，不哭亦足矣，又鼓盆而歌，不亦甚乎！”庄子曰：“不然。是其始死也，我独何能无概然！察其始而本无生，非徒无生也，而本无形，非徒无形也，而本无气。杂乎芒芴之间，变而有气，气变而有形，形变而有生，今又变而之死，是相与为春秋冬夏四时行也。人且偃然寝于巨室，而我嗷嗷然随而哭之，自以为不通乎命，故止也。”

年代太久远，不好懂，翻译一下吧：

庄子的妻子死了，惠子前往吊唁，庄子却正在分开双腿像簸箕一样坐着，一边敲打着瓦缶一边唱歌。惠子说："你跟死去的妻子生活了一辈子，生儿育女直至衰老而死，人死了不伤心哭泣也就算了，又敲着瓦缶唱起歌来，也太过分了吧！"庄子说："不对哩。这个人她初死之时，我怎么能不感慨伤心呢！然而仔细考察她开始原本就不曾出生，不只是不曾出生而且本来就不曾具有形体，不只是不曾具有形体而且原本就不曾形成元气。夹杂在恍恍惚惚的境域之中，变化而有了元气，元气变化而有了形体，形体变化而有了生命，如今变化又回到死亡，这就跟春夏秋冬四季运行一样。死去的那个人将安安稳稳地寝卧在天地之间，而我却呜呜地围着她啼哭，自认为这是不能通晓于天命，所以也就停止了哭泣。"

庄子的智慧太高深。字面义懂了，但诸君不一定认同他的做法。在此，只要知道"鼓盆人"就是死了妻子的人，或者说妻子刚死的人，理解到这一层次就够了。

"奉子挽妻"是本联的题名，也是理解此联的第一步。是指以幼小的儿女的名义，来悼念妻子亡故。也就是说，幼小儿女的母亲亡故了。

此联涉及三代人，我们以男主人为参照系，"鳏生"是男主人自谦的说法，是自指。

亡者的父亲(或者是男主人的岳父)，亡者的母亲(或者是男主人的岳母)，这是第一代，是"鳏生"的长辈。

当下悼念的是男主人的妻子，是第二代，即"鳏生"的妻子。

"鳏生"夫妻还有儿女，是第三代，即上联所说的"稚子"。

理清了三代人的关系，我们来整体说说此联的意思：

上联"贤内太心酸，可怜稚子哭娘，老父才成跨鹤客"，意思是刚刚亡故的妻子(即"贤内")，你应该非常不忍，非常心酸，因为你我的儿女还没有长大，你会听到"稚子哭娘"，我们的儿女号哭也就罢了，你的父亲(我的岳父)前不久也去世了。亡人的心思当然不得而知，这是一种揣度，或者说代亡者表明心迹。

下联“鳏生真命薄，最痛儿时失恃，中年又作鼓盆人”。意思是说，“鳏生”我命太苦了，小时候母亲去世了，人到中年，又做了鼓盆人，即妻子又去世了。

这样理解好像语义上和人际关系上是顺了，既“奉子”说话，又以男子(即“鳏生”)的口气挽妻。

“奉子”说话，是说幼小的儿女死了母亲，“挽妻”是诉说自己的不幸，小时候死了母亲，前不久死了岳父，刚刚又死了妻子。

这副对联是最难理解也最难注释的一副，以前没有听父亲说起过，父亲又没有注解，对联中涉及的人和事我又不熟悉，所以特别费解，思考了半天，大概能自圆其说了。

赏析写完之后，和家里人提到此联。主要是想了解一下，是不是有人听父亲说起过此联是写给谁的。得到一个合理的答案，此联的委托人是陈才先老师，他是父亲的同事。对联中所说的事，以及我的揣度，都对上了。

此联大约撰于十多年前(父亲没有留日期)，距今一年多前，陈才先老师又亡故了。

人生无常，实在不虚言啊。

159. 悼龙章触电身亡

2002年6月18日

列缺太无情[①]，眨眼间撒手长辞，满座亲邻都洒泪；

---

① “列缺”指闪电。“列”，通“裂”，分裂。“缺”，指云的缝隙。电气从云中决裂而出，故称“列缺”。“列缺太无情”，其实是说触电致人死亡的事，并不是雷电致人死亡。这是一种修辞手法，叫作转喻。

皇天[①]殊不惠[②]，伤心处捶胸大恸[③]，一家老幼尽含悲。

宇红注 上下联在语义表达的结构上基本一致，都是先表达“怨”，后描述“哀”。

上联所怨者，是电的无情。下联所怨者，是老天太不公平。

上联也好，下联也好，接下来是怨后转哀。

上联的怨后转哀，是怨过“列缺太无情”后，然后再说“眨眼间撒手长辞，满座亲邻都洒泪”，这两句的结构又是先怨后哀，前一句怨的是亡者，或者说是命运，因为“眨眼间撒手长辞”。去的就这么快，不管是人还是天，也太无情了，说走就走。收尾的一句才是“哀”。所哀者，是“满座亲邻都洒泪”。

下联也一样。第一句是怨，“皇天殊不惠”，老天爷你太无情了。接下来的两句以哀为主，“伤心处捶胸大恸，一家老幼尽含悲”。“哀”是此联的主调，“怨”只是一个由头，揭示“哀”的缘由。

160. 凡佑先生补行追悼

愧儿曹昔日愚蒙，未报劬劳，饮恨深惭亏子职；

倘吾父今朝健在，频添福寿，含饴尽管弄孙枝。

宇红注 “儿曹”，指儿女，“曹”是古汉语中的复数名词后缀，意思是“等”或“辈”，如尔曹、吾曹。与“们”字同义。

---

① “皇天”，常用与“后土”并用，合称天地。

② “不惠”，不仁德。“殊不惠”，太不仁德了。

③ “捶胸大恸”，指捶胸顿足，非常悲痛。“恸”，极度悲哀，大哭。

"们"字出现在唐朝以后,宋朝的《集韵》已经收录了该字。至于"我们""他们"的说法,也是在唐朝以后出现的,不过是出现在口语中。在古白话小说中可以找到,文言文里是不使用的。

"劬劳",指劳累,如"不辞劬劳"。

"子职",儿子对父母应尽的职责。语出《孟子·万章上》:"我竭力耕田,为子职而已矣。"

上联是说自己很惭愧,过去愚蠢,不开窍,没有回报父母一世辛劳的养育之恩。非常自责,没有尽到人子的责任。

再看下联,作者代孝家假设,"倘吾父今朝健在,频添福寿,含饴尽管弄孙枝":假设父亲如今健在,不断地添福添寿,到如今,也许正在含饴弄孙吧。

"孙枝",从树干上长出的新枝,此处比喻幼小的孩子或孙子。

161. 代某氏悼母

阿母挂牵多,儿未娶,孙未添,百事结千愁,况兼壮健年华,怎肯甘心登紫府;

我爹忧虑重,田要耕,饭要做,一肩挑两担,到此凄凉时节,只能翘首怨苍天。

宇红注 "阿母"指母亲,如《玉台新咏·古诗为焦仲卿妻作》:"府吏得闻之,堂上启阿母。"

"百事结千愁",是"百事从心起,一笑解千愁"的句式压缩和语义变形,意思是烦心的事许许多多,忧愁的事无穷无尽。

"紫府",道教称仙人所居,如晋代葛洪《抱朴子·祛惑》:"及至天上,先过紫府,金床玉几,晃晃昱昱,真贵处也。""登紫府",指成仙，比喻人死去。

上联“阿母挂牵多，儿未娶，孙未添，百事结千愁，况兼壮健年华，怎肯甘心登紫府”。整体意思是，母亲大人牵挂的事情真多，儿子没有成亲，孙子也还没有，各种烦心的事实在太多，而且年龄也不大，怎么就去世了呢？

再看下联。“我爹忧虑重，田要耕，饭要做，一肩挑两担，到此凄凉时节，只能翘首怨苍天。”是代东家对其父的不幸遭遇表示极大的同情，先罗列其父的境况，“田要耕，饭要做，一肩挑两担”。“凄凉时节”，指中年丧妻，孤单度日。最后一句，“只能翘首怨苍天”，怨人怨不了，只怪苍天不公平。

162. 挽邓小平

梁木其坏乎，二代伟人，千秋事业；
功勋尤著者，两制构想，四字方针。

宇红注　“梁木”，用来支撑建筑物或棚架的木条。

“梁木其坏”，是说屋梁损坏，比喻贤哲死亡。语出《礼记·檀弓上》：“孔子蚤作，负手曳杖，消遥于门，歌曰：‘泰山其颓乎？梁木其坏乎？哲人其萎乎？’”

翻译成白话文：

孔子早上起来，背着手拖着手杖，自在地在门边长歌（应该是类似吟诵）道：“泰山要倾倒了啊！梁木要腐坏了啊！人也要枯萎了啊！”

163. 挽刘少奇

六字含冤，大德依然昭广宇；
一身是胆，丰功自应溯安源。

宇红注　此联是对刘少奇含冤受屈的陈述，虽然受屈但是仍不改其气节。“六字”是当年强加给他的三个罪名，即“叛徒”“内奸”“工贼”。“大德”一般是对出家人的尊称，如“大德高僧”，在此取它的字面义，即“大的德行”。“昭”的意思是“昭示”“使明显”，“广宇”字面义指“高大的屋宇”“广阔的空间”，在此指“宇宙”。上联的字眼是“依然”：虽然“含冤”，但是丝毫没有减损刘公的德望。

“一身是胆”是对刘公胆略的赞叹。刘公长期在敌后工作，非一身是胆不足以应对随时可能出现的危险。“丰功自应溯安源”，他的丰功伟绩是从1921年领导安源路矿工人罢工开始的。下联的“自应”一词用得有点勉强，因为熟悉这段历史的人不会太多，之所以用“自应”，显然是为了与上联的“依然”对仗。上联的“依然”用得极妙，下联的“自应”略显唐突，也似乎情有可原。上下联在用词、用典、对仗方面，语义的合理性，句法合理性，韵律的合理性，似乎可以转移或馈赠，转移或馈赠的方向一般是从上联到下联，不能反向转移或馈赠。这一观点应该是对联理论的重要发现。

164. 挽朱德

统雄兵以定邦基，功昭日月；
主人大而颁国策，名齐二老。

宇红注　上联盛赞朱德的功绩，总共六个字，“统雄兵”，“定邦基”，在战争年代，朱德曾担任过红军、八路军、解放军的最高统帅，称为“朱总司令”。所以上联不难理解。

下联说的是朱德在1949年后所担任的职务。朱德从1959年4月至1975年1月，担任第二、三、四届全国人大常委会委员长，是担任该职务时间最长的领导人。“人大”的职责是立法，即“颁国策”。“名齐二老”，是说他的名望与毛、周不相上下。

165. 路旁小吃店

2003年4月21日

物美价廉，小店但求君满意；
菜香饭饱，来宾始信我无欺。

宇红注　路旁小吃店，小本生意，但是能做到“物美价廉”和“菜香饭饱”，就不错了，发财是自然而然的事。

做事无愧良心，但求“君满意”和“我无欺”而矣。

166. 酒店

2003 年 5 月 8 日

店似咸亨，孔乙己身形长杳；

时非唐代，李谪仙风范长存。

宇红注 上联说酒店，但不明说。“店似咸亨”，但不是咸亨酒店。既然不是咸亨酒店，所以鲁迅笔下的孔乙己从来没有来过，即“身形长杳”。

下联说喝酒的人，喝酒的人首推李白，但是现代的小店，当然不是唐代的店家，所以也不会有李白这样的顾客。李白被喻为仙人，是天上的神仙被贬谪到了人间，所以称为“李谪仙”。虽然没有李白，但是李白的风范长存世间。什么风范呀？见酒就要豪饮，酒足之后就能赋诗。这种风范长存于世，小店或许也能接待一两位这样的贵客。

上联说不是而似，下联说未有而有，都是故意绕了一个弯子。这两个弯子，分别体现了时空的错位。上联写空间的错位，下联写时间的变化，但都通过与酒的关联把两者统一了起来。

弯子对应弯子，时间对应空间，要的就是这种效果。

167—168. 自来水设施

（一）

钱如当用君须用；

水可自来客必来。

宇红注 上联，“钱如当用君须用”，是说钱该用要用，当花则花，不做守财奴，不做吝啬鬼。

下联“水可自来客必来”，先说水自己来，因为本来就是自来水，水来了，就有客来，客来了就有钱赚。客源就是财源，财源比作水源，所以“水”“钱”“客”三者互为关联。

用“水”比喻“钱”，或者把“钱”比喻为“水”，是一种相对固化的隐喻结构和喻体选择。古有“薪水”之说，今有“流水”比喻“资金进出”的做法。

基于这种喻体结构，上联说“钱”，下联说“水”。两者互勘，其义自明。

（二）

能将纯净三江水；

引入寻常百姓家。

宇红注 此联还是写自来水，上下联体现语义顺承。

“能将纯净三江水”，是说自来水的源起，或者说来源，即“纯净三江水”。下联说“引入寻常百姓家”，是说自来水的流向，或者说目的地，即“寻常百姓家”。

一来一往，一取一用，这就是自来水的取水和送水。把自来水公司的工作流程写入对联，也是信手牵来，一气呵成。

169. 某处农贸市场开业联

2003 年 6 月

客似云来，车水马龙新气象；

货如轮转，金山银海大规模。

宇红注 此联非常简单，直白明了。就说说上下联句子内部的形态衔接和语义呼应吧。

上联“客似云来”，极言顾客之多，喻体选择了“云”。可不是随意的选择，因为下一句有“车水马龙新气象”。车如流水马如龙，龙兴云，云似客，这种呼应规定了“云”是喻体的最佳选择。

那“车”呢？厚此薄彼还算不上最佳选择，不急，下联就该拿“车”说事了。

下联“货如轮转”，是说货物畅销，恰如轮转，每分钟一千转吧。“轮转”必须有“轮”，何物有轮？呵呵，车才有轮，呼应了上联的“车水马龙”，也接续了上联“云”之“新气象”。

货物轮转，哪里的市场这么生意兴隆呀，就在此处。恭喜老板发财。

“货物轮转”会怎么样啊？“金山银海大规模”，货畅其流，财源滚滚。“海”极言水面之广，非“龙”兴“云”可以成就，再次呼应了上联的几个意象。

总结一下，一个意象，比如“云”，不仅开启了上联内部的语义接续，还通过激活“车水马龙”，“马”有“龙”性，“龙”乘“云”飞，呼应的语义之环闭合了。又通过“车水马龙”，为下文预备了“车”的意象，“车”有“轮”，“轮”可“转”，“转”起来的样子恰如金山银山奔涌而来，财源滚滚，又呼应了“货如轮转”。

横向纵向的语义连贯，用现代语言学的术语来说，“横组合”与“纵聚合”实现了形与义的二维衔接与双向连贯。这才是妙联！

170. 题某眼镜店

2003年1月

用此之前，处处皆为隐隐；
从今以后，昏昏尽化昭昭。

宇红注 此联之妙，不仅是两个时间短语的对仗，即“用此之前”对“从今以后”。更主要的是四个叠字词被串成两串，并且体现语义关联和音韵对仗。

处处，各个地方，所到之处。

隐隐，指不清楚、不明显的样子。在现代汉语中不常用，所以必须举两个例子：

其一，南朝宋鲍照《还都道中》诗之二：“隐隐日没岫，瑟瑟风发谷。”是说太阳落到山谷里去了，山谷里顿时光线昏暗，瑟瑟寒风从山谷里吹过。

其二，唐代王昌龄《送万大归长沙》诗：“青山隐隐孤舟微，白鹤双飞忽相见。”远处的青山隐隐约约，看不分明，一叶孤舟在水面上看不真切。突然，一双白鹤出现在天际线上，朝这边飞了过来。

昏昏，视力昏花模糊。明代谢肇淛《五杂组·人部一》：“吾郡中亦有一人……两目昏昏然，不甚见物。”此处“两目昏昏然”，是说视物不清，估计是白内障之类的疾病吧，明代无法诊断出这种病因。

昭昭，明亮的样子，如日月昭昭。《楚辞·九歌·云中君》："灵连蜷兮既留，烂昭昭兮未央。"意思是说："灵子盘旋起舞，神灵仍然附身，他身上不断地放出闪闪神光。"王逸注："昭昭，明也。"

整体的意思，上联"用此之前，处处皆为隐隐"，是说不戴眼镜的时候，看什么都一片模糊，隐隐约约。下联"从今以后，昏昏尽化昭昭"，说的是从今往后，模糊的景物都没有了，看什么都一片明艳清晰。

大白话，用优美的叠音词说出来，效果大不一样了。

语言的审美，不仅在于它描述了美妙的对象。很多时候，语言本身营造的意境就是非常值得审美的对象。音韵，节奏，甚至字形，都可以引发许多可以审美的联想。

所以，一个有较深语言功底的人，三五个字，就在他的心底呈现出极美的图画，够他把玩、审视半天，这就是文人之乐。

171. 建筑工程队

凭一纸蓝图，几双巧手；
建千寻大厦，十里长桥。

宇红注 上联写建筑队之所凭借，下联写建筑队之所成就。这就构成对比了。有了对比，就成"对"了。

那些找上门来请父亲写对联的人，都是说"麻烦写副对子"，三两句奉承话，就可以换走一副对联。文人不屑于谈"润笔之资"，三两句奉承话，就顶三条好烟，两瓶好酒。哈哈，此乃戏言。

上联说的"一纸蓝图"，是建筑图纸。"几双巧手"，是指建筑工人。“几”字的取数范围，凭语感是小于十。但是，作为文言词汇，它的取数范围是上不封顶的。这样想来，上联就挑不出毛病了。

下联的“寻”，是古代的长度单位，一“寻”等于八尺，倍“寻”为一“常”，也就是说两个八尺就是一“常”。“寻”与“常”合用，比喻短或小。比如，《左传·成公十二年》：“及其乱也，诸侯贪冒，侵欲不忌，争寻常以尽其民。”杜预注：“言争尺丈之地，以相攻伐。”杨伯峻注：“寻常意谓尺寸之地。”

在比喻短或小的基础上，“寻常”的语义又有演化，指“平常”。比如唐代刘禹锡的《赠杜秋娘》诗中有云：

高髻云鬟宫样装，春风一曲杜秋娘。司空见惯寻常事，断尽苏州刺史肠。

到了现代，寻常已经不再指较短的长度，完全相当于“平常”，但比后者的文言味更重。比如鲁迅的《烟水寻常事》：

烟水寻常事，荒村一钓徒。深宵沉醉起，无处觅菰蒲。

172. 瓜菜店

有瓜不倩王婆卖；
凡事留将顾客评。

宇红注 倩，本义是古代男子的美称，引申为姿容美好。在现代汉语中，“倩”是女孩子最常用的姓名用字之一。我任教的学生中，每年都有几个取名叫“倩”的，张倩、李倩、王倩，或者是“倩”前“倩”后另有一字。这种性别转换，确是很有趣的事情，古代男子长得“倩”，现代女子唤作“倩”。在屈原的著作（如《九章》）中，“美人”也指男子。

上联说“有瓜不倩王婆卖”，典出俗语“王婆卖瓜，自卖自夸”。王婆的瓜，不一定不好，但是由于她“自卖自夸”，所以被理所当然地认定为“不好的瓜”，也就是“不倩”。在传统农业社会，商业不发达，商人地位低下，卖瓜者也着实被歧视了一把。其实，“自卖自夸”是再正常不过的事情了，你卖瓜，不说自己的瓜好，谁买你的。这样说试试看：“我的瓜虽然不咋的，还勉强能吃，各位客官不妨过来一试。”估计就没人买了。

“有瓜不倩王婆卖”虽然可以算是谦辞，但是言下之意，王婆也不是好东西。这下要犯大忌讳了，写出这等对联，三两句奉承话估计也没指望了。好在这不是作者的本意，拐了一个大弯，原来上联只为突出两个字，一个是“瓜”，一个是“卖”。突出这两个字，是为了点题，这是一个“瓜菜店”。但是，你点题可以，得罪了卖瓜的王大娘，怎么办呢？好在可以靠下联来补救。

“凡事留将顾客评”，下联旨在给王大娘平反，也给自己洗白。作者既然说“凡事留将顾客评”，就让自己置身事外了，自己不是顾客，就算在这里买了点瓜，买了点菜，也代表不了人数众多的顾客群体。所以啊，此店的各位卖家，你们不是“王婆”，而是公平交易、物美价廉的“王大娘”。

总结一下，上联故意卖了个关子，留下悬念，以便引出下联。群众评议，此店遵纪守法，公平交易，是个买瓜买菜的好去处。

173. 冷饮店(冰厂门市部)

2003 年 4 月 11 日

消三分暑气;
存一片冰心。

宇红注 上联不谈冰,其实指冰,因为“暑气”与“冰”相对,两者互克。“暑气”,盛夏时的热气。唐代韩愈《陪杜侍御游湘西两寺独宿有题因献杨常侍》诗:“是时秋之残,暑气尚未敛。”

下联虽然说冰,其实并不指向冰,而是“冰”的隐喻义,取冰的“晶莹明亮”的特质而设喻。“冰心”,像冰一样晶莹明亮的心,比喻心地纯洁,表里如一。比如唐代王昌龄《芙蓉楼送辛渐》有句“洛阳亲友如相问,一片冰心在玉壶”。

上联说“三分”,比喻量小。冷饮吃得再多,暑气也只能消退少许。下联说“一片”,其实量大难以描述,“一片冰心”,一片像冰一样晶莹明亮的心。佛说心包太虚,心外无物。佛又说,是心是佛,是心作佛。心之能容,不可谓不大。

174. 玻璃店

是门窗常用之材,雨来挡雨风来挡风,依然肌骨通明纤尘不染;

乃闺阁必需之物，他看像他我看像我，妙在须眉毕肖毫发无差。

宇红注 此联极妙，上下联都在说玻璃。

上联说玻璃的用处——门窗常用之材，玻璃的功能——雨来挡雨、风来挡风，玻璃的品质——肌骨通明、纤尘不染。

下联换了镜子来说，是玻璃的制成品，说镜子的用处——闺阁必需之物，镜子的功能——他看像他、我看像我，镜子的品质——须眉毕肖、毫发无差。

上下联一一对应，用玻璃的制成品来对应玻璃这种原材料，谈的都是玻璃。但是，偏偏不提玻璃二字。给人的感觉，是上下联合起来是谜面，玻璃店是谜底。

175. 照相馆

谁不愿花极短时间，留住峥嵘往昔；
你也能以最佳形象，传诸遥远将来。

宇红注 照相可以把当下定格为一帧照片，这是照相的妙处。记录历史，传诸未来。上下联正是照此思路来写。

上联写“谁不愿花极短时间，留住峥嵘往昔”，照片一拍，就可以留住历史。所谓“峥嵘往昔”，指不平凡的岁月。“峥嵘”二字从山，是对山的外形的描述，即高峻。高峻的山比喻人之不平凡，或者是历史与经历的不平凡。如《文选·班固〈西京赋〉》：“于是灵草冬荣，神木丛生，严峻崷崒，金石峥嵘。”

留住不平凡的岁月，可以写书，可以立传，可以拍电影，可以拍电视。但是,“花极短的时间”来“留住峥嵘往昔”,只有拍照这一办法。舍此无他。

下联“你也能以最佳形象,传诸遥远将来”。既是承继上联的谜语风格,又是一种广告策略,是一种对于不确定顾客的劝诱。

对联可以作为店铺开张的庆贺,可以作为经营范围的自我描述,也可以作为增加业务量的广告宣传。一联多用,妙在构思。

在修订本联时又发现,下联似有瑕疵。下联中“以最佳形象”对上联的“花极短时间”,“以”对“花”似乎还可以商榷。我想找出一个动词,来代替“以”,如用“现”,即佛家所讲的“示现”,或者“呈”。但是,觉得都不如“以”用得顺当。

仔细想想,还是父亲用得恰当。“以”在古汉语中本来可以用作动词,只是到了现代,它才虚化成为介词了。这种语义演化的规律,在现代语言学中叫作“语法化”。

所谓“语法化”,是说现代的虚词,都是历史上的实词。实词的语义虚化了,句法功能增强了,这个过程就是“语法化”。任何一种语言都经历了语法化,并且一直在语法化。语法化是一个过程,当然也是一种结果。

比如,在《子路、曾皙、冉有、公西华侍坐》中,孔子对学生说“以吾一日长乎尔,毋吾以也”,此句中的第二个“以”,就是动词,相当于“为”或“做”,全句的意思是说,因为(即第一个“以”)我比你们年纪略大,不要把我当作(即第二个“以”)我,即不要在我面前噤若寒蝉。

刚才说的“以”是完全虚化了,还有的语法化结果是两种情况并存。即古汉语中的动词用法,现代汉语中的介词用法,两者并存。比如“在”。它既可以用作介词,体现语法化的结果,如“在老师的教育下”中的“在”是介词。但是,“你在吗?”“我在呀!”这两个“在”都是动词。

所以,当我想到“以”在虚化为介词之前,是可以用作动词的,突然觉得还是父亲高明。换什么字,都不如用“以”。

176. 蜂窝煤厂

某君面赛包公，性赛张飞，心赛比干丞相；

此物居同地藏，终同回禄，功同中馈夫人。

慕苏公注 比干：人名，商纣时为左相，相传他的心有七窍。事见《史记·殷本纪》，《封神演义》亦有记载。地藏：菩萨名。常现身地狱中。此处借指地层深处。回禄：火神名。中馈：言炊爨饮食诸事。见《易经·家人》。

宇红注 上联提到三个历史人物，下联说到三位神佛的名字，同类相比，都以设喻的方式呈现。此联既展示了广博的知识面，还必须有词汇提取和连词成句的机巧与灵感。

上联说"某君"，其实是指蜂窝煤。

从多个方面来描述，"面赛包公"是说煤的颜色，即民间传说和京剧中的黑脸包公。

"性赛张飞"是说张飞性子急，《三国演义》有多次描写张飞急性子鞭挞士卒的文字，急成什么样子？性如烈火，像火那样急，与煤生火对应成功，所以也是脸黑的主。刘关张三兄弟，是"火龙果"组合。所谓"火龙果"，有三种颜色：皮是红的，像关羽；肉是白的，像刘备；籽是黑的，像张飞。

"心赛比干丞相"，心开窍，开十几个窍，就像蜂窝煤上的孔一样。所以，关于比干，有"七窍玲珑心"的传说。在小说《封神演义》中，比干的心脏有七个洞，相传可以与世间万物交流，能用双目破除一切幻术，例如识破苏妲己的狐妖之身。

在下联中，"此物"也指蜂窝煤，与上联的"某君"同指。"居同地藏”，是说煤原本深埋于地下，民间相信地下就是地狱。在《地藏菩萨本愿经》中，释迦牟尼佛宣说了地藏菩萨的大愿，“我不下地狱，谁下地狱”，说的是地藏菩萨在度尽地狱众生之后，自己最后才成佛。所以，此句是指地藏菩萨去了地狱，度脱最苦众生。此句把煤的所在与地藏菩萨的地狱类比，是居所的比较。

“终同回禄”，是说煤燃烧的时候，就像火神回禄一样，这是煤的最终结局，也是煤的宿命。

“功同中馈夫人”，指煤的功用，是用来烧火做饭。“中馈夫人”本来指会做饭菜的女子。古时把女性为家人烹饪的劳动称为“主中馈”。

一副对联，用上这么多典故。在没有互联网的时候，父亲全凭记忆，信手挥洒，真不知道脑子里装了多少经史子集，多少三教九流。若非饱读博览，哪里能写出这样的对联来！

177. 鞋店

千里行程，始于足下；

一流鞋店，近在眼前。

宇红注 上联“千里行程，始于足下”，原本指行走一千里路，是从迈第一步开始的。“足下”字面义指足下的土地，即路面，此处具体化成为“鞋子”，因为鞋在足之下。这是“足下”的第一次语义拓展。还有第二次语义拓展，指听话人。所以，“始于足下”指“从你开始”。

上联的逻辑是这样的，既然提到了“千里行程”，就有前程远大的意思，是一种奉承。既然是奉承，就挑明了说是“你”，即“足下”，这是上联的妙处。

另外,“千里行程”还有赞美此店鞋子质量上乘的意思,买一双鞋子,可以完成千里行程,实在质量没说的。

下联,“一流”对“千里”,从奉承听话人前程远大,到褒奖鞋店是“一流”的,词类字义都对上了。

“近在眼前”,既是实指,也是虚指。若亲往购物,当然是实指“近在眼前”。若是一般性的谈论,“近在眼前”就是虚指,天边也算眼前。

178. 缝纫店

都夸量体裁衣手;
足慰依人作嫁心。

宇红注 上下两联分别嵌入两个成语,“量体裁衣”和“依人作嫁”,前者广为人知,后者的讹变形式“做嫁衣”更家喻户晓。此处“依人作嫁”是完整的书面语形式。

先说上联。“量体裁衣”指按照身材裁剪布料,比喻办事要切合实际。《南齐书·张融传》:“今送一通故衣,意谓虽故乃胜新也,是吾所着,已令裁减称卿之体。”

下联的“依人作嫁”,原意是说穷苦人家的女儿没有钱置备嫁衣,却每年辛辛苦苦地用金线做刺绣,给别人做嫁衣。比喻空为别人辛苦。

上联说“都夸量体裁衣手”,以“手”代“人”,是转喻用法。下联“足慰依人作嫁心”,加了“心”,同样是以“心”代“人”。用“心”对“手”,都是人体的一部分,是极好的对仗,而且都是转喻用法。

通观上下联，不管是“都夸量体裁衣手”，还是“足慰依人作嫁心”，都是对小店的赞美，也都是对店主人的恭维。

上联“都夸”是说顾客的反馈，“足慰”是说店主人的受用。

179. 酒店

酒出杏花村，三五个牧童遥指；
店居阳谷县，十八碗武二曾来。

宇红注 上联出自唐代杜牧的《清明》诗：

借问酒家何处有？
牧童遥指杏花村。

为了嵌入“酒店”二字，把杜牧的诗翻了下个，先说“酒出杏花村”，后说“三五个牧童遥指”。把牧童的数量定格为“三五个”，是虚指，而且下联必须得有“十八碗”，所以数量词在当下的语境中是难以挑剔的。

但是，在杜牧的诗中，天上雨纷纷，地上人正愁，衣衫湿透了，惶惶然不知去往何处。此时看到了牧童，好歹有了点生趣。但是，牧童最好只有一个，牛可以有两三头，不嫌多。牧童多了，小孩子叽叽喳喳，极好的一幅画面，就被破坏了。

下联出自《水浒》中的武松故事。武松来到阳谷县，欲上景阳冈，在山脚的小饭馆里吃酒。小饭馆有告示，“三碗不过冈”，但是，武松一气喝了十八碗。喝完酒，带着醉意在暮色中上山，把山上的吊睛猛虎打死了。

此联没有时间，没有委托方，估计是父亲在闲暇时所作，典型的文人自娱自乐的习性。所以，四海通用，犹如书店销售的《实用对联集锦》之类的作品。语言学家把这样的语句，叫作“去语境化”了，因为没有具体的时空环境与之匹配。

另一方面，尽管四海通用，但绝对是原创，读者万勿生疑。

180. 渔具店

贤者方能乐此；
太公曾购于斯。

宇红注 上联“贤者方能乐此”，是对钓鱼人的恭维。但是，“乐此”未必是“贤者”。

吃鱼是人类食物结构中根深蒂固的一部分。就我的知识面所及，好像只有藏族人不吃鱼。原因是藏民有信仰，不忍杀生。

那为什么又吃牛羊肉呢？原因还是藏民有信仰。一次杀生，可以得几百斤肉，可以吃几个月。如果换成吃鱼的话，每天要杀生几次甚至几十次。藏民是佛菩萨的好儿孙，深信因果，慈心不杀，实在是娑婆众生的典范。

其实，在南朝梁武帝住世之前，在汉地，连僧尼也是可以吃肉的。南朝梁武帝是佛门大护法，不忍众生被杀戮，以君主诏令的形式，禁止僧尼吃肉，从此就形成了读者心目中的佛门印象，不吃肉。

在梁武帝之前，僧尼可以吃肉，但是不杀生，吃的是“三净肉”。所谓“三净肉”，指没有亲眼看见杀生的场面、没有亲耳听到杀生的惨叫声、不是因为自己而杀死的动物。这三种肉，在梁武帝之前的出家二众（即僧与尼），都是可以吃的。

读者读至此处，万勿妄加评议，口业等同身业。对于梁武帝的诏令，请保持一份恭敬心和随喜心。

笔者本人，天性愚钝，慧根浅陋。虽然吃鱼吃肉，但是绝不钓鱼。以杀生的方式取乐，或者所谓的磨炼耐心，是我的忌讳。若有人约我钓鱼，我必定找出种种借口回绝。立此存照，有言在先。

下联“太公曾购于斯”，我端详了一会，确定不是我父笔误，不是把“钓”写成了“购”。原来，姜太公钓鱼，工具是在此店买的。这里可是经营了几千年的老店了，若得太公题写店名，必定生意兴隆。此乃戏言。

181. 饭店

温饱已舒心，到此处一层更上；
酒肴如适意，愿诸君再度重来。

宇红注 上联写“温饱已舒心”，是说别处，求得一饱，哪里的饭店都能解决。但是，此处不同别处，“一层更上”，是说比别处更好，价更廉，味更美。不要太过狭见，以为此处是高层建筑。

上联主要是做广告宣传，下联是要留住回头客。

在下联中，作者为店主人代言：“酒肴如适意，愿诸君再度重来。”老板你吃得满意吗？不满意请告诉我，满意请告诉亲朋好友。店家正是这样说的。下联实实在在地代店家留客，就差没给吃客一张名片了。

182. 床具店

富丽豪华，得此方能圆好梦；
温馨舒适，伊谁还再慕神仙。

宇红注 上联说“富丽豪华，得此方能圆好梦”，床具舒适，才能睡得安稳。睡得安稳，才会做出好梦来。

但是，父亲在此还进了一步，“得此方能圆好梦”的“梦”，已经进入到隐喻境界了。“圆好梦”指梦想成真，身体更健康了，事业更顺利了，官运更亨通了。这一切都要有好的睡眠作为保障。从生理学的“梦”，到社会学、成功学的“梦”，父亲悄悄换了概念，读者应当细察。

下联的“伊谁”，我差点误解了，因为上联有“得此”，是动宾结构，那么下联的“伊谁”是不是父亲的笔误啊？如果是“依谁”，妥妥的动宾结构。正欲修改一处笔误，还是慎重起见，查查资料。一查，错的是我，不是父亲。

宋代史弥宁有诗，就用到了“伊谁”，意思就是说“谁”，或者说“阿谁”“何人”之类，且看原诗：

伊谁闯我小窗关，偷却西楼一面山。
讶语白云猜是汝，秋风出意急追还。

我惭愧，险些误解了原作，并且差点要自作主张加以修改了。不过，好在一念之差，还没有铸成大错。我的坦白是真诚的，但是，负面的影响是读者可能要不再信任我了，谁知道你是不是还改了别处。天理良心，真的没有。

我是一个受过严格训练、自认为治学还算严谨的学者，修改原作，以屈就当下的语境，在我的治学经历中，以前没有干过，以后也不会干。哈哈，读者放心了吧。

183—185. 理发店

（一）

逐一周旋，似向头丝课税；
再三修饰，全凭手艺挣钱。

宇红注 “逐一周旋”的“逐一”，是指针对不同的或所有的客人，一个一个来，“周旋”是一语双关，字面义是此处的语境所选，即理发剪子绕着头皮转圈圈，还有一个隐喻义，即理发师和顾客之间的互动与交涉，周旋的内容无非是顾客提要求，理发师提方案。

“课税”原本指赋税，即税收。唐白居易《登阊门闲望》诗：“十万夫家供课税，五千子弟守封疆。”在此联中，“课”用作动词，即“征收”。

上联的“周旋”是双关，下联的“修饰”也是双关。

“修饰”的字面义是用刀剪修一修，用粉饼和化妆品饰一饰，隐喻义指美化，语义更一般化。

在对仗上，整体和局部都成绝对。比如“逐一”对“再三”，“似向”对“全凭”，“课税”对“挣钱”。

（二）

喜到临头，岂可一毛不拔；

风来拂面，能教万象更新。

宇红注 上联故意玩了一个谐音，“喜到临头”谐音“死到临头”，好在字面上是吉辞，所以顾客和读者还是可以接受的。况且，下文又有一个双关来呼应，“岂可一毛不拔”。

如果是“死到临头”，当然要破财免灾，“一毛不拔”是不明智的。

如果是“喜到临头”，先要问何喜之有了，理个发，焕然一新，或者可能新婚了，过节日了，出席某种盛大场面了，这些情况下，当然最好理个发。不过，既是理发，拔“毛”何止一根！

双关双解，语义都算通畅。

下联的“风来拂面”，也作“春风拂面”，意思是指像春风一样从脸上轻轻擦过，使人感到愉快、舒服。出自宋代释志南《绝句》：

沾衣欲湿杏花雨，吹面不寒杨柳风。

“风来拂面”，在此也是双关，除了出自《绝句》的隐喻义之外，还有本义的解释，因为理发时必定用吹风机把脸上、脖颈上的细碎头发吹走。

同样，“万象更新”也是双关，一是指人的气象一下子变好了，修一修，理一理，刮一刮，抹一抹，人就漂亮了。二是承接春风拂面的隐喻义，时来运转，从此万象更新，一切都顺利起来。“万象”比喻人生的各个方面，升官了，找对象了，发财了，病愈了，都算在万象之列。

（三）

即刻可升官，何妨小坐；

一生充待诏，不复他求。

宇红注 “升官”,“官”通“冠”,去掉帽子,准备开始理发。“何妨小坐”,为什么要小坐?站着是没办法理发的,因为要保证理发师的俯视视角。

所以,上联是顾客的自言自语,下联换了视角,是理发师的自言自语。

下联的“待诏”,是等待诏命。《文选·扬雄〈甘泉赋〉序》:“孝成帝时,客有荐雄文似相如者……召雄待诏承明之庭。”张铣注:“待诏,待天子命也。”此处,“待诏”指听从顾客的招呼。“师傅,我理个发,剪平发”,这就是诏命。语气肯定温和,但是,听诏者无不从命。

下联用“待诏”,等待皇帝的诏命,是从理发师的角度说的,与上联从顾客角度说事,刚刚相对。“待诏”对“升官”,在同一个语义场,幸亏是“官”谐音“冠”。

“不复他求”是何意?是在“一生充待诏”后的感慨。意思是没有必要贪求“一专多能”,也不应该“见异思迁”。“一生充待诏”足够养家糊口了。顾客是衣食父母,顾客也是上帝。父母的召唤,上帝的诏命,是必定要遵从的。有“诏”就有生意,有生意就能赚钱,能赚钱就能过好日子,所以“不复他求”。

此联的注释真不容易,卡就卡在“官”字做何解。

我父早升天界,无处请教,但愿我的解释,正是我父的原义。

186. 水果店

看诸君高兴而来,欢欣而去;
得此物肥鲜其外,甘美其中。

宇红注　上联是以旁观者的身份，来观察，来揣度。“看诸君高兴而来，欢欣而去”。“高兴”与“欢欣”是一种代入式的解读，即把自己假拟成为顾客。若非如此，高兴未必外显，欢欣也难以目测。

下联是对店中水果的评判，先赞其外形与色泽，后品其甘爽与味美。

总的来看，上联可应万物，对一切商店、超市、农贸中心都可适用，下联专指水果店。而且，幸亏有“甘美”二字专指水果，“肥鲜其外”还是语义略显模糊的。

187. 书画店

涂鸦兼习中西画；

学字还临魏晋碑。

宇红注　“涂鸦”指写写画画。

上联的“中西画”指各种不同风格的绘画作品。

下联的“魏晋碑”，指魏晋碑帖，是魏晋时期石刻、木刻文字的拓本或印本，多供欣赏或习字时临摹用。魏有钟繇《宣示表》；晋有王羲之、王献之二父子。帖就多了，代表作有《兰亭集序》《圣教序》《十七帖》《中秋帖》等。

“书画店”，本应先说书，后说画。“书画”已经词汇化了，不容改动。但是，写成对联，先说画，后说书，这种顺序是由“中西画”和“魏晋碑”的末字平仄所决定的。“画”是仄声，用来对上联做收尾，“碑”是平声，作下联的末字最为合适。

现在很多后生辈，也喜欢玩对联，还喜欢玩格律诗。一个最客气、最礼貌的评价是，他们写的格律诗每行字数都相同，写的对联上下联字数也一样多。

哈哈，被说中了的读者要不高兴了。

莫恼，莫恼，读完此书，你就上路子了。

188—195. 再题理发店

（一）

业属毫微，技夸绝顶；

衔称待诏，功抎升官。

宇红注 “抎”读 yǔn，字义下文再说。见到对联，首先是要吟上几遍。至于意思，倒是其次。所以，先注音要紧。

上文已有好几联写理发店的，此处又有几副。显然是所作的时间不同。所以，不拟合并，以尊重作者原意。

上联有两处双关。“毫微”指细微，像头发丝那么小。“毫”字从毛，指细长而尖的毛。“业属毫微”，是说在三百六十行中，理发行业没什么了不起的，此其一义，另一义是说这一行与细微的头发丝打交道。

“技夸绝顶”，也是双关。“绝顶”，就是剃个光头，绝了个顶。另一义是指最高级别，“技夸绝顶”是赞誉师傅手艺好。

再看下联，“衔称待诏，功抎升官”。“衔”是“官衔”的意思，“待诏”是等待皇帝下诏重用，也是一语双关，另一义是理发师必须随时等待顾客招呼，不能推诿，不能拖延，如同侍奉君王。所以，“衔称待诏”的意思是，官衔很高，称作待诏，在皇帝身边待命。再看“功抎升官”。

“抎”基本解释有三种：（1）丧失：“国家灭亡，抎失社稷。”（2）

发声。(3) 古通“陨”,坠落。

在“功抎升官”这个语境中,想来还是第二种解释更显合适。从“抎”的第二种基本义“发声”,引申为“称得上”,再引申一下,“配得上”“值得”“应该”,这样一来,“功抎升官”的意思就明确了:功劳很大,应该加官晋爵。有功就要封赏,就要升官,此其一义。另一义是把顾客的帽子摘了,准备剪头发。“官”同“冠”。

(二)

靠如斯善拍能吹,保我终生待诏;
能若是低头就范,包你即刻升官。

宇红注 此联与上联,在用字和用典上,有诸多的交叉。“善拍能吹”,是双关,“拍”的是衣裳,或围裙,以便掸去黏附的头发。“吹”是用吹风机,或者用口吹去细碎头发。同时,两字又各有隐喻义,即“吹牛”“拍马”。“善拍能吹”是基于双关的调侃。人在官场,如果“善拍能吹”,当然可以“保我终生待诏”,可以随时奉皇帝诏命,当大官,发大财。

下联的“低头就范”,也是双关,理发当然要低头,要接受理发师来摆弄位置。另一方面,如果“低头就范”,就可以“包你即刻升官”,这是一种官场套路。

(三)

可在其间三握发;
也宜此处一弹冠。

宇红注 上联的“三握发”是周公的故事。

周公原名姬旦,周武王的弟弟。武王在建立周王朝两年后病故,年幼的成王即位,由周公来辅佐。从成王十三岁到二十岁,周公代行天子职权。一心朝政,忠心不二。据孙世祥的文集《神史》

中的《第八十节》记载,周公"一沐三捉发,一饭三吐哺,起以待士"。意思是,洗发时多次挽束头发停下来不洗,进食时多次吐出食物停下来不吃,急于迎客。后遂以"三握发"比喻为了招揽人才而操心忙碌。形容礼贤下士,求才心切。

细想一下。古人蓄长发,又没有现代的洗发水,所以洗一次头发很费时,很麻烦,"三捉发"是可能的。但是"三吐哺"就有点过分了,把嚼了一半的东西吐出来,多少有点像阿瞒的做派。曹操听闻许攸求见,光着脚出门迎接许攸,世人的评价是比较一致的,是通过这种行为艺术,做一回秀,借此收买许攸的人心。

下联的"弹冠",也是双关用法。理法师傅理完头发,帮顾客取来帽子,附带用手指弹去冠上的灰尘,是为了拉近与顾客的心理距离,图个回头客。双关的另一面,"弹冠"指准备做官。语出《汉书·王吉传》"吉与贡禹为友,世称'王阳在位,贡公弹冠',言其取舍同也",说的是一个叫王阳的人上位当了官,他的好朋友贡公也弹一弹(或者是掸一掸)自己帽子上的灰尘,准备做官。后来用"弹冠相庆"指一人当了官或升了官,他的同伙也互相庆贺。

把理发店的对联写这样,也算是富于创意了。古人认为头发受之于父母,剪头发是不孝,所以都留着长头发。每次洗头发虽然费时费事,但肯定不是去理发店里完成此种操作。"弹冠",就更加没有必要去理发店了,一天之内弹个三五次,十次八次,都不算多,举手之劳,何必请理发师代劳。但是,作者通过"其间"和"此处",硬是生生地把"三握发"和"一弹冠"与理发店拉上了关系。

(四)

未近菩提,先修上界;
不打扑克,也剃光头。

宇红注 此联的想象力,也是到了极点。

修菩提,是佛家用语,"菩提"是觉悟或解脱之意。佛说众生本来是佛，只因迷了心性，才是凡夫。生命的最终归宿，是成就菩提，得以圆满解脱。所以，要成就菩提，就要修。何者为修，无非是断贪、嗔、痴，修戒、定、慧。修成了，就可以成就佛果。

所谓"先修上界"，"上界"指头顶，"修"就是修剪头发了。但是，我父在此谬言了。

大乘佛法要众生都成佛，去西方极乐世界，而不是修上界。上界是天界，仍在六道之中。修成了佛果，就不屑于去上界了。所以，从正知正见来讲，这种说法是不对的，在此替我父纠正了：善男子，善女人，有心修佛，直去西方，莫贪上界。直接让阿弥陀佛接了去，去西方极乐世界成佛作祖，上生天界做神仙是不可贪求的谬见。因为做神仙虽然比做凡夫好，但是一旦福报尽了，还要轮回，不仅可能下生人间，更有可能堕入到三恶道去。所以，三界剧苦，甚可怖畏。当生极乐，莫去上界。

此处畅佛本怀的功德，足以折抵我父偶作之妄语。

再看下联，"不打扑克，也剃光头"，是利用了扑克牌打法来说事。扑克牌打法中的"剃光头"，是指让对方没有得分，即大获全胜，称作"剃了对方的光头"。此处是比喻用法，是把头发全部剃去和扑克牌的打法相提并论。

（五）

高曼倩一筹，任是年高，只伐毫毛休洗髓；

胜阿瞒百倍，屡经战胜，也除须鬓不丢袍。

宇红注　上联下笔便说"高曼倩一筹"，初看之下，不能理解，甚至不能断句，好在下联中的"胜阿瞒百倍"提供了一个句法参照。因为"阿瞒"的知名度比"曼倩"大。这样一对照，好歹知道了"曼倩"也是人名了。心里有了底，才会去查"曼倩"是何方神圣。

东方朔(约前 161—前 93?)，字曼倩，平原郡厌次县人，西汉时期著名文学家。汉武帝即位，征辟四方士人。东方朔上书自荐，拜为郎。后任常侍郎中、太中大夫等职。

局部的语义算是清楚了。但是,必须有更大的语境,才能有更宏观的了解,即把握上联的整体意义。也只有在更宏观的意义中,才能对“东方朔”或者说“曼倩”的指称有更深入的了解。

上联“高曼倩一筹,任是年高,只伐毫毛休洗髓”。从“只伐毫毛休洗髓”来看,上联是把理发师和东方朔作对比。但是,“只伐毫毛休洗髓”又是怎么回事呢?

查找了半天资料,真真是“上穷碧落下黄泉”,查得很辛苦。终于找到了一个合理的解释。

上联说的是东方朔,或者说曼倩,人到暮年,开始学养生,求长寿。他是怎么做的呢?做了两件事,一是清洗骨髓,二是削除毛发,目的是彻底涤除自身的污秽,有脱胎换骨的意思。两件事合称为“洗髓伐毛”。

削除毛发,容易做到,现代人也都在做,当然不是为了养生。至于清洗骨髓,估计是一种气功修炼方法,是通过“真气”在骨髓中运行,带走废气,洁净骨骼。

“洗髓伐毛”,涉及“毛发”。博学如我父者,从“毛发”开始用典,与理发师傅的日常操作结合起来。而且,硬生生地说理发师比东方朔高出一筹。此话怎讲?因为理发师,只剃毛发,不洗髓。这里有一种默认,即只剃毛发,不洗髓,是更合理的。若是如此,东方朔也太笨了,多做了无益之事。文学或者说文艺美学,是禁不起这样分析的。

回来本联,“高曼倩一筹,任是年高,只伐毫毛休洗髓”,现在可以无障碍理解了。说的是,理发师比那个善于养生的东方朔(字曼倩)更高明,在年高的时候,养生还知道只剃毛发,不洗骨髓。

可是,在“高曼倩一筹,任是年高,只伐毫毛休洗髓”中,似乎“任是年高”完全可以删去。试试吧,“高曼倩一筹,只伐毫毛休洗髓”。但是,读到下联就知道了,这里硬生生地提到“任是年高”,是为了下联的“胜阿瞒百倍,屡经战胜,也除须髯不丢袍”留下了噱头，因为下联的“屡经战胜”删了不妥。

补充一句，易筋、洗髓本是道家术语，道家做派。《云笈七签·延陵君修真大略》中已有“易髓”“易筋”的说法，更早的还可以在魏晋时期出现的道家求仙小说《汉武帝内传》中找到渊源。

下联说到曹阿瞒丢袍割须的故事，估计知道的人很多，远比东方朔的故事更家喻户晓。

明罗贯中《三国演义》第58回：“操在乱军中，只听得西凉军大叫：‘穿红袍的是曹操！’操就马上急脱下红袍。又听得大叫：‘长髯者是曹操！’操惊慌，掣所佩刀断其髯。超遂令人叫拿短髯者是曹操。操闻之，即扯旗角包颈而逃。”“割须弃袍”说的就是这个故事，现代人知道这回事，但是更喜欢说“丢盔弃甲”。意象换了，比喻义仍完全相同。

（六）

自是情长，万缕千丝连主客；

非夸技巧，一时三刻换容颜。

宇红注　此联甚是有趣，或者说俏皮。

“情长”，原本是“纸短情长”，徐枕亚《玉梨魂》第八章有：“言尽于此，愿君之勿忘也。芳兰两种，割爱相赠，此花尚非俗品，一名小荷，一名一品，病中得此，足慰岑寂，且可为养心之一助焉。临颖神驰，书不成字，纸短情长，伏惟珍重。”

“情长”之义偏于“长”字，用它来说头发长，或者说拿“头发”和“情”来作类比，头发长了才有必要来理发。所以从“情长”想到理发，以及下文直截了当地说到理发，实际是一种比兴手法。“情长”怎么样呢？“万缕千丝连主客”，“万缕千丝”比喻头发，它这么长，系缚主人和客人。头发之主，当然是需要理发的人。

但是，这里可以转换一下，主人指店主人，是理发师傅，客人是上门来求理发的人。一个理发，一个被理发，双方互不谋面，各居一方，为什么就走到一块来了呢？还不是因为“万缕千丝”！

所以，“万缕千丝”表面上看是头发多，实际可以指头发长，从多到长，是一种通感式的隐喻。好了，就算是头发长吧，它再长也没有“情长”，万里情缘一线牵，把店家与顾客牵到一起来了。

看看这立意，多么精巧啊。我父才高，实在高人一筹。

再看下联。“非夸技巧，一时三刻换容颜。”不是我自夸技艺超人，你且看，我只需一时三刻，就让你容光焕发，旧貌变成新颜。

这里也有一种语义域的转换，恰如上联的通感式隐喻。因为技艺好不一定是速度快，“一时三刻换容颜”偏重于做事麻利，很快就让你变了模样，俊俏非初来时可比。

但是，人的认知不一定是理性的，从做事麻利，会自然过渡到手艺高超。说老实话，男人理个发，用不了一时三刻。半小时的事。女人做头发，一时三刻却嫌不够。

作者并非取了个平均值，而是选用了一个顺口的时间长度，与上联的“万缕千丝”成对，对得太妙了。

（七）

势若参禅，须心静头低手敛；

形同拍戏，受雨淋雪压风吹。

宇红注　此联之妙，妙在上下联各用了一个隐喻，并且分别把隐喻的喻底（即比较的基点）挑明了。

先看上联，“势若参禅，须心静头低手敛”。前一句“势若参禅”是隐喻，说完整一点，是“理发像参禅”，理发和参禅有什么相似点呢？这就是喻底，即“须心静头低手敛”。心要静，头要低，手要敛。这里说的是理发师傅。这神态，还真有点像老僧参禅。老僧入定，要眼观鼻、鼻观心，心静如水，迦趺而坐，双手结印。真有几分神似。

再看下联，“形同拍戏，受雨淋雪压风吹”。形同拍戏，如上所说，又是一个隐喻，后句又是喻底。拍戏，这里说的是拍外景。拍外景是辛苦的，不同于室内拍摄，有雨淋，有雪压，还有风吹。此三者，刚好对应了理发的全过程，“雨淋”是洗头发，“雪压”是将一大把雪状的摩丝覆于头顶，然后涂抹均匀，“风吹”更好理解，是用电吹风。

上联拿老僧参禅来比喻理发师傅，下联说顾客在理发店的遭遇像是拍戏。运思精巧，设喻颇费思量。亏得我父如此奇思妙想！

（八）

像文职高官，得近中央陪首脑；

似武功小品，能攀绝顶演刀兵。

宇红注　此联更妙，妙得我只想大笑一场，然后再与君说。

上联“文职高官”，至少省部级吧，用级别这么高的官员来隐喻理发师，拍马的效果非同小可。理发师能不高兴吗？

这高官都干了啥呢？“得近中央陪首脑”，“中央”是头顶的正中心，“首脑”是人之首，人之脑，再次大拍一下理发师的马屁，话又说得隐晦，一语双关。一喻再喻，每喻如珠，似玛瑙翡翠落入玉盘，叮叮当当，铿锵然娱人耳目，如闻仙乐！可不是嘛，你再读读。

下联之妙，不逊上联。“似武功小品，能攀绝顶演刀兵。”“武功小品”其实是两喻，是两个喻体并用，如武功，如小品。武功是真打，小品是斗嘴。

像“武功小品”怎么样啊？“能攀绝顶演刀兵”，“绝顶”极言其高，此处正是人之头顶，海拔最高处。既是绝顶，植被怎么样啊？不好说，有的茂盛如密林，有的稀稀疏疏，惨不忍睹。

攀上绝顶，又干什么呢？是为了“演刀兵”，舞刀舞枪，连砍带割，或齐刷刷修了个平平整整，或光秃秃割了个寸草不留。这是何等的快意！

196. 十一侄健红新居落成宴客

2001 年 12 月 16 日

健步稳行，居十字口，筑十间房，蒙十方关怀，谢十分厚意；

红星高照，具一片心，备一杯酒，陪一班巧匠，宴一应嘉宾。

宇红注 好家伙，联首嵌了“健”“红”二字，还嫌不够，还要把“十一”这个数字反复嵌入，上联嵌四个“十”，下联嵌四个“一”。嵌入越多，难度越大。这才叫功力。

祖父母大人有七个儿女，二十六个孙辈，男女各半，十三个孙子，十三个孙女。

老十一唤作健红，此名正是祖父大人所赐。健红出生之时，家里双喜临门。当时，祖父的七十大寿正在筹备中，“人”添高寿，此其一喜。还有另外一喜，我家、三叔家、四叔家正在建新房，取“建”字，“人”加“建”，就是“健”字。

老十一能力超群，继承了祖业，是技艺精湛的医师。老十一的父亲是我的五叔，职业是医生，再往上，祖父是医师，曾祖父也是医师，到老十一已传四代。老十一不仅医术高超，农作也不让他人，又是村干部，德望让人交口称赞，邻里间有什么大事小情，老十一都能协调妥当。

老十一盖新房子，哪能少得了父亲的一副妙联！先看上联，“健步稳行”是对老十一为人行事的赞誉。此赞不虚，恰到好处，行事稳健，少年老成。

“居十字口，筑十间房”，前一句是实指，后一句是虚数。屋前道路十字分叉，东西南北四条路子，人来人往，招财进宝。“十间房”，其实是虚数，上下里外加起来，应该不止十间。

“蒙十方关怀，谢十分厚意”，从叙事转为抒情，代老十一感谢亲朋好友。各种关怀、厚意，此处一并谢过。

再看下联，“红星高照”，实乃吉星高照，称吉星为“红”，是嵌入名字的需要。此吉星唤作紫微，又称太白金星。紫微高照，鸿运千年。“红星高照”，正宜营构新居，所以“具一片心，备一杯酒，陪一班巧匠，宴一应嘉宾”。一片真心，无有虚假谗曲。一杯美酒，溶入一片真心。精心运作，只为答谢各位能工巧匠，还有各位前来庆贺的好友嘉宾。

197. 又拟某山村联

2000 年 12 月 30 日

财源广阔水源长，外地焉能比此；

农业丰收诸业旺，他年远胜乎今。

宇红注 上联说“财源广阔水源长，外地焉能比此”，“财”与“水”有天然的可比性，一如“薪水”和“一百万元的流水”之说。所以，解释了“水源长”之后，上联就顺当了，因为“财源广阔”是祝愿时最常见的口惠，双手一揖，“恭喜发财”就来了。

在农业社会，在农村地区，一个地方好不好，能不能娶到媳妇，就看那里有没有灌溉用的水源。有水源，就有水田。有水田，口粮就有保障。口粮有保障，家里的儿子才能娶到媳妇。

我做这般介绍，是必要的，不然读者可能会觉得讶异，用惯了自来水的城里人，会觉得拿水源说事，有点小题大做。你看，“外地焉能比此”，这里有饭吃，能娶到儿媳妇，当然是好地方。

下联“农业丰收诸业旺，他年远胜乎今”。有了“农业丰收”，就会有“诸业旺”，这种因果关系不难理解。

有饭吃，有余粮，其他各业就会兴旺起来，比如酿酒业、副食品业、养殖业，如此等等。

“他年远胜乎今”，说“他年”是指从今往后。“远胜乎今”，是说日子会越过越好。

198. 聚形散形：刘合润（登润）

1998年4月28日

水木相生生不息，闰余来复复无穷；
合知道法深如海，润泽斯民百世功。

宇红注 “聚形散形”是“气聚则形成，气散则形亡”的压缩说法。

此联和后面的多副对联，都与养生、修身有关。是应多位修道求仙的仁君之请，为其所撰。

此处的四句话，下文有几处也是如此，与其说是对联，还不如说是诗，是七言绝句。因为作为对联，对仗不是太整齐，但是作为诗，押韵和格律却很工整。绝句诗的押韵，是很讲究的：一三五不论，二四六分明。在此处，第一、第三句不押韵，但是第二和第四句，都押了韵，即“穷”和“功”。

所以，此联和下文的几联，就算“好诗坏对联”吧。都是父亲的原创，不忍删去。我的理解，父亲写的本来就不是对联，而是诗性一时迸发，就写下来了。所以，是什么不重要，读者将就着读吧。

我的赏析一如既往，既对父亲的原作负责，也要对读者负责。诗性之美，与对联之美，虽然各有千秋，但是都可以成为审美的对象，都有很高的艺术水准。这就够了。

父亲把十余副对联（其中有不少是绝句诗）合到一处，取名为“聚形散形”。因为数量太多，我把“聚形散形”的十多副对联分开来编号。

“水木”，取水清木华之意。木欣欣以向荣，泉涓涓而始流。喻义是做人要像清泉那样清冽，要像树木一般蓬勃有生气。“水木相生生不息”，指如同水清木华，生生不息，一派生机勃勃的样子。

“闰余”，农历一年和一回归年相比所多余的时日。“闰余来复复无穷”，指时光永恒，传至久远。

总结一下，上联“水木相生生不息，闰余来复复无穷”，指生生不息，流转无穷。

下联“合知道法深如海，润泽斯民百世功”。“合知”，应该知道。“道法”指法力。“道法深如海”是法力无边的意思。

此联的嵌字，即刘合润的名字，都嵌入到了下联。

这种安排与上下联的结构有关，因为此联用的是比兴手法。上联是“比”，“水木相生生不息，闰余来复复无穷”，是拿“水木相生”作为话题，作为比较的基础，作为隐喻的载体。下联是“兴”，“合知道法深如海，润泽斯民百世功”，说“道法”，说“润泽斯民”，才是下联的正题。“比”可以东拉西扯，“兴”是说正事了，可以把名字都嵌进去。

199. 刘合诚联

1998年4月28日

言遵道法入玄门，成就苍穹普度心；

合众皈依参秘旨，诚能开物妙通神。

宇红注　此联像第198联一样，是"好诗坏对联"，我在第198联中已做交代。后面从第200联开始，还有几副对联，也是绝句诗。此处再提一下，往后就不提了，读者心里有数就行。

"道法"，道理法度。比如《管子·法法》："明王在上，道法行于国，民皆舍所好而行所恶。"又比如《荀子·致士》："无土则人不安居，无人则土不守，无道法则人不至，无君子则道不举。"

"玄门"出自《老子》："玄之又玄，众妙之门。"后世以"玄门"指道教。

上联"言遵道法入玄门，成就苍穹普度心"，是说言语遵循道理法度，一切按道教的规矩来办。这样做的目的是什么呢？"成就苍穹普度心"，是为了成就苍天要普度众生的想法。"苍穹"指天。法即天，天即法。

"合众"，聚合众人。"皈依"，也作归依，原本是佛教的入教仪式，是对佛、法、僧三者的归顺、尊崇，故也叫三皈依。此处指皈依道教。

"参"，参悟。"参密旨"，指参透天道。天道不言，凡夫难以窥透，故称"密旨"。

"开物"，通晓万物的道理。"诚能开物妙通神"，确实能够通晓万物的道理，这样的道理是妙神通，即玄妙的神通。

200. 合忠

中通紫气自东来，心念先师函谷开；
合炼金丹修正果，忠诚得道达三才。

宇红注　"中通"，中等，普通。中道理性的思想，居中为用，是为中庸。中庸合乎道法的精神。

“紫气自东来”，是老子过函谷关的故事。传说老子过函谷关之前，关尹喜见有紫气从东而来，知道将有圣人过关。果然老子骑着青牛而来。

“中通紫气”，是对紫气的描述，紫气转喻为道，所以是中通的，即中道理性。

“心念先师函谷开”，“心念”指心里想着，“先师”指老子，“函谷开”指关尹喜为老子开关，请老子入函谷关。

下联“合炼金丹修正果，忠诚得道达三才”。“炼金丹”可以指炼外丹，也可以指炼内丹。炼外丹，如《大闹天宫》电影中太上老君炼丹的情景，丹炉是一种特定的八卦仙炉，孙悟空在其中被炼出火眼金睛。“炼内丹”是通过“转周天”，即真气在人体内沿任督二脉运行，当功夫成熟时，就会在丹田穴炼成丹，此穴在肚脐眼下。在此联中的意思是指炼内丹，内丹炼成了，就修成正果了。

“忠诚得道达三才”，“三才”指天、地、人。忠诚才能得道，道法贯通万物，通达三才。

201. 合桂

1998 年 7 月 6 日

木用真香带性焚，圭璋袍笏更虔心，
合修大道功圆满，桂阙天宫雨露深。

宇红注 “圭璋”，两种贵重的玉制礼器，比喻高尚的品德。

“袍笏”古代官员上朝时穿的官服和手拿的笏板，此处指道士穿的道袍。“笏”读 hù，古代君臣在朝廷上相见时手中所拿的狭长板子，用玉、象牙或竹片制成，上面可以记事。

“桂阙”，指月宫，因为月中有丹桂树。

上联“木用真香带性焚，圭璋袍笏更虔心”，意思是，选用上等好香，带着真诚的本性点燃香烛，手执上等的美玉，穿上道袍，才更显虔诚的本心。

下联“合修大道功圆满，桂阙天宫雨露深”，是说应该修成大道，修到功德圆满，升入仙界，去月宫、天宫游赏，感受道法带来的雨露恩泽。

202. 伍本烨
（伍继晶，三塘乡伍政先之子）

2000 年 6 月 8 日

火炼金丹九转成，华灯朗照诵黄庭；
本宗道法天来大，烨烨辉煌耀太清。

宇红注　读此联，最好是在已经读了“聚形散形”的前几联之后，因为很多典故和说辞，在上文已经解释过了。

上联“火炼金丹九转成”，是说炼内丹，要经过许多次的修炼，即修炼道家气功“转周天”，才能修成。“华灯朗照诵黄庭”，“华灯”，指雕饰华美或光华灿烂的灯。“朗照”，指日月光辉的照耀。“黄庭”，亦名规中、庐间，一指下丹田。因其黄色为土，正为结丹之土地。这一句，是说炼丹成就之心性，是一种比喻性的说法，内心豁达，没有牵挂，心如朗照，万物澄明，丹田处金丹已经成就。

下联“本宗道法天来大，烨烨辉煌耀太清”，“本宗”是道教，本宗的道法比天还大，是说得道的境界微妙，难以言说，用“天”之大来比喻道法的微妙。“烨烨”，明亮，灿烂，鲜明。“太清”，三清之一，道教谓元始天尊所化法身道德天尊所居之地，其境在玉清、上清之上，唯成仙方能入此，故亦泛指仙境。此处指天道，自然。“烨烨辉煌耀太清”，也是对悟道后的妙境的描述，与上联“华灯朗照诵黄庭”语义基本相同。

203. 奉尧先生求作合仁散形

2002年9月8日

人处三才末，二气化无穷；
合成丹共药，仁义掌乾坤。

宇红注 先解一下题。“合仁散形”，合仁成形，散形归入虚无。所以，“合仁散形”正是第198联所说的“聚形散形”，即“气聚则形成，气散则形亡”。

“人”是三材天、地、人的末位，所以说“人处三才末”。阴、阳二气演化无穷，滋生万物。

“合成丹共药”，炼成金丹，辅以药物，能助修道人身体康健。“仁义掌乾坤”，仁义就是道，大道相同，儒道不二。“掌乾坤”指遍布乾坤。

204—206. 曾元智(凤尧先生之孙)

2000年10月8日

(一)

元始真传老君正教；
智能有感道法无边。

宇红注 "元始"，也称"元始天尊"，或"元始天王"，全称"玉清元始天尊"，是道教"三清"尊神之一，在"三清"之中位为最尊。《历代神仙通鉴》称其为"主持天界之祖"。

"元始真传"，指元始天尊教法中最精华的东西。"老君"，是中国道教对老子的神格化，又称"太上老君"。多种道教经典对老子有各种神化说法，大致说老子以"道"为身，无形无名。生于天地之先，住于太清仙境，长存不灭。常分身化形降生人间，为历代帝王之师。伏羲时为郁华子，神农时为大成子，祝融时为广成子。变化无穷，难以说尽。"正教"，也是真传的意思。

"智能"，指道教的神秘感知能力，即超自然的智慧。"智能有感"，指能够感应到道家各位真人的智慧。"道法无边"，指法力无边，神通无限。

(二)

元气斯全，炼得玄机真妙诀；
智能称妙，皈依无上太慈尊。

宇红注 "元气"，指天地未分之前的混沌之气。"斯"，代词，相当于“此”“这”“这里”。“元气斯全”,是说元气如此的全而又多。

“玄机”,天赋的灵性。“妙诀”, 高妙的诀窍。

上联的整体意思,是说利用无限的混元之气,来修炼自己的灵性,获得高妙的诀窍。

下联的“智能称妙”,是说无上的神通智慧,达到了妙境的地步。“皈依”,是全心全意地信奉。“慈尊”,原本是对母亲的尊称。“太慈尊”是对道教三清的隐喻性尊称。下联的整体意思,是说要获得无上的神通,并且皈依道法无上的道教天尊。

(三)

元阳称上品,

智虑继先师。

宇红注 “元阳”,人体阳气的根本。“元阳称上品”是说人体内的阳气达到了极好的品位。

“智虑”,才智思虑,指洞察事物的能力。“智虑继先师”,指才智和思虑承继先师,得了历代祖师大德的真传。

207. 曾合传(曾令旭之子)

2001 年 5 月 10 日

人炼玄机真妙诀,专行度厄济苍生;

合成功德无穷尽,传遍神州大道通。

宇红注 此联又是一首七绝诗。

“玄机”,天赋的灵性。“度厄”,语出《心经》,说观世音菩萨“度一切苦厄”，即度脱一切困苦。

上联的整体意思，是说人通过修炼自己的灵性，获得高妙的诀窍，专行救苦救难，普度众生。

下联“合成功德无穷尽”，是说修炼出无量无边的功德。“传遍神州大道通”，让无量无边的功德惠及神州古国，大道畅通，普惠众生。

“神州”指中国，战国时人驺衍称中国为“赤县神州”，后来用“神州”作中国的代称。

208—210. 本烨、合润、合诚联

2000年6月8日

（一）

本宗四象两仪五行八卦；
烨耀十方三界万户千家。

宇红注 “本宗”指道教本宗。

“四象、两仪、五行、八卦”，需一一分开来解释。

“四象”，或作四相，在中国传统文化中指青龙、白虎、朱雀、玄武，分别代表东西南北四个方向。在二十八宿中，四象用来划分天上的星宿，也称四神、四灵。天文阴阳学说中，是指四季天然气象，分别称为少阳、太阳、少阴、太阴。

“两仪”，指天地。《易·系辞上》“是故易有太极，是生两仪”，即阴和阳。

“五行”，是中国古代的一种宇宙观。多用于哲学、中医和占卜等方面。五行指金、木、水、火、土五种基本物质，其中“火”不是常

规意义上物质。常规的物质有三种存在状态，即固态、气态和液态。“火”是等离子态，太阳是一个大火球，也是以等离子态形式存在。五行学说认为大自然由五种要素构成。五种要素盛衰轮转，大自然随之发生变化，不但影响人的命运，同时也使宇宙万物循环永续。

“八卦”，我国古代一套具有象征意义的符号系统。相传是伏羲所造，后来用于占卜。“八卦”的基本符号单位有两种，用“—”代表阳，用“- -”代表阴，用三个这样的符号，排列组成八种形式，叫作八卦。每一卦形代表一定的事物。乾代表天，坤代表地，坎代表水，离代表火，震代表雷，艮（gèn）代表山，巽（xùn）代表风，兑代表泽。八卦互相搭配又得到六十四卦，用来象征自然和人事。

下联“烨耀十方三界万户千家”。“烨耀”指光彩绚烂、照耀。“十方”是东、西、南、北、东南、西南、东北、西北、上、下的合称。道家所说的“三界”，一般指天、地、人，是整个世界或是宇宙的范围，佛家所称的三界是指欲界、色界、无色界，是说迷惘的众生在生灭变化中流转，依其境界产生的三个层次。

（二）

合儒释而三教皆通，普修大道；

润膏泽则万民有幸，争赴新坛。

宇红注 上联“合儒释而三教皆通”，说的是本联的三名当事人，即本烨、合润、合诚，说他们三人怎么样呢？说他们精通三教。儒释二教，加上此处隐含的道教，合起来就是三教皆通。言下之意，是说他们道教已经通达了。“普修大道”，普遍地修习大道。“大道”泛指无上真理，此处特指道教的教法。

再看下联。“膏泽”，滋润万物的及时雨，比喻恩惠。“润膏泽则万民有幸”，蒙及时雨的滋润，实乃万民的大幸。这里是隐喻用法，说道教的教法让所有人蒙受教益。

有这么大的教益，万民有什么反应呢？“争赴新坛”，争相去参与道教的读经、解经和各种行持。“坛”，僧道进行宗教活动的场所。“争赴新坛”，为什么要去“新坛”？人人“争赴”，人数多了，必须有“新坛”才能容纳。

(三)

合众皈依，度厄超生参妙法；

诚心修炼，功圆果满悟玄机。

宇红注 如果读了上面几联的赏析，此联就容易理解了。上联说的是，众人一同皈依道教，接受道教的教理和修炼方法。超拔一切困厄苦运，超度一切有缘众生，参悟无上的真理妙法。

下联是说，通过诚心修炼，达到功圆果满的境界，悟透深奥的道法。

“功圆果满”，是功德圆满的意思。修因证果，羽化成仙，这是道教信徒所追求的终极目标。

211—213. 刘本煌（新颜村刘泽洪，彦安之孙，游晚玉之子）

2003 年 5 月

(一)

本本源源小职一心参大道；

煌煌熠熠新坛四面现毫光。

宇红注 此联是嵌字联，把当事人的名字嵌了进去。上联嵌入

“本”,下联嵌入“煌”。

先看上联。“本本源源”,指事情的始末。“小职”是谦词,是作者代当事人刘本煌先生自谦,是自指的用法,相当于“我”。“一心参大道”,一心一意参悟大道。

上联的整体意思是,从头至尾,自始至终,我刘本煌一心一意参悟大道。

再看下联。“煌煌熠熠”,是“煌熠”的叠音形式,意思是“辉耀”或“光辉、照耀”。

“新坛四面现毫光”,新的坛场(即道教活动场所)四面光彩照耀。为什么会光彩照耀呢?字面的描写,可以是灯光明亮,由此引申为信众甚多。隐喻的说法,是说道法微妙。在佛教和道教中,光代表智慧。

所以,下联的整体意思是说新坛辉耀无比,香火很旺,道法高妙。

(二)

本本宗之潜心读南华宝籍;
煌煌堂矣俯首求东土仙真。

宇红注　此联还是要嵌入“本煌”的名字。上联的“本本宗之潜心”,以本宗(即道教)的潜心修炼为本,本宗如何修炼呢?那就是读经典。《庄子》被道教奉为《南华经》或者《南华真经》,即此处所说的“南华宝籍”。读经的功德无量,不光是道教有如此的主张,佛教也有同样的主张。

下联,“煌堂”是道教的修炼场所,“煌煌堂”的第一个“煌”,是动词,使光彩夺目,“煌煌堂”是说使辉煌的坛场更加辉煌。

“俯首”是低头弯腰,这是道教的仪轨,即礼拜。

“求东土仙真”,祈求东土的各路神仙真人。东土指中国,道教是中国本土的宗教,各路神仙也原本是东土人氏,因为各种修炼和机缘而获得仙籍。

(三)

本本宗三千道德；
煌煌照亿万生灵。

宇红注 “三千道德”指许多有道行德望的人，即在道法上有修持的人。

“本本宗三千道德”，“本本”指道家的各种著作，“宗”是动词，即“以……为宗”，“三千道德”指无数的前辈大德，他们是后辈学习的楷模。所以，上联的整体意思是说道法的各种著作，都基于无数前辈道友的广大修为。

下联的“煌煌”，是明亮辉耀貌，光彩夺目貌。“照亿万生灵”，指道法威力无穷，遍照普天下的苍生，使他们获得法益。

214. 刘本靖联

本领无差，可算金门羽杰；
靖差有法，便为陆地神仙。

宇红注 从此联来看，刘本靖先生是一个修道的“准神仙”，或者说道士吧。道爷要做一副对联，父亲当然应允，结交一个未来的神仙，也算结了一段善缘吧。

父亲仙逝18年了，18年前曾按道教的仪轨进行超度，不知道是不是已经登临仙界，我不得而知。照理应该是在仙界了。因为父亲心善，宁可自己吃亏，也生怕别人受了委屈。

刘本靖先生如果功德圆满，身在祖师之侧，拜托一定照顾好我父亲。仙家以慈悲为怀，生前的有缘人必定在照顾之列。

另外，作为真佛子，我愿父亲暂居仙界，尽享天福。但是，仙界并不圆满，还在三界之中，还要轮回。我百年之后去了西方极乐世界，再去仙界寻觅我父，同登极乐。在弥陀座下，同沐佛恩。无有众苦，但受诸乐。永远断绝轮回。

读到此处，读者朋友是不是笑了？是不是认为我把佛教、道教混为一谈了？不是的，我说的是有佛教经证的，是在佛教典籍中能找到依据的。

《法苑珠林》与《楞严经》，都提到“天”有三十三层，其中有一层是外道天，叫作“无想天”。佛教以外是“外道”，他们的修炼都是有效的，他们的超度也是有效的，能够把亡者带进天堂，这天堂就是“无想天”。

升到无想天，那里的天人福报非常大，寿命非常长。但是，福报总有享尽的时候。福报享完了，天人会出现“五衰”气象。然后，也会死亡，开始新的轮回。要么来到下界为人，甚至进入三恶道。

所谓的“五衰”，是指天人寿命将尽的时候所出现的种种衰亡异象。

第一衰，是衣服上有了垢秽。垢秽就是污垢，秽就是脏了，衣服脏了。因为天人的衣服都是非常漂亮的，妙服光洁。但是，天人的福气享尽的时候，衣服就开始垢秽了。

第二衰，是头上的花萎。天人头上都有“花”。他们的“花”相当于我们人间的翡翠、珠宝。天人想要什么，意念一想，头上就出现各式各样的“花”。当天人要离开天界的时候，天福享尽的时候，头上的冠花自然就萎靡了，慢慢地凋谢了。

第三衰，是腋下汗流。天上的天人平时非常清洁干净，身上有股香味，非常干净，永远不会发臭。等到腋下流汗的时候，基本上天福已经享尽，这个天人要寿终正寝了，要死了。

第四衰，叫身体臭秽。天众妙身殊异，身体散发异香，是一种自然的花香。当天人福尽寿尽，临命终时，身体开始有臭味飘出来。

第五衰，是不乐本座。天人在天上，坐也坐得快乐，站也站得快乐。但是等到福已尽、寿将终之时，连自己的座位都坐不住，开始摇晃，觉得这个地方坏了、那个地方坏了。

这五大衰相——衰亡之相显现的时候，天人将会死亡。不只是“无想天”的天人有五衰之相，就算是修禅的人，修到极高的位次，去了欲界天、色界天、无色界天，甚至到了“非想非非想天”，都会出现五衰。

所以，终极的救赎，只有仰仗阿弥陀佛，只有念颂“南无阿弥陀佛”的圣号，只有求生西方极乐世界。

不说了，回到本联的内容。

从此联来看，父亲的知识面，非常人可比，更非一般的中学语文老师可以企及。我承认，在道教领域，我知道得太少了，比父亲差太远了。若是儒释二教，我自认为了解还算周全。

所以，要注释和赏析此联，我只好遍查资料了，比如“金门”（我想肯定不是厦门对面的金门岛）、“羽杰”、“靖差”、“陆地神仙”之类的词汇，实在是不在我的知识领域之内。好在作为一个学者，查资料、读文献是我的本分。上天入地，别人找不到的文献，我总能找到。当然，我是和我的硕士生、博士生比，没有贬低同行之意。

好吧，不懂就查文献。一顿猛查，此联的意思终于越来越明晰。最后终于完全明白了，我才开始注解，开始赏析给读者听。

先看上联。“本领无差，可算金门羽杰”，第一句“本领无差”，以“本”字开头，嵌入了刘本靖名字的一部分，当然也赞美了这位当事人，说他“本领无差”。

“可算金门羽杰”，继续赞颂。“金门”是传统修真的层次，传统修真的层次包括自然门、金门、玄门、真门、妙门等。此处提到“金门”，是道教修炼的代称，现代语言学称为转喻。

“羽杰”，是羽士中的豪杰。“羽士”本来指会飞的仙人，也指道士。“金门羽杰”也就是道士中的杰出者，或者说神仙中的优胜者。

所以，上联“本领无差，可算金门羽杰”，是说刘本靖先生，本领厉害，算得上是修道者中卓越之辈。

再看下联。“靖差有法，便为陆地神仙”，不能忘了要嵌入“靖”字，这是名字的一部分，所以只能从“靖”字开始说下联。

“靖差”这个词，专业性太强了，一顿好找，终于明白它的就里。“靖”是道教的六十通真靖的简称，属于道教的正一派。“靖差”的“差”读 chāi，是道教的差官，“靖差有法”是说做道士，修炼正法，而且修炼得法，“便为陆地神仙”。所谓的“陆地神仙”，是指隐士。修炼得法，成为暂居人间的隐士，犹如老子出函谷关之前的那段岁月，或者是像道教祖师张道陵那样，示现在青城山，先修炼几十年，但是成仙是迟早的事。这就是下联的意思。

215—218. 刘登康求作谢神求福对联

（一）

求五谷丰登六畜兴旺；

愿四时顺适八节平安。

宇红注 本联是一般的祈福联。先“求”后“愿”，涉及“五谷”“六畜”“四时”“八节”。稍做解释吧。

“五谷”，古代有多种不同说法，最主要的有两种：一种指稻、黍、稷、麦、菽；另一种指麻、黍、稷、麦、菽。两者的区别是，前者有稻无麻，后者有麻无稻。“六畜”泛指家畜，主要指马、牛、羊、猪、狗、鸡。“四时”指春、夏、秋、冬四季。“八节”指立春、春分、立夏、夏至、立秋、秋分、立冬、冬至这八个节气，泛指一年四季。

（二）

靠政策英明举国城乡皆富裕；
托神灵庇佑合家老少得安康。

慕苏公注　以上二副2000年11月26日抄去。

宇红注　上联说人事，下联说神灵，对联工整。

（三）

星耀紫微，家宅兴隆顺适；
日逢黄道，身心健旺平安。

宇红注　“紫微”，星名。紫微星号称斗数之主，命理学紫微斗数中的主星之一，五行属土。主管官位、威权。古来的研究者都把紫微星当成“帝星”，所以命宫主星是紫微的人就有帝王之相。紫微星又称北极星，北斗七星则围绕着它四季旋转。

“黄道日”，中国对吉日的称谓。民间的星命之说认为，青龙、明堂、金匮、天德、玉堂、司命六辰都是吉神。六辰值日，诸事皆宜，不避凶忌，称为“黄道日”。

“星耀紫微”，是说在星宿中最亮的是紫微，即紫微星当值。下联的“日逢黄道”，也是同样的意思，即日子刚好碰上了黄道吉日。

（四）

逢吉日求财求福；
得丰年增产增收。

宇红注　大白话，好对联。

“求财求福”的人，“增产增收”的人，正好需要这样的对联。也是他们完全能读懂的对联。

219—222. 刘登康求作白事联

（一）

老父/母辞世，此去飞升仙境；

世人信鬼，也来做会道场。

宇红注 从题名来看，此联唤作“刘登康求作白事联”。刘登康求作对联时，他的父母肯定都健在，是预备了以后用的。所以，上联中“父”“母”可以任选填空。一联两用，就不知道润笔之资是不是备了两份。

这是说笑，父亲的如椽神笔是不需要润的，估计也从未润过。

联题中提到“白事”，是指丧事。“白事联”就是挽联。

上联，“飞升仙境”是道教的观点，人死可以进入仙境。“做会道场”，指按道教的仪轨进行超度，即按照梅山道教的仪轨所做的超度。

“梅山道教”，是相对独立的道教信仰，也称“梅山教”。先解释一下“梅山”。“梅山”古称“梅山峒”，是今横亘洞庭湖与南岭、湘江与沅水之间、资水流域中段的雪峰山脉在唐宋时期的名称。《宋史·梅山峒》记载：“梅山峒蛮，旧不与中国通。其地东接潭，南接邵，其西则辰，其北则鼎、澧，而梅山居其中。”文中的“潭”，指潭州，即今湖南省会长沙，邵即今邵阳市，辰为今怀化市沅陵县，鼎、澧为今常德市及其所辖的澧县；总面积为5万余平方公里。这片山地上的土著居民，史称“梅山峒蛮”，其族源包含古三苗、百越、百濮、殷人和先楚“实边”贵族。

“梅山教”其名，起源于梅山土著所尊之猎神“梅山启教翻坛倒峒张五郎”之名号，是山民仿照山外汉人和汉族移民所信奉的“道教”、“佛教”，为自己代代相传的渔猎技法当中的巫术传统所上的“尊号”。

宋代“开梅”以后，居于各军事要塞的峒民大都跟随“峒主苏甘”入籍为大宋编民，部分不愿入籍的和偏僻山区的峒民则开始了长达数百年的“逃亡”迁徙之旅。由于雪峰山大致为南北走向，在平坝、丘陵地带的稻作族群顺山沟、河谷西迁云贵川，融入当地社会成为今苗、仫佬、白、纳西等兄弟民族的先民之一支；这些族群信仰民俗中祭祀的“梅山神”，还保存着古老的“猎神”神格，没有所谓“梅山教”的说法。

从上面的介绍可知，我的家乡是到了宋代才归顺王朝的，所以家乡“新化县”的名称，即“王化之新地”。古称“南蛮”之地，即“梅山蛮”。但是，我家祖上是宋神宗时从江西吉安府迁入，而吉安的刘姓，又迁自徐州的“彭城刘”。所以，我家祖上并不“蛮”，只是居于“蛮地”。聊作漫谈，并非刻意撇清。

回到本联。父亲的信仰体系，估计也谈不上成了体系，主要是道教的。对于佛教的正知正见，他懂的并不多。

（二）

薤露声声为度亡魂登上界；

慈云杳杳哪堪孝子哭灵前。

慕苏公注　以上二副 2001 年 2 月 28 日抄去。

宇红注　“薤露”（xiè lù），指古代送葬时唱的丧歌。“上界”，指仙界。

理解了“薤露”和“上界”，上联就好理解了：唱着丧歌，把亡魂送上仙界。这里的“薤露声声”，指道士超度时唱的度亡辞。

“慈云”本来比喻佛道之慈心广大，犹如大云覆盖天下苍生。南朝梁简文帝《大法颂》：“慈云吐泽，法雨垂凉。”唐太宗《三藏圣教序》：“引慈云于西极，注法雨于东陲。”

从下联来看，“慈云”转指“慈母”，因为下一联提到“慈母抱沉疴”。“杳杳”，是昏暗、幽远、渺茫、隐约、依稀等意思。佛道圣贤悲心无限，或者说慈母忽升仙界，孝子孝孙们在灵前的恸哭，实在让人难过。

（三）

慈母抱沉疴，撒手遽归西竺国；
儿曹遵教导，虔心敬礼道场坛。

宇红注 上联“慈母抱沉疴”，是说慈母患了重病，“沉疴”指久治不愈的病。如《晋书·乐广传》“客豁然意解，沉疴顿愈”。

“撒手遽归西竺国”，“遽”指突然，或出乎意料。“西竺国”指西方的天竺国，即古印度。从东土去印度，要往西经葱岭，再沿中亚南下，所以去古印度的旅行叫作“西游”。此处用“西竺国”代指西方极乐世界，大乘佛教都把西方极乐世界作为共同的归宿。历史上，也有不求生西方极乐世界的修行者，比如唐朝高僧玄奘求往生兜率天宫内院，即弥勒菩萨的法身所在之处。从临终瑞相来看，玄奘大师必定成就了。

下联“儿曹遵教导，虔心敬礼道场坛”，是说儿孙辈遵循慈母的教导，在做道场法事的坛场虔诚礼敬。

（四）

忍上望乡台，想见音容空有泪；
遽升极乐国，欲闻教诲杳无声。

宇红注 “望乡台”，原指古代久戍不归或流落外地的人为眺望故乡而登临的高台，既可能是人为建造的，也可能是自然形成的。后来，随着佛教地狱观念的引入，望乡台从现实建筑演变为虚幻存在。有时也借指阴间。

上联是代孝家对亡者所说的话，“忍上望乡台，想见音容空有泪”，是说“你呀，忍心离开家人，登上望乡台，儿孙们想见你一面，只有泪眼汪汪”。

下联“遽升极乐国，欲闻教诲杳无声”，是说突然往生到极乐国，“极乐国”指西方极乐世界，也叫安乐国，或安养国。“遽”指突然。“欲闻教诲杳无声”，想再听慈母的教诲，也听不到慈母的声音了。

223. 罗后求君抄去的白事联

（2001 年 12 月 2 日亮之嫂逝世，辛巳 10 月 17 日酉时）

享寿七旬，老母辞尘去矣；
建斋二旦，儿孙跪地哀哉。

宇红注 父亲所说的“亮之嫂”，是他的堂嫂，我的堂婶。此联是父亲代亡者的子女辈写的挽联。

上联“辞尘”，指辞别尘世。“享寿七旬，老母辞尘去矣”，是代孝家儿女说话，说他们的老母亲享阳寿七十岁，如今辞别人世了。

下联的“建斋”，即建斋设醮（jiào），是一种道教的超度仪式，俗称“做道场”。

“建斋二旦”，是说做两天两夜的超度，“二旦”是“二旦二夕”的简称。

224. 竹山村某君新构联

2001年5月10日

人事操劳巧匠良工皆出力；
家居幸福宽庭大院尽生辉。

宇红注 “新构联”是新房建成后的贺联。上联说“人”，下联说“家”。

上联“人事操劳”，指人尽其力，操劳辛苦。“巧匠良工皆出力”，是代东家感谢各种工匠，木匠、砖瓦匠、石匠（管打地基）等都出了力，都辛苦了。

下联一样的简单直白，先赞“家居幸福”，再说“宽庭大院尽生辉”，与上联对仗工整。

225. 金星村自来水厂联

2000年12月30日

万元资产，数月辛劳，日夜未尝停，常年奉送自来水；
百户村民，千秋事业，子孙都受益，四季长开不谢花。

宇红注 相邻的金星村，属于山区，海拔高，估计高出我家所在地一千米，安装自来水设施非常困难。

此联说了三件事，出钱、出力、受益。简朴易懂，不必过多注解。

226. 先辉、秋花新婚

先邀秋夜团栾月；
辉映花前窈窕妆。

宇红注 此联把新郎、新娘两个的名字都嵌入联中，上联嵌入了“先”和“秋”，下联又嵌入了“辉”和“花”。

上联说月，下联说花，花好月圆，正是人间男婚女配的好日子。

上联的“团栾”，指“圆貌”，即圆圆的样子。“团栾月”，月圆的意象，常用于隐喻久别重逢，或夫妻结合。

下联的“窈窕”，指女子文静、美好，或者是妆饰、仪容优雅且得体。先说花，后说人，是说人(新娘子)像花一样貌美。

227. 贺席琳先生宴尔

1965 年 2 月

席上添人床头添脚；
琳琅满目兰桂满庭。

宇红注 “宴尔”，安乐。典出《诗经·邶风·谷风》有“宴尔新昏

(婚)”的诗句。后来就用“宴尔”指新婚。

此联再次显示父亲戏言俏语的习惯。名字嵌进去,文字浅显,读起来琅琅上口。

在此,借注释对联的机会,祝福本联的题写者,还有本联的当事人:祝二老此生安逸,福慧双全;远离一切疾苦,享受无尽安乐;百年之后,生安养国,证无上道。

228. 与老伴改为同日做生自寿联

2002 年秋

且改为同日做生,夫度古稀妻度甲;
相期到百年偕老,寿宜增益病宜蠲。

宇红注 父亲大人和母亲大人,本不是同日做生,但是庆贺之事可以改在同日,这种做法在民间并不罕见。

上联直接说出主题,“且改为同日做生”,言下之意,两人的生日和庚年各不相同,怎么个不同呢?上联交代得清清楚楚,“夫度古稀妻度甲”。

下联说老两口有个约定,“相期到百年偕老”,如今母亲尚健,父亲失约了。次年底,父亲就仙逝了。

除了百年偕老的约定,还有一种祈愿,“寿宜增益病宜蠲”,“蠲”读 juān,意思是除去、祛除。此句的完整意思是说,寿岁每年大一岁,但是,百病自当远离。

父亲去了仙界,愿他在天堂安好。母亲身体孱弱,希望她日渐好起来,安度余生。

229. 某君六十，先年其母八十

2000 年 12 月

客岁母晋耋龄，今日儿登花甲；
他年娘满百岁，那时我钓磻溪。

宇红注 上联的“客岁”，指去年，与下联的“他年”同义。“耋”(dié)，七八十岁的年纪，泛指老年。

下联的“磻溪(pán xī)”，河的名字，也叫作“璜河”，在今陕西宝鸡市东南。源出南山兹谷，北流入渭水。相传吕尚(姜太公)垂钓于此而遇周文王。“钓磻溪”，垂钓于磻溪，此处指放松身心，颐养天年。

230. 某生母丧后新春联

1998 年 2 月

春色几曾回？任他绿柳红桃，飞花遍地；
慈容何处觅？枉自卧冰求鲤，抱恨终天。

慕苏公注 因母不能尝所得之鲤而终天抱恨，故虽有满园春色，亦无心观赏，致误认为春色未尝到来。“卧冰求鲤”，晋代王祥故事。“抱恨终天”，谓终身悔恨。《三国演义》第四十一回：“今老母已丧，抱恨终天。”

宇红注 “春色”比喻慈母的关爱，现代隐喻理论认为隐喻的基础是伴随性体验。春日和煦，让人感受到温暖，这种温暖是被母亲抱在怀里时所能感受到的，通过此温暖和彼温暖的体验一致性，隐喻关系就建立起来了。

上联既然说到“春色”，就可以细化，也必须细化。所以，下文提到了“绿柳红桃，飞花遍地”。从隐喻的源域来讲，是对“春色”的渲染，从隐喻的目标域来讲，是对“母爱”进一步的隐喻性描述。所以，“绿柳红桃，飞花遍地”就成了次级隐喻了。

下联从“慈容”入手，是转喻性的说法。“慈容”转喻母亲，是以部分代整体。慈容何处觅？是隐晦地说母亲仙逝了。

“卧冰求鲤”和“抱恨终天”两个四字格，对应了上联的“绿柳红桃”和“飞花遍地”，但在语义结构上各有悬殊。上联体现铺陈，下联体现顺承，突出了“孝”的表达方式。

附录:乡邻颂先贤

人师正脉,膏泽乡梓

李新吾

欣闻慕苏老师的数百副对联即将出版,我为之欢呼雀跃,喜不自胜。应宇红、永红兄弟的盛情相邀,在此置喙几句,既表达对慕苏老师的敬仰,也抒发一下内心的感慨。

慕苏老师是湖南省新化县中学语文教育的一代名师。博学多闻,学养深厚。诲人不倦,育人无数。上承至圣先师孔子之道统,下化一方愚顽蒙昧之稚童,堪称人师正脉。

在教化一方的同时,慕苏老师常有诗文楹联之作,或应乡人里党之所请,或撰联咏物以自娱。前者的题材包括新构华堂、嫁女娶媳、寿诞宴请、超度荐亡之类,后者包括国家和社会机构的节日庆典、时政大事、各种比赛、社团聚会之类,实乃膏泽乡梓。

人师正脉,膏泽乡梓,是对慕苏老师最简洁、最合适、最真挚、最实在的评价。慕苏老师的成长经历和渊博学识,绝不是偶然形成的。不仅传承了“人师正脉”的千年弦歌,而且也实现了“膏泽乡梓”的朴素情怀。

下面说说慕苏老师家乡的学界名人,既有名闻海内外的大儒巨擘,也有蜚声全世界的社会名流。他们是慕苏老师所传承的“人师正脉”的前辈,也是“膏泽乡梓”的楷模。

从慕苏老师的故居往东南约 30 公里,来到县东下渡村(原娘家乡梓木冲),有一座破烂的南村草堂,是曾国藩的私塾老师邓显鹤先生的故居。

邓显鹤，字子立，号湘皋，时人称湘皋先生。清乾隆四十二年十二月十六日(1778 年 1 月 14 日)生，著名学者、文献家。

邓显鹤先生自幼聪慧，8 岁能诗，18 岁以县试第一应督学试，补县学弟子员，次年，补廪膳生员。清嘉庆九年(1804)应乡试，中甲子科举人。此后，屡赴礼部试不第，遂淡于仕途，乃远游燕、冀、齐、鲁、淮、扬、百粤，足迹遍华夏。博究群书，广交名士，曾参与编修《安徽通志》，撰《艺文志》24 卷。

清道光六年(1826)应会试，大挑二等，选授宁乡训导，署理长沙府教授。讲学之余，以搜录乡邦文献掌故为己任。常言"洞庭以南，服岭以北，屈原、贾谊伤心之地也，历代通人志士相望，而文字放佚，湮郁不宣，君子惧焉"(见曾国藩《邓显鹤墓表》)，乃奋志纂辑湖湘先哲散佚文献。衡阳王夫之(船山)，明末清初启蒙思想家，史籍载于儒林册首，而邦人很少能知其姓名。邓显鹤广求其遗书，在其六世孙王承佺处得遗著 38 种，得邹汉勋、欧阳兆熊之助，刊刻《船山遗书》180 卷，使船山学术思想得以完整面世，"先生竟与顾、黄共垂不朽，刊书之功不可没"(清王先谦《续古文辞类纂序》)。

道光十九年(1839)，邓显鹤辞训导职返里，名故居为"南村草堂"，读《易》三年，仍以全力从事湖湘文献搜遗及著述工作。寻搜异常艰苦，"荒山古寺，委巷农家，村学传钞，老僧粘壁，非亲至其地不休"，"偶得片语，如获异珍，惊喜狂拜，至于泣下"(《沅湘耆旧集》自序)。"东起漓源，西接黔中，北汇于江，巨制零章，甄采略尽"，凡得 1699 人，诗 15681 首，厘为 200 卷，辑为《沅湘耆旧集》，未几又辑《续集》一百卷，既有朝阁名流、林泉隐逸之作，亦有民谣农谚之章，实为湖湘历朝诗作之大观。

道光二十三年(1843)，邓显鹤应聘出主宝庆濂溪书院。讲学之余，对文献搜集整理仍不遗余力，其中以《宝庆府志》(157 卷)、《武冈州志》(37 卷)最为精审。《宝庆府志》对宝庆所属州县舆地山川、古籍碑文，缕述无遗；历史记述、人物传记亦可信可征，被称为"湘中名志"。此时期其主要辑著还有《易述》8 卷、《圭斋全集》18 卷又补遗 1

卷、《周子全书》11卷、《村草堂诗钞》24卷、《村草堂文钞》20卷，《杉湖酬唱诗略》、《东湖酬唱诗略》、《北湖酬唱诗略》各2卷，还纂辑《明季湖南殉节诸人传略》、《明季湖南十三镇考略》、《屈子生日考》、《屈贾年谱》、《张忠宣公年谱》、《朱子五忠祠传略考正》、《五忠祠续传》、《邵州召伯祠从礼诸人录》、《毛诗表》、《湘皋自订年谱》等。此外，还校刊南梁顾野王《玉篇》及宋陈彭年《广韵》。咸丰元年(1851)，邓显鹤校刊《玉篇》、《广韵》札记，将成书，突患肝病，犹校刊不辍，旋即病逝于书院讲室，终年74岁。《清史稿》有传。

从慕苏老师的故居往西北方向，行车约40公里，就到了琅塘镇澧溪村，那里是中国人民大学创办人成仿吾教授的老家。

成仿吾教授原名成灏，笔名石厚生、芳坞、澄实，是新文化运动的重要代表、无产阶级教育家和社会学家、文学家、翻译家。生于1897年8月24日，卒于1984年5月17日。他早年留学日本，1921年回国，五四运动后，与郭沫若、郁达夫等人先后在日本和国内从事反帝反封建的革命文化活动，建立了著名的革命文学团体“创造社”。1926年3月，成仿吾到当时的革命中心广州，任教于广东大学，同时兼任黄埔军校兵器处代处长。大革命失败后，成仿吾经上海、日本，流亡欧洲，坚持革命，学习马克思主义。1928年8月，成仿吾在巴黎加入中国共产党，主编中共柏林、巴黎支部机关刊物《赤光》。

从慕苏老师的故居往西北方向，行车约70公里，来到新化县荣华乡，有一个村落叫小鹿村，是写《警世钟》的作者陈天华的故居。

陈天华(1875年—1905年12月8日)，中国近代民主革命家，原名显宿，字星台，亦字过庭，别号思黄，华兴会创始人之一，中国同盟会会员，清末的革命烈士。1896年入新化资江书院，1898年入新化实学堂。1903年留学日本，参与组织“拒俄义勇队”和“军国民教育会”，次年回国参与组织“华兴会”，筹备发动长沙起义。1905年，在东京与宋教仁创办《二十世纪支那》杂志；辅佐孙中山筹组同盟会，起草《革命方略》；《民报》创刊后任编辑，参与对康、梁保皇派的论战。为抗议日本政府颁布的《清国留学生取缔规则》，在日本东京大森海湾愤而蹈海殉国，时年30岁。1906年春，其灵柩运回长沙，公葬于岳麓山。

陈天华一生救亡图存、忧国忧民、宣传革命、矢志不移，是辛亥革命时期杰出的鼓动家和宣传家。所著《猛回头》和《警世钟》成为当时宣传革命的号角和警钟。陈天华在近代革命、建立民主政体、造就近代国民等一系列问题上的进步主张在当时达到了一个前所未有的高度，对于中国近代民主革命高潮的到来起到极大的推动作用，是一个对中国民主革命有贡献的革命家。

以上所述的三位文化名人，邓显鹤、成仿吾、陈天华，他们都是"人师正脉"上的一个个闪闪发光的亮点，也是"膏泽乡梓"的社会名流。如果把名流的范围再扩大一点，罗盛教烈士也是值得一提的社会贤达。

从慕苏老师的故居往正北方约60公里，来到新化县圳上镇（原松山乡）桐子村，这里有罗盛教烈士的故居。

罗盛教生于1931年4月22日，1952年1月2日牺牲。1951年4月参加中国人民志愿军入朝作战，担任中国人民志愿军第47军第141师侦察队文书。1952年1月2日，罗盛教在平安南道成川郡石田里为抢救朝鲜落水儿童崔莹而英勇献身。罗盛教牺牲后，朝鲜政府为他修建了纪念碑和墓，并授予罗盛教一级战士荣誉勋章和一级国旗勋章，志愿军政治部授予罗盛教"中国人民志愿军爱民模范"称号，朝鲜最高领导人、朝鲜国家主席金日成为罗盛教题词"罗盛教烈士的国际主义精神与朝鲜人民永远共存"。

回到正题。人师正脉，绵延不绝，传到慕苏老师这里，又成就了一颗闪亮耀眼的明星。执教四十六年，桃李遍布海内外。慕苏老师一副副文采恢宏的对联，是他在工作之余的义务创作，乐乡邻之所乐，哀乡邻之所哀。所得无非三两句恭维，舍此之外，没有一分一毫的润笔之资。这些对联，既已膏泽乡邻，也必将留传后世，甚至成为蒙学吟诵的绝佳教材。

2022年3月22日

生徒忆师恩

忆恩师——怀念刘慕苏老师

陈克求

刘老师教过我初中阶段的一年语文，那是我进入孟公镇中学的第二个学年(1978年—1979年)。那时初中是两年制，二年级就是毕业班。当时学校从六个班级中遴选出了一个重点班。刘老师因为知识渊博，语文课教得好，在学校里威望很高，因此，被学校领导安排担任这个首届重点班的语文老师兼班主任。刘老师那时候40多岁，身材高而清瘦，看起来有点严肃，但实际上非常慈祥。

作为语文教师，刘老师文学功底深厚，上课非常有特色。讲解课文，不厌其烦，旁征博引，深入浅出，且绘声绘色。我们每上一次刘老师的语文课，都是一次美的享受。刘老师批改作业也十分讲究，他会认真阅读我们的每篇作文，并在旁边加上生动有趣的批注和评语。我特别喜欢看刘老师的作文点评，每次都会有收获。

作为班主任，刘老师非常关爱学生。我们班上大部分同学都寄宿在学校，每天晚自习后，刘老师会来寝室看望我们，问问大家的生活情况，早晨又早起带领大家跑步做操。我有段时间喜欢看小说，尤其是长篇小说，一看上瘾就停不下来。有一天晚饭后，寄宿的同学们都去操场打球锻炼去了，我一个人躲在教室里看小说《水浒传》。刘老师恰巧经过，发现了埋头看小说的我。他没有批评我，但语重心长地说：课外阅读可以广泛一点，可以适当读一点中外名著，这可以扩大眼界，但你们现在进入了毕业班，不宜阅读大部头的长篇小说，而且晚饭后要适当运动运动，不宜久坐在教室里看书。他边说边拉我起来，我只得放下心爱的《水浒传》，跟着刘老师去操场了。在这一年的时间里，刘老师就这样关注着每位学生成长过程中的每一个微小变化，适时地予以引导，纠正偏差，时时不忘培养同学们的进取精神。刘老师以他渊博的知识，滋润着我们的心田；以他的人格魅力，塑造着我们稚嫩、纯洁的心灵；以他的关爱，鼓舞着我们奋发进取。从我个人来说，在这一年中，我觉得自己的思想及学习成绩都在迅速提升。作为一个山村娃，我一年后顺利考上全县重点中学的重点班，后来又顺利考上全国重点大学，这与刘老师对我的启发和教导是分不开的。可以说，我一生的道路，都可以隐隐地看到他留下的痕迹。

刘老师去世近20年了，时光虽已远去，但往事依旧历历在目，仿佛就在昨天。刘老师既善口讲，又能笔述，文章和诗歌都写得很好，工作之余，留下了诸多墨宝。前些日子，刘老师的儿子，在南京师范大学外国语学院担任教授和博士生导师的刘宇红先生要为他父亲的遗作结集出版，邀请我做一个序。我高兴之余，有点惶恐，自觉才疏学浅，写序不敢当，但作为刘老师的学生，特写此文，感怀当年恩师的教导！

2022年4月18日

怀念刘慕苏老师

刘瑞峰

接到初中同班同学、刘慕苏老师大儿子、南京师范大学教授刘宇红同学的邀请，希望我在老师的对联集遗作出版之际，写一篇回忆文章，思绪瞬间回到了那个个人懵懵懂懂但时代开始激情奔放的年代。

1978 年夏天我小学毕业进入横阳中学（现孟公镇中学），那时候高考刚刚恢复，学校开始重视教学，把原本下放分散在各村的优秀教师召集回横阳中学，并在各个年级组建重点班。我们入学伊始，刘老师作为全校最优秀的语文老师，他的名字就在同学中广为传颂。

初中前两年过得很平淡，我所在的重点班于初一结束时解散，同学们被分散在 6 个班里面。初三开始，重点班恢复，刘老师按照惯例担任毕业届重点班的班主任及语文老师，成为我的老师。

初三之前，学校虽然也重视教学，但对学生的管理基本上是散养。老师基本不留作业，学习成绩不公布、不排名，没有学习压力，在今天高考升学率高达 80％的情况下，教学方式好像很超前，但在那个“千军万马过独木桥”，高考竞争异常激烈、升学率只有 3％左右的年代，面临的结果可能是全班，甚至全校一个人都考不上大学。实际情况也是，全县 17 所高中里面，有 14 所高中多年一个人都考不上大学，俗称“剃光头”。刘老师接手我们班后，要求全班同学住校寄宿，早晚集中自习，开展各类学科竞赛，对全体同学进行学习成绩排名，并把我们班的成绩和往届、校外其他班级进行比较，在全班形成了一种紧张的学习氛围。除了狠抓教学管理外，刘老师作为语文老师，在课堂上谈古论今，诗词歌赋信手拈来，直到今天，老师在这方面的才华都让我佩服无比。

40 多年过去了，还清楚地记得老师给我们讲解高尔基《海燕》时的激励和启发，也清楚地记得老师的教诲“好记性不如烂笔头”，从那时起我学会了记课堂笔记。我相信我们全班同学都和我一样，无论是学知识还是做人做事，都从老师那里学到了很多。

在老师的带领下，全班约三分之一的同学考上了县重点高中，几年后参加高考，超过 80％的同学奔赴全国各地。对一个农村初中班来说，非常难得。初中毕业 35 年同学聚会之际，同学们无一不对老师当年的教诲深表感激！

谨以此文，对刘慕苏老师致以最诚挚的感谢和深切的怀念！

2022 年 4 月 11 日

子侄祭家翁

我的“二伯大学”

刘永红

三四十年前的农村学校，很破旧，但很特别。历经几代“调皮大王”刀刻墨涂的书桌沟壑纵横，最多三层砖木结构的教室破旧漏风，靠脚步压平的黄泥操场尘土飞扬，但依然是大家最为敬仰留念的地方。因为在家长特别是孩子的眼里，这是个卧虎藏龙的地方。老师们个个身怀绝技，学到百分之一的知识，就能打开新生活、新世界的大门。

我的二伯父就是这样一个被当地几代人称颂的乡村教师。老人家只读过一年高中，17 岁起在新化县孟公西河一带的山村学校教小学和初中，教语文，也教政治、历史等杂课，呷着粉笔灰站讲台，一站就是 46 年，辞了校长等管理岗位，退了休后还主动再站了 3 年。教过的学生不知到底有多少，只知道有四代人。

很巧的是，1986 年，师范毕业的我也 17 岁了。二伯想办法把我分配到他任教导主任的孟公中学。在我的记忆里，他总穿着一身半新不旧的蓝布衣服，落满粉笔灰的袖子总爱往上挽一截。下课的时候，他右手托着教材和粉笔盒，微微抬头，略带笑容，一脸轻松，甚至哼着小曲，一步步走回既是办公室又是家的走廊那头。

我常常在这个时候走过去，问我在语文教学中遇到的关于古文学、古汉语和现代汉语语法修辞上的所有问题。五年时间，问题加起来不下一千个，其中百分之九十得到了经得起验证的标准答案。百分之十是发散和开放性的问题，二伯回答完后，常常跟我讲下述类似的故事。

他说五十年代开全国性的甲骨文学术研讨会，隔壁高中的老先生应邀参加，回来后二伯好奇大学者怎么判定甲骨文字，就问：郭沫若先生怎么断字呢？答曰：还不是跟我们一样的猜！

毫不谦虚地说，其时我在语文学科上是个名副其实的学霸。读师范时拿过全省六项全能（语文基础知识、朗诵、听录音、三笔书法、作文、即席演讲）比赛的第二名，19 岁获评娄底地区优秀教师，当时这个荣誉名额极少，民办教师可凭此直接转公办。所以我跟二伯提的这些问题，都是有一定难度和深度的。但一千次的问，就有一千次的拨云见日，一千次的脑洞大开、满载而归。即使之后我去教育学院脱产进修，下海后掏巨额学费上各类培训班，面对各类鸿儒大咖的巨问高谈，但就答案的准确、深刻、多元、生动，综合问答过程氛围的宁静平和、痛快通透而言，都不及当年叔侄之间的木楼板对话时刻。

由此，我得天独厚地上了五年“二伯大学”。

后来，我离开孟公中学，去城里教高中，去县委当科员，去电视台当记者、当台长、当处级干部，下海去湾田集团当高管，去翼腾体育当总裁。“二伯大学”离开了木楼板，换了教学模式，却依然无处不在、终身在线。今天回想，历历在目。

记得那年和二伯、四叔看望九十五岁的姑奶奶。爷爷的这个聪慧如天仙的妹妹民国时嫁到资江边的白溪镇，跟着放木排的丈夫常年漂泊，只读过两年私塾的她百无聊赖，一卷在手，翻断书脊、揉碎纸张，竟活生生把一本《红楼梦》倒背如流。从姑奶奶家出来渡河到对岸，二伯在船上给我说对联故事：水桶漏干船漏满；灯盏吹灭火吹燃。上岸，二伯触景出联：老大爷看牛一只；嫩小伙挑水两桶。

在泥泞的乡村公路行走，二伯随口而出一首打油诗：“一去二三里，烂凼四五个。坏车六七辆，八九十人推。”

回到东岭老家，二伯说起当年风靡全国的对联征集：“上海自来水来自海上”，他说老家的版本也是绝对：“东岭落花生花落岭东。”

二伯每说一段文字，就像村民随手从地上捡起一根柴火丢到路旁，生于斯，落于斯，捡起丢弃亦于斯。一切都那么自然、那么随和，像老家没有任何佐料的醋汤禾花鱼，天高云淡之间回味悠长、妙不可言。

二伯的味道在职场。他教书育人46年，超龄服役，桃李天下，却从没想过要去拿文凭发论文，直至退休还是高中肄业。这很大程度影响了我，我教过小学、初中、高中，客座过大学，却从没评过职称，文章一大摞，也没进入过作协之类的组织。但他当年上课的一些场景，在让我常常忍俊不禁的同时，也多少影响了我说话行文的风格。有一次他在课上讲到“讽喻”手法，突然批评班上同学不动脑筋。他说了一个关于林则徐的历史故事：林则徐在广东和京城任职时，最喜欢把麻雀剁碎了炒着吃，他说吃啥补啥，麻雀的脑髓让他很聪明。后来被贬新疆，戈壁滩上没了麻雀，就用豆腐渣代替，吃得多了，感觉脑袋里都是豆腐渣，晚年也就不再有大作为。听完这个故事，班上有压抑着的偷偷的笑声。这就是二伯的课堂，没法简单地用对和错去评判，生活、职场、社会又何曾不是这样？有自己的味道最重要。

二伯的味道在学问。他从没以为自己是作家、是专家，退休后自学国际音标研究方言，参与一大学教授的《湘方言辞典》编修课题。虽然数万字的文稿寄出后不知所终，却依然跟我说过十来次：你可以试着比对普通话和方言的演变，蛮有味。

而二伯最拿手的大菜，是对联。这些发表在屋廊门柱上的杰作，串连了二伯的毕生所学所感，而给与他的回馈也是全方位的。那年我妈妈五十岁做寿，请二伯撰联贴堂屋上。他只是吞了吞口水，十分平缓地说出：先让一家子敬三杯；再过五十年满百岁。听完，在场的亲朋好友足足沉默了两分钟，随后就是叹为观止的一声声叫好。我没有出声。联想我所见过的二伯的上百副对联佳作，我在思考这一切的因果。

二伯一生以读书为乐,有着扎实的古汉语根底。他对文字很讲究,不将就。他的古文学学养深厚,能以诗的激情和语言去熔铸对联的美感意蕴。

经历什么,就铸造什么。与城里学者不同,二伯一辈子待在一个叫孟公平原的十来公里的穷乡僻野。正如陈丹青在《幸亏年轻》回忆文章里说的:我至今不再尝到那来自泥土的鲜美,新割的稻米、池里的活鱼、才从菜园割取的菜蔬——洗过,碧青,热锅水沸,炉膛山柴爆响,烈焰熊熊。二伯的内心,与山丘田园农事融为一体,散发出大自然清韵的味道。他是个草木之人,他的文字不只是接地气,更是独特土地上蓬勃生长出的土特产。

二伯是乡间鸿儒,是乡村传统文化的传承者和执事者。从撰写对联开始,他是农村民俗活动里贯穿事件的引领者和实践者。比如白事,从丧牌讣告、牌位、执事单的撰写,到引魂、放祭的全过程。比如结婚之类的喜事,他同时是礼仪官、主持人、证婚人,连酒席席位的排定,也要他到场。所以他的文字里,俯仰之间,尽是自在的生活和生命体验。

改革开放之前,中国是个大农村,二伯更是个农民。他不擅长交际,不打牌、不喝酒、无烟瘾。他的文字服务的是农民,农民虽然知识匮乏,但是懂得尊重知识。二伯面对他们,总能读出来自骨子里的虔诚仰望。土房再破,茅舍再低,柴门再小,喜庆总不能缺少,祈愿总是那么饱和。二伯几十年如一日的严谨教书生活中似乎没有开怀大笑,没有畅饮和无拘无束的高谈阔论。对联这种源于古诗词而没有门槛的民俗味极浓的文学,磨炼了他的心性,丰富了他的感受。只有面对农民,也只有在对联的世界里,他才能与自己多彩的灵魂相遇。杜甫说,文章憎命达。越是身处其境,艺术的表现就越是鲜明锐利。

儒雅书卷气,恬淡乡土味。于是,二伯的文字文白相间,文俚相杂,既显文气,又接地气。常常顺手拈来,巧夺天工的独特的审美理想和思想情趣融于方寸之窄。言简意赅,入木三分,又平白如水。

在文字的世界里，二伯不再是农民，他是鸿儒，是大师，一笔在手，倚马可待。

这就是乡间大儒，已经在乡村消失或者正在从我们身边渐行渐远的背影。

他们走了，乡村的大门上不再有手写的对联，而换成了千篇一律的华丽印刷体；

他们走了，带走传承千年的民风民俗和吐故纳新的种种技巧……

我想，乡村振兴宏大的叙事里，应该有乡间大儒文化的振兴，而不是到处机器打印出来的冰冷的文化墙。

所幸，我上过一所叫“二伯”的大学，课程的精髓，概括起来是四个字：静水深流。

对联肚里能种花

刘第红

二伯父的对联堪称一绝。每逢十里八乡婚丧嫁娶、修桥盖房、开业庆典，或是重大节日、纪念日，他都会撰写对联，或是应人之邀，或是有感而发。某年，谁家新造华堂；某年，谁家洞房花烛；某年，谁家有人驾鹤西归……几十年下来，二伯的对联，成了一部独特的乡村“编年史”。

二伯的对联，对仗工整，主题突出，立意新巧，气势不凡。他一生所撰的对联难计其数，精品佳作层出不穷。至今，一些精彩之作仍在当地人口中传颂。

1978 年，我家的新房子落成，二伯撰长联以贺：

慕胜地，起宏图。成霸非仙，担水有井。汲猪洞甘泉，酿重阳甜酒。取石罐，执金壳。题龙凤挂榜，看狮虎雄姿。朝东岭，倚西荡，睹阳和之景，完建屋之功。祥发田家，茅生癞子。仰望北京城，衍百代风流人物。

英杰才，经纶腹。赤心向党，全力为公。事业余教育，搞文艺宣传。读宝书，攻理论。尊马列精神，学工农品德。沐春光，沾夏雨。兴肯构之歌，得迁乔之喜。欣逢大治，预卜繁昌。紧跟华主席，奔万里锦绣前程。

除了嵌入人名，顺时应景也是二伯的拿手好戏，往往是信手拈来，一气呵成。

受二伯的影响，我父亲也在 2004 年写了“自挽联”：

（一）

命长命短由天定；

去迟去早有阎规。

（二）

生无悔死无悔只图无悔无怨；

天有眼地有眼且看有眼有神。

兄弟两人在生前为自己撰写挽联，在当地乡村传为佳话。

小时候，常听二伯讲对联故事。一副绝妙的对联，往往衍生出一个精彩的故事。记住了故事，自然也就记住了对联。我至今记得这样一个故事——乾隆皇帝微服私访，回京城时城门已关，请守城之人开门。守城之人很“逗”，出了一副对联让他对，只要他能对出，即可打开城门。上联曰：八梆楼上敲八梆，八梆八梆八八梆。乾隆皇帝想了好久，没有对出，只好投宿旅馆。在旅馆，他把此联让赴京赶考的学子对。有一才子对出下联：万岁殿前呼万岁，万岁万岁万万岁。后来，这才子考中状元，受到了乾隆皇帝的接见。拜见天子，状元准备“呼万岁”时，乾隆皇帝笑着说：“你已经呼过万岁了。”

一些不太好对的对联，很少能难倒二伯。有一次，我的老师在班上出了上联：好书不厌百回读。班上同学无人能对。我拿着上联请教二伯，他沉吟片刻，下联脱口而出：利刃何须千遍磨。

我的表叔廖国田，躬耕之余，写出了一百万言的小说《寒风追月记》。金庸先生曾为他的通俗小说点赞。表叔自命清高，恃才傲物，但对二伯却佩服得五体投地，心甘情愿成为他的“铁杆粉丝”。

二伯学历不高，高中尚未毕业，但他勤奋好学，饱读诗书，才思敏捷。他偶尔作诗词曲赋，尤工于对联。别人写的，他自己写的，全装在他肚子里。我见过各种各样的肚子，有人长着啤酒肚，有人长着将军肚，有人长着孕妇肚，我的二伯呀，长了个对联肚子。对联肚内种满了花，有牡丹、芙蓉、月季、桂花、海棠……姹紫嫣红，争妍斗艳，美不胜收，芬芳了乡村，芬芳了岁月，芬芳了人间！

怀念我的父亲

刘肯红

物换星移。转眼间，父亲已经离开我们两年了。这两年来，这世界来来往往，代谢不已。想到陶潜的“亲者或余悲，旁人亦已歌。死去何从耳，托体同山阿”以及马克·吐温的“People lament you one day and forget you forever”，短暂忧伤，永久遗忘时就不禁悲从中来——人们是否已经忘记了父亲曾经在这世界存在过，曾经成为我们中的一员，我不得而知，但他们似乎已经或多或少地淡化了那份哀思，继续过着芸芸碌碌的生活。我绝无意埋怨他们的凉薄，因为他们有继续他们美好生活的权利；只是于我，淡忘却几乎是一件不可能的事。

父亲最后跟我的谈话是在他神志已经不大清楚的情况下进行的。那天傍晚，母亲把刚从外省赶回来的我领到父亲面前，这时父亲已经不能完全认出我了。我们沉默了一阵，这时父亲嘴里忽然很清晰地吐出了一句(他老人家已经有很严重的语言障碍了)：“我最挂到(记挂)他啊……”

我心里一震：“你最记挂谁，是艺文妹子(他老人家一直带在身边的外孙女)吗?”

“我最挂着我的肯红叽，盘(养)到这么大不容易呀……”

我无语，但心里早是泪已潸然。其实父亲和我之间一向是有着某种隔膜的，这种隔膜总让我们难以交心，甚至生出许多的误会与争吵来。但没想到在他老人家生命的尽头，最牵挂的竟然却是我。我还能做什么呢，只有在老人家在世最后的日子尽心服侍，在他老人家过世后尽力守灵，以尽我心的万一罢了。

还记得父亲和我的另一次谈话。那时我刚自我发配来广西，如此的学校，如此的学院，如此的导师，令我异常沮丧。这一切我都没有跟父亲说。但是老人家知道了我的心思，他打来电话说："我没上过大学，具体也不大清楚，但是我想硕士生、博士生是可以超过导师的。"

这是一个父亲对儿子的安慰和鼓励。其实，这番话的深意还远不止如此。老人家从不轻易把话说到尽头的，他总是留出一定的余地，由你慢慢去揣摩，去领悟。我想父亲那时的心情一定欣慰多于遗憾与担心：自己的最高学历也就是高中肄业，自己未圆的大学梦，在儿辈身上得以圆满，这是怎样的安慰与满足呀——其时，作为长子的哥哥已经名校的博士学位在望，我也历经千难终于迈入了高级知识分子的行列，"失之于父而补之于子"，父亲当时的心情，一定像传说中邻乡的伍翰林之父一样，在儿子高中之后，直想奋笔疾书"齐家治国平天下小子能为"之类的文字呀。当然，父亲不比母亲，还不至于从此以"老太爷"自居，这有违父亲谦和的本性，但其欣慰之情却是可想而知的。

其实，在事业上，除了一张大学文凭外，我以为父亲没有什么可以遗憾的。杏坛耕耘四十六载，学而有成者何止七十二人；工作为人兢兢业业，口碑之盛妇孺皆知；对联为文字字珠玑，倚马之才震铄乡里；古今中外无书不窥，三教九流皆有旁涉……凡夫俗子得其十一已是奢望，又何由执着于一纸文凭呢？您已经成为"刘老师"了，难道还在乎什么教授、博导、硕导吗？

除了文凭以外，父亲还有两大主要的遗憾。其一是虽满腹经纶，而无片言只字流诸于世：所著文墨者，无非亲朋乡党有红白之庆，延请一二对联应景而已。父亲每谈及此，常有斯文扫地之叹，因为这样的文字，即便是华章，也往往只落得明珠投暗的结局。其二是我和哥哥都生的是女儿，老人家担心宗祧香脉，由此而绝。

关于以上两点，我一直无缘对父亲做一个交代。小子无能，生不能承欢膝下，殁不能光之以名，实为至憾，然反哺之心，未尝一日废离。十余年前就开始构思一部巨著，以期完成老父心愿。至今仍不敢下笔，是因为没有把握将它写成一篇彪炳千秋的名著。作为慕苏老师的儿子，如果写的只是“People read it one day and forget it forever”的垃圾文学，如您昔日的某同事一般，实在让您九泉也蒙羞呀。所以，儿子暗自立下重誓，不在语言功力上堪与您比肩，不在文章鸿构和细节上自以为完美无缺，我决不动笔。这一计划我决不放弃，哪怕我还需等上十年廿载。哥哥已经在学术上小有所成，终成大器也只需待以时日，这足以从一个方面弥补您的遗憾；小子无能，无论从学术天赋上讲还是从勤奋用功上讲都不足以与哥哥比肩，但我愿穷一生精力从另一个角度为您争光。但是如果真的天不遂人愿，让我无法将其留诸人世，那也是定数使然，就让我到另一世界来向您请罪吧。

至于第二点，只能求您原谅了。漫说儿子现在经济能力有限，无法承担起生儿育女并保证其接受良好教育的重任，就是有朝一日经济略转宽裕，我也已经断绝了再生一个儿子的念头，虽然晓霞还愿意再生一个儿子，以继刘家宗祧，并解父母盼嗣之殷。虽说手心手背都是肉，但其两面总有厚薄之分呀，我不愿意让儿子的出世分割了我们夫妇的爱，更不愿意儿女日后因争夺父母之爱而突生龃龉。甜儿对您而言不过是一个不能称其宗祧的丫头，对于我而言却是重逾生命的至宝！再说，这几十年来您所见所历之事，难道还真不能动摇您心中“多子多福”“无后为大”的执念吗？

父亲值得敬佩的地方很多，但这两年来最让我感动的还是其品格。且不说他老人家数十年来敬业如一日；且不说他老人家勤俭持家不事奢华；且不说他老人家造福乡里全力修族谱；单是这份克己敬人的修养，就是常人所不能及的。

父亲年未及冠即离家工作；长年提携幼弟就学以致耽误婚姻；“文革”中被人无端诽谤以致登台挨斗；累遭小人嫉妒诽谤而几度颠沛流离；有人昔日受之恩而今朝报以怨；甚至还有愚夫愚妇因其领几块钱退休金而眼热不已……只要是纯乎关涉他老人家一人

的，他都缄口不言，是以如此种种，子侄熟人，都鲜有闻者。尤其难得者，虽后来沉疴渐重，病苦难当时，亦无半句怨天尤人之言，更无半句重言恶语加诸守护诸人。

父亲这超人的品行，正如他老人家自己说的："竹露松风，洁同人品。"父亲是一位饱读诗书的宿儒，这一切都显然来源于他老人家的国学修养，以及时刻以古君子的言行要求自己的信念。有人说，儒家思想即意味着陈腐不堪，至少也是不合时宜。而我认为并非如此——君子就是君子，其评价标准不应随时代的改变而改变。西方不是还尊崇柏拉图与亚里士多德吗，清教徒的苦修不是一直为人所敬仰吗？为什么一提到孔孟之道，人们就有这样的偏见呢？西方人在倾慕古代中国博大精深的文化，中国人自己到自暴自弃起来了。三十年代就有有识之士奋臂疾呼"打倒孔家店"的荒谬，到现在还认为西方的月亮更圆，真是岂有此理！父亲用他一生的时间证明了守礼君子的高洁：如果天下人都能像他老人家一样，天下何愁不太平，人间何由起纷争！

虽说父亲的人生观中以儒家为主流，兼及道家的精华，可他老人家绝不是以无为为己任的人。父亲非但不崇尚清心寡欲，相反还是性情中人。虽说父亲是一位至诚君子，在爱情上却不是苟且之人。他老人家年届三十方才成婚，一方面固然是为了提携兄弟学业，减轻家庭负担，另一方面也是为了等待一份属于自己的真爱。可惜父亲终于难以如愿，虽勉强成婚，心中实难心甘。为了爱情，父亲甘冒身败名裂的风险，至后来事情败露，被人推上高台接受批斗，转辗发配几十里外几家艰苦单位，亦无怨无悔。这些事情亲朋好友固然讳莫如深，父亲自己也不吐一字。可父亲啊，不论世人如何看待，儿子决不以此为讳，更不以此为耻。因为在我看来，"无情未必真豪杰，怜子如何不丈夫"，这正是您至情至性的表现！

至于后来，真爱难酬，父亲则把满腔深情都用在了妻儿身上。父亲的爱是深沉的，它往往不著文字、不假辞色，但一举手一投足都可以让人真真切切地感受到。课子以严而不以虐，怜子以情而不易溺。对于老妻，您更是如此：母亲至今还忘不了她每次赶场您殷殷的期盼；忘不了您在日常起居间的点滴关怀与体贴；尤其忘不了您病重的那一次，因儿女都不在身旁，母亲只好亲自去十里外的小镇为您抓药，已经行动不便的您，竟然躺在竹椅上目送她出门，又目迎她归来，这一等就是好几个小时呀！知道吗，父亲。您的这番情深义重至今还在乡里传为佳话，成为农家夫妻学习的楷模呢！

在家族里，父亲更是时刻不忘奉献真情，让自己的深情滋润每一个人的心田。祖父还在时，记得每到周末回家时，父亲总要抽出点时间与老父促膝长谈，以尽承欢膝下的孝道；他老人家对曾祖父筛土葬父的义举心仪不已，敬佩无地；更不用说对兄弟恭谨温良，对子侄循循善诱……这一切都是秉乎一个情，发乎一个爱呀！

而在文学上，父亲更是主张"美文就是情文"，父亲最喜欢的古文就是号称古今三大情文的《陈情表》《祭十二郎文》《祭妹文》以及《吊古战场文》《为徐敬业讨武照檄》《祭鳄鱼文》等感情洋溢的美文，而自己写文章时也是以情感人，以势动人，教人作文时更是要求学生如实描写胸臆。

父亲已经离我们而去两年了，这两年间，我们这个家以及周围的世界，都在发生着日新月异的变化。唯一不变的是这浓浓的亲情，这不尽的怀念。这怀念的悲苦，不是我拙笨的语言所能表达的；而父亲的品格，也远非这区区数千字所能描写。请父亲在耐心等待一阵，做儿子的一定会将您的光辉品德发扬光大，也将尽快让您的光荣与伟大传诸人间。现在，儿子只有一个心愿——

愿我们的父亲安息！

父亲，你在天堂还好吗？

刘宇红

后天是父亲去世两周年的忌日。

公元2003年11月20日晚，父亲离开了我们，永远地走了。我是父亲的长子，我一手操办了父亲的丧事，目送着父亲被法师们入殓到棺椁中，我手捧着父亲的遗像一路护送父亲来到长眠着列祖列宗的墓地。

在父亲去世后的很长一段时间里，我一直不相信父亲走了，不相信父亲真的离开了我们，好像父亲还坐在那张我送给他的藤椅上，与我们一起吃饭，给我们说那些他说过无数遍的陈年往事。大概过了将近半年吧，我开始接受现实了，但每当这一信念袭过的时候，心里总会有一种被揪痛的感觉。

接受了现实以后，我与父亲梦中相会的场景、对话的内容也渐渐地变了。在梦中，我很清楚父亲已经走了，所以每次见面，我总是问父亲：你在那边还好吗？你去过哪些地方？你常回来吗？……

父亲生前很要强，最怕给儿女们添加负担，所以梦中相会的时候，父亲总是告诉我，他在那边很好，什么也不缺。

最让我感动的一回是，梦中的父亲居然对我说：你们争气，我在这里很有面子。父亲坐在我的对面，但我却看不清他的脸。梦中的我突然产生一种冲动，想扑过去抱住父亲，不想却从梦中惊醒了。

父亲去世以来，每逢父亲的生日、忌日、春节、七月半，我都要按乡下人的习俗给父亲化些纸钱。但是，有两次我在梦中见到父亲，直截了当地问他：我给你烧的纸钱都收到了吗？父亲的回答让我很失望，他说一张也没有收到。所以，今年的七月半，我只是奠祭了父亲，并没有给父亲烧纸钱，因为父亲在梦中告诉我，也许“钱都让贪官污吏搞走了”。唉！也许天堂里也有贪官吧。

后天又是父亲的忌日了，我还是不准备给父亲化纸钱。我远在美国，住在租来的寓所里，烧香、烧纸固然不方便，但是父亲的话更让我有一种沉沉的失落感：既然钱都让贪官污吏搞走了，我何苦要费这番心思呢？

后天的晚上，我会多炒两样菜，多盛一碗米饭，与父亲并排坐着，一起享用晚餐。我相信，听到我在心中的默祷，父亲一定会来的。在这异国他乡的小屋里，我们父子俩像两年前一样，愉愉快快地共进晚餐。

没有美酒，也没有佳肴，但父亲不会介意的。因为父亲是苦命人，我也是苦孩子出身。

我常记起在故乡的那所农村中学，当年我正读初中，父亲就在那所学校教书。那是二十多年前的事了。祖传的老木屋实在不能遮风挡雨了，月工资只有四十块钱的父亲做出了一个大胆的决定，建三间砖瓦房。这一决定却让本来生活拮据的我们更加艰难了。

当时，母亲带着弟弟、妹妹住在农村，属于典型的“半边户”。家里六口人吃饭，四个孩子要交学费。父亲四十块钱的月工资，加上母亲在生产队劳动，一年的收入实在太少了。在我的印象中，我从来没有按时交过学费。在村办小学读书时，每当新学期开学的时候，我总要给村里的老师一个承诺：等爸爸发了下个月的薪水一定交学费，或者是等我家的猪仔满月卖了钱就交学费。读初中了，我和父亲都住宿在离家十里地的学校，父子俩住在十平方米的教员室，晚上挤在一张小床上。交学费的事，总是由父亲写张欠条给总务主任。

那所中学留给我的最完整、最清晰的记忆是我与父亲的伙食。为了省下每一个硬币建房子，我与父亲分吃一份菜。

学校的规模并不小，四十多个教师，加上一个工友。工友是全校唯一的炊事员，除了烧水、扫地、蒸饭、炒菜之外，工友还负责在校内开荒种菜，下午放学后或者是周末的时候，全体老师都参与种菜，收获属于集体所有。每餐的菜只有一样，每位老师有一只标了序号的土钵子，工友把菜先分好，菜钱月底的时候从工资里扣除。我记得父亲的土钵子是 14 号，我与父亲每餐都要分享 14 号土钵子里的那点蔬菜。

遇到每月一次或两次打牙祭的时候，父亲总是把土钵子中的肥肉全分给我吃，父亲说我长身体需要营养，父亲自己就吃土钵子里剩下的辣椒，或者是芹菜、胡萝卜。这样的日子一直伴随我读完初中。有时我实在看不下去了，就抢在父亲下课前，来到食堂把菜分了，然后远远地站在屋檐下，看着父亲吃我分给他的肥肉。

父亲，后天我约你来吃饭，我同样做青椒炒肉款待你。我会去美国的超市买一磅肥肉，买一磅青椒，我也会把一半的肉和一半的辣椒分给你。我们父子俩像二十多年前一样地吃，一样的体验贫穷和亲情。父亲，你一定要来啊。

我相信父亲会来的，一定会的，因为父亲不会失约。

记得两年前的那天下午，父亲的生命快走到了人生的终点，弥留之际的父亲痛苦地等待着，等待着我出现在他的病榻边，因为几天前我与父亲有一个约定，我要去复旦大学参加博士学位颁证仪式，父亲答应一定等我回去，并且喃喃自语地说，要我穿上博士袍，戴上博士帽，照一张“镜框子那么大的彩照”带回去给他看。

2003 年 11 月 16 日下午，复旦大学博士学位颁证仪式在相辉堂举行。当我站在主席台上从复旦大学学位委员会主席的手中接过博士学位证书，转身面向观众的一刹那，我几乎不能控制自己的情绪，我简直要哭了。因为我看到，在黑压压的博士帽后面，坐着许多白发苍苍的老父亲和老母亲。他们是来见证儿子、女儿人生中最为辉煌的这一时刻的。天啦！我的父亲也应该坐在那里！坐在那里亲眼看看他争气的儿子戴上博士帽、穿上博士袍的样子！但父亲此时正在病榻上喘着粗气，苦苦地等待着从照片上看一眼博士帽是什么样子。

第二天，我从照相馆拿了大彩照，直奔火车站。到家乡的县城下火车的时候，父亲几乎再也不能坚持了，母亲让人骑摩托车沿着乡村公路来接我，因为摩托车比汽车跑得快。到家的时候，父亲神思恍惚，家里人和全村子的人几乎都来了，他们是来和父亲告别的。

我来到父亲床边，一手拿着大彩照，一手拿着博士学位证书，大声地呼唤着父亲。奇迹终于出现了，父亲的眼睛渐渐有神了，双手颤巍巍地向我伸过来，他要过大彩照，专注地看着，父亲要看看博士帽和我几年前戴过的硕士帽有什么区别；看过后，父亲又要过我的博士学位证书，非常认真地看着证书上的每一个字。嘴里还含含糊糊地读着学位证书上的文字，屋子里寂静无声，所有的人都含着眼泪在聆听，都在品味一位望子成龙的临终老父最强烈的期盼，都为一位临终老人在生命最后时刻的感动而感动。

父亲有理由这么坚强，父亲有理由这么感动，父亲也有理由这么信守自己等待儿子归来的承诺。

父亲生前是一位教师，一位执教了四十六年、极受学生爱戴的教师。父亲在漫长的执教生涯中得到过无数张奖状、无数次嘉奖和无数样小奖品。但是，由于没有文凭，父亲没有评上相应的职称；因为没有职称，父亲没有得到相应的工资待遇。由于家境贫寒，父亲十七岁时高中肄业就在很远的村办小学当教师，以贴补家用，也供养他的弟弟妹妹们读书。

父亲一生勤勉，极为好学，三教九流无所不通，有着非常宽广的知识面，也系统地研究过湘方言，撰写了上千副对联和许多首诗词，其中不乏上上之作。但苦于无人指点，父亲虽然饱读诗书，但“没有只言片纸流传后世”。所以，没有文凭、没有职称、没有著书立说，成了父亲此生的三大憾事。

父亲把所有的希望都寄托在了我的身上。我没有让父亲失望。

父亲没有文凭，我为父亲捧回了复旦大学的博士毕业证书和博士学位证书；父亲没有职称，几年前我评上教授的时候，我是国内最年轻的教授之一；父亲没有著书立说，我发表的科研论文和出版的专著足以让父亲骄傲。

我在父亲临终之前让父亲全部的遗憾烟消云散，父亲心满意足地、毫无遗憾地离开了这个世界。

曾子曰：“大孝尊亲，其次弗辱，其下能养。”

父亲走了整整两年了。两年来，每当我遇到挫折的时候，我想起了父亲；每当我取得成绩的时候，我同样想起了父亲。

父亲生前喜欢听我说工作上的事情，我取得的所有进步和成绩都曾经让父亲自豪。我考上研究生了，我拿到硕士学位了，我走上大学讲台了，我评上讲师了，我的第一篇科研论文发表了，我的第一本专著出版了，我评上副教授了，我成为研究生导师了，我获得学校和省里的各种荣誉、各种称号了，我考上博士了，我评上教授了，直到我在父亲临终前捧回博士学位证书和大彩照。

望子成龙是每一位父亲的心愿，但当我取得一次次进步时父亲却从来不当面夸我。他默默地听我汇报，但眼角的微笑却永远也掩饰不住他内心的自豪。我只听母亲说过，三年前父亲评价过我一次，他说我进入人生的收获季节了。这就是父亲唯一一次评价我的成绩。

是啊，我的确进入人生的收获季节了，这句话我听很多人说过。但只有从矜持的老父亲嘴里说出来，才最让我得意和满足。

我进入了人生的收获季节，但直到现在，我一天也没有停止耕耘，一天也没有因为洋洋得意而放慢前进的脚步。我会取得更大的进步，我一定会的。但是，父亲走了，谁还会坐在那张熟悉的藤椅上，神情专注地听我汇报工作上的进步和成就呢？

今天，我在美国的这间小屋里，抒发着对父亲的思念和感激。但愿父亲在天有灵，感念这份赤子之心，在梦里、在这张小餐桌旁与我相会，再续父子亲情，听我讲述这两年来的新成绩。

我相信父亲一定会如我所愿，因为我是争气的儿子。

2005 年 11 月 18 日
于美国休斯敦